로만
산맥
로만
리바트
니트 해협
발
아이온
4
드왈로제국
도시
국가
연합
몰타 제도
서해
코트타니
마뮬란 산맥
그

얼음의 대지
스칼라이드 산맥
연방
만유
샤벨
신성
투실바
시니아
카시리아
모타니
와튼 공국
헬베른
산맥
네이니강
로스빌
삼대호
크로시안
우랑카
알라모
에티우스
밀림
막
에티우스 만
당
군도
류드빌
동해

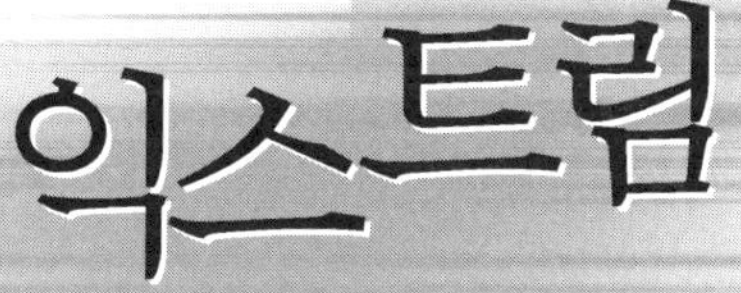

익스트림

엽태호 퓨전 판타지 소설

익스트림 6

엽태호 판타지 장편 소설

초판 1쇄 찍은 날 § 2007년 2월 23일
초판 1쇄 펴낸 날 § 2007년 3월 2일

지은이 § 엽태호
펴낸이 § 서경석

편집장 § 문혜영
편집책임 § 최하나
편집 § 문정흠

펴낸곳 § 도서출판 청어람
등록번호 § 제1081-1-89호
등록일자 § 1999. 5. 31
어람번호 § 제1-0803호

주소 § 경기도 부천시 원미구 심곡1동 350-1 남성B/D 3F (우) 420-011
전화 § 032-656-4452 팩스 § 032-656-4453
http://www.chungeoram.com
E-mail § eoram99@chollian.net

ISBN 978-89-251-0571-0 04810
ISBN 89-251-0257-9 (세트)

익스트림

Extreme Meet
―극과 극은 만난다

완결 **6**

엽태호 퓨전 판타지 소설

도서출판 책더람

contents

Chapter 1

반역의 그늘

사위는 쥐 죽은 듯 조용했다.

야산 중턱에 세워진 라미안 원정군 총사령관의 막사는 일반 군사들의 접근이 금지된 곳이었다.

"오랜만이구나, 존도."

막사를 찾아온 방문객 중 대머리사내가 앞으로 다가오더니 무릎을 꿇고 엎드렸다.

"존도, 3년 만에 주군께 인사올립니다."

신원불명이란 뜻의 이름을 가진 존도는 암살 부대 쉐도우의 인간 수장이다. 알로나가 반 일족을 데리고 돌아갔으나 그는 남아 있었다.

"고생이 많았다 들었다."

"뜻을 펼치시는 주군의 모습에 고생을 잊었습니다. 우선…
소인은 수도 오리스에서부터 만유 군을 살피고 왔습니다."

막사 안에 모인 제장들이 모두 귀를 기울였다.

라미안 신성왕국군은 정규군 총 10개 군에 각 1만의 병력
으로 구성되어 있었다. 이 중 원정군 총사령관 1골드가 이끄
는 병력은 보병 5만에 기병 1만이다. 보급을 담당하는 치중대
가 전투 병력의 10분지 1 정도를 차지하므로 예비대까지 합
하면 총 7만에 육박하는 군세였다.

존도의 말이 이어졌다.

"만유 군은 누난 제후 트라제 공작 휘하 2만과 중앙군 5만,
오드넬과 푸셀 지역 지방군 4만을 합해 11만이온데, 그중 기
병은 5만이 조금 넘습니다."

"트라제?"

"맞습니다. 전대 근위기사단장을 지낸 인물입니다. 현 국
왕 올란도가 즉위를 하며 좌천되었다가 이번에 방어군 총사
령관으로 복귀했습니다."

1골드가 눈을 가늘게 떴다. 만유 군 사령관으로 오드넬 제
후 알폰소를 예상했는데 만유에서도 제법 전세를 읽는 인물
이 있었던 것이다.

"선봉장은 중앙군 1군단장인 래리 폭스로, 기병 1만과 보
병 2만입니다. 선봉군은 강군인 중앙군으로만 구성되어 있

으며, 오드넬 지역에 접어들어 드록바를 향해 진군 중입니다."

머리를 끄덕인 1골드가 물었다.

"중군은 얼마나 떨어져 있느냐?"

"하룻길로 40㎞ 정도 떨어져 있습니다."

"그렇다면 후군과의 거리까지 합하면 100㎞ 정도로 벌어져서 11만 군사가 이동한다는 말인데, 철저히 준비를 하고 있었군."

"예, 그렇습니다. 만유는 라미안의 내전이 끝났을 무렵부터 전시 상태를 유지하고 있습니다. 또한 기병에는 밀리언에서 보낸 지원군이 포함되어 있습니다."

기병수가 5만이라 했을 때부터 예상했던 바였다. 보편적인 편제보다 기병 비율이 상당히 높았기 때문이다.

"수고했다."

"그리고 이들은……."

존도가 고개를 돌렸다. 보고를 하는 동안 꿔다놓은 보릿자루마냥 멀뚱히 서 있던 일녀, 일노가 나섰다.

"제레미안 왕후입니다."

1골드가 눈살을 찌푸렸다. 올란도의 왕후가 자신을 찾아올 일은 없다.

"왕후라… 제 밥그릇도 지키지 못한 놈의 부인이군. 어쩐 일인가?"

제레미안은 살이 떨렸으나 입술을 깨물어 참았다. 포리암이 왕좌를 손에 쥐고도 후환을 제거하지 않아서 목숨을 잃은 건 사실이었고, 이미 이자를 만날 결심을 하면서 이만한 수모를 각오했다.

"귀 군의 원정은 실패할 것이에요."

"호오! 왜?"

"올란도의 군사는 왕자의 난을 통해 실전 경험을 많이 쌓은 강군이에요. 귀국은 신성왕국, 만유에는 브리언 교의 신도들이 많아요. 게다가 교단뿐만 아니라 밀리언 연방에서도 원군을 보낼 것이기에……."

"다 아는 사실이고, 용건만 간단히 하지. 보다시피 늦은 밤이야. 숙소에서 마누라도 기다리고 있어서 말이야."

"당신들을 돕겠어요. 르완을 왕이 되게 해주세요."

1골드가 웃음기를 띠고 신관들을 통솔해 온 팬톤 장로에게 물었다.

"저렇다는군요. 자신의 아들을 왕이 되게 해달라네요. 팬톤 장로의 생각은 어떻소?"

"사람들은 누구나 화려했던 시절을 잊지 못하지요. 귀족은 그 애착이 도를 넘어서는 경우가 많고요. 그래서 권력에서 멀어지자 자살하는 귀족들이 많습니다."

허리를 편 팬톤이 제레미안에게 말했다.

"이보시오, 부인. 우린 만유의 백성을 억압에서 풀어주기 위해 거병한 해방군이요. 화려했던 시절을 꿈꾸신다면 번지 수가 틀렸소이다."

"아직도 저를 따르는 제후들이 많습니다. 우리가 안에서 호응하고 당신들이 밀고 들어와 주면 손쉽게 장악할 수 있어요. 백성들도 따를 것이고요."

피식 웃은 1골드가 존도에게 물었다.

"포리암이 백성들이 그리워하는 성군이었나?"

"그건 아닙니다. 왕후는 바넷 대비의 세력을 말하는 것입니다. 대비는 교황 폐하가 선왕을 치료하러 왕궁에 다녀간 이후 절실한 라미안 교 신자가 되었다고 알려져 있습니다. 르완 왕자를 내세운다면 대비가 도움을 줄 것입니다."

코앞에서 죽어가던 사람을 살렸으니 그럴 만도 했다. 다만, 바넷의 외척 세력이 얼마나 되는가의 문제였다. 그게 바로 존도가 전쟁통에 죽었다고 알려진 제레미안을 악착같이 찾아낸 이유였다.

"알았다. 존도는 왕후를 모시도록."

부드럽게 말한 1골드가 옆에 선 흄에게 턱짓을 보냈다.

두툼한 전낭을 손에 쥔 존도가 나가자 1골드가 주위를 둘러보았다. 다들 각자의 생각에 잠긴 얼굴이었다.

"아침 일찍 출발한다. 선봉은 카비젤이 맡으라."

그날 밤, 숙소로 돌아온 1골드를 알로나가 웃는 얼굴로 맞았다.

"내일 출발하신다구요?"

그녀가 등 뒤에서 갑옷을 벗기며 물었다. 자정이 넘은 시간이라 기찰 기병의 말발굽 소리만 들릴 뿐 주위는 조용했다. 몸을 돌린 1골드가 알로나를 보며 물었다.

"수진은?"

"몸이 좋지 않다며 처소에서 나오질 않아요."

"흐음."

근자에 수진은 1골드를 더욱 멀리했다. 점점 인간적인 감정을 배워 나가면서 생기는 부작용 정도로 여겼는데, 생각보다 심했다. 게다가 마력으로 연결된 심령조차 약해져 가는 느낌이 들었다.

"알로나는 갈리나와 치중대에서 따라와. 곧 전투가 시작되니까."

"오호호호호! 무슨 섭섭한 말씀을, 저를 빼놓으실 생각을 하시다니. 선봉은 아니라도 자기를 옆에서 지킬 것이에요, 갈리나랑."

"크큭, 누가 당신을 말리겠어. 맘대로 하시고… 아무래도 수진은 히치벅으로 돌려보내야겠어."

1골드가 푹신한 털가죽이 깔린 바닥에 눕자 알로나가 불을 끄고는 그의 품으로 안겨들었다.

"오늘도 연락이 왔어요. 정말 그렇게 싫어요?"

유 군은 군마를 살 돈이 없어 기병 부대를 키우지도 못한다며 비웃었다.

한편, 방어에 나선 만유 군은 11만에 기병이 무려 5만이나 되어 기동력과 병력 수에서도 절대적인 우위를 가지고 있었다.

그러나 라미안 군 진영의 건너편은 휑그렁했다.

7만 병력을 운영하려면 몸집에 걸맞는 엄청난 자금이 들어간다. 전투를 벌이지 않고 멍하니 있는 것만으로도 라미안에는 타격이었다.

마주 싸울 상대가 없어 김이 빠지긴 했으나 놀고 있지만은 않았다. 천인대 단위로 나뉜 소규모 부대들이 활발히 움직였다.

주변 마을에 들이닥친 라미안 군은 마을 자체를 없애 버렸다. 남녀노소, 신분을 가리지 않고 잡아들이고 집에서 기르는 똥개까지 징발한 뒤 거주지는 모두 불살랐다.

이 모습이 만유에는 점령군이 약탈을 넘어 백성을 노예로 잡아가는 것처럼 비춰졌다.

트라제는 이것이 성에서 끌어내기 위한 수작이라 여기고 참았지만 알폰소는 그럴 수 없었다. 자신의 영지이며, 백성들은 그의 재산이었다. 게다가 객관적인 전력도 압도적이다.

라미안 군이 플러스에 진주한 지 한 달이 지나자 트라제의 인내도 한계에 달했다. 이런저런 주변 전황으로 비추어 보면 라미안 군은 단기간에 수도를 점령해 전쟁배상금을 받아내는 것이 목적일 것이다.

그러나 왕실에서 하루가 멀다 하고 교전을 독촉하자 더 이상 버틸 수 없었다. 수성전을 택한 것은 병력 손실을 최소로 하기 위함이었지 자신이 없어서가 아니다.

5월의 마지막 날, 트라제는 성문을 열었다.

시린 서리가 내려앉기 시작하는 이른 새벽, 선봉군 진영에는 수천 개의 화톳불이 불꽃을 피워 올렸다

진영 중앙에 질서정연하게 세워진 소형 가죽 막사들은 기사들의 숙소로, 그 앞에는 수련 기사가 한 명씩 번을 서고 있었다.

진영 외곽으로는 마치 장벽을 쌓아올린 듯 세워진 병사들의 대형 막사가 위치했다. 막사 사이사이에 어김없이 화톳불이 놓아져 있었고, 짝을 이룬 보초병들이 있었다.

1골드가 부인들의 호위로 남겨놓은 베라를 제외한 세 명의 호위를 바라보았다. 그들은 위장복에 눈만 드러낸 두건을 쓰고 있었다.

"강군이라더니 제법이다."

"마나의 기운도 느껴집니다. 알람 마법 등의 부비트랩을 설치해 놓은 것 같습니다만, 저 정도는 저희에겐 일도 아닙니다."

밀림에서 몬스터들과 천 년이 넘는 세월 동안 이웃한 그들

이었다. 그들은 마을을 보호하기 위해 온갖 함정을 설치했었다.

"후후, 함정이란 생각은 들지 않느냐?"

"정면이 측후방보다 허술하다 했습니다. 철저히 야습을 대비하고 있군요. 진영 안으로 끌어들여 치겠다는 의도 같습니다."

1골드가 선봉군 진영을 살피고 있는 곳은 2㎞쯤 떨어진 풀숲으로, 낭창 휘어진 나뭇가지를 밟고 있었다.

"순순히 넘어가 주는 것도 좋겠지."

"제가 앞쪽으로 가겠습니다."

1골드가 고개를 저었다.

"그 래리 폭스란 자도 제법 강자라 하더라. 너희 셋이면 충분할 것이다. 목을 베면 지체없이 빠져나오도록."

말을 마친 순간 1골드가 사라졌다.

홉은 초원을 질주하며 간간이 신형을 드러내는 1골드를 감난 쉬인 눈으로 보았다. 잠깐 모습을 드러낸 건 마법을 해체하느라 그런 것이다. 경공과 은신술만은 반 일족의 최고라 자부하는 그도 따라가지 못할 놀라운 솜씨였나.

무의 완성을 보는 것 같아 절로 허리를 숙인 그들도 허리를 펴는 순간 사라졌다. 1골드 못지않은 경공이었다.

기병의 야습을 대비해 세워진 목책 정문에는 수십 명의 초병들이 있었다. 그들 중 잘 정비된 갑옷에 형형한 안광을 뿌리는 두 명은 적어도 상급 이상의 기사였다.

초병을 상급의 기사가 통솔한다. 그야말로 물샐틈없는 경비였다. 초병들과의 거리가 오십여 보 정도 되자 1골드는 발걸음을 늦췄다.

1골드는 건틀릿을 낀 양손을 뻗어 초병들을 향했다. 흐릿한 기운이 손끝에 맺히는가 싶더니 빛살처럼 튀어나갔다. 거의 동시에 번을 서던 초병 열 명이 퍼뜩 경기를 일으키면서 반듯이 뒤로 넘어갔다.

땅을 박찬 1골드는 발짓 한 번으로 거리를 없애고 갑작스런 변고에 놀란 초병들에게 다시 한 번 손짓을 보냈다.

풀썩거리는 소리에 고개를 돌린 한 병사가 상황을 알아챌 시간도 없이 머리가 터지며 옆에 놓인 화톳불 위로 엎어졌다. 튀어오르는 불꽃 사이로 입을 딱 벌린 채 서 있는 두 기사가 보였다.

순식간에 열댓 명의 병사가 죽어 나자빠졌다. 분명 습격을 한 자들이 있어야 할 터인데 어디에서 공격했는지조차 찾지 못했다. 검을 반쯤 뽑으며 소리치려 할 때 눈앞에서 검광이 번쩍였다. 기사는 비명도 지르지 못했다. 목이 반쯤 베여 머리가 등 뒤로 넘어간 것이다.

눈 깜짝할 사이에 초병들을 처리한 1골드는 대검을 어깨에 걸치고 질풍처럼 본진을 향해 내달렸다.

그의 신형이 사라지자 기다리기라도 한 것처럼 찢어지는 고함이 울렸다.

"적이다! 야습이다!"

순차적으로 비상 타종과 호각 소리가 호응하듯 메아리쳤다.

래리 폭스는 첫 번째 비상 타종이 울릴 때 잠에서 깼다. 어지럽게 울리는 호각 소리에 갑옷을 갖춰 입고 허리에 검을 찼다.

그의 기사단인 친위대 대장 마츠가 휘장을 젖히고 들어왔을 때는 완전한 무장을 갖추고 의자에 앉아 있는 상태였다.

"마츠, 당황할 것 없다. 각자의 자리를 지키라 해라."

"소수의 자객입니다."

예상했다는 듯 래리는 고개를 끄덕였다.

"터준 정면으로 잠입했는데 순식간에 행방을 놓쳤습니다. 죄송합니다."

"위사와 병사는 제자리에, 친위대 기사만 동원해 놈들을 쫓아라. 독 안에 든 쥐다."

"명을 받듭니다."

막사를 나간 마츠는 어깨를 펴며 자신감이 찬 어조로 빠르게 명령을 하달했다.

"불을 피워라! 병사들은 각자의 위치를 지킨다. 기사들은 마방으로 가서 군마를 보호하라. 자객은 친위대가 잡는다!"

선봉군의 대처는 눈이 부실 정도로 일사불란했다. 그 누구도 우왕좌왕하지 않았다. 잠이 덜 깬 병사들도 막사를 뛰쳐나와 지정된 위치에서 경계 태세를 갖췄다. 친위대를 제한 기사들은 마방으로 달려갔다. 소란을 가중하는 군마가 첫째 목표인 것이다.

어느 순간부터 고함 소리도 호각도 들리지 않았다. 모두가 숨죽인 그때, 병사들의 막사군에서 불길이 치솟았다.

"맥기 영지군 진영이다!"

마츠는 안력을 높였다. 막사 사이를 건너뛰는 검은 그림자를 본 것이다. 몸놀림이 비호처럼 날렵했다. 그는 입술을 깨물고 뒤를 돌아보았다가 숨을 들이마셨다. 자리를 이탈할 수는 없다.

"좌측이다! 좌측 진영으로 넘어갔다!"

순간 침입자가 보란 듯이 지붕 꼭대기에서 멈춰 섰다. 시야상으로 얼굴은 볼 수 없는 거리인 데도 이를 드러내며 웃고 있는 듯했다.

마츠는 몸을 날려 쫓고 싶었으나 애써 참았다. 땅바닥을 스치듯이 달려가는 친위대들이 막사 아래로 당도한 것이다. 다시 시선을 든 그는 침음성을 삼켰다. 그사이 침입자는 귀신같이 종적을 감췄다.

"날다람쥐 같은 놈!"

씹어 뱉듯이 말한 마츠는 어렴풋이 보았던 침입자의 모습을 상기했다. 화살이 닿지도 않을 먼 거리지만 상당히 큰 덩치였다. 거기에 거대한 중병기를 들고 있는 듯했다.

"에이, 설마… 적 사령관이 자객?"

7만 대군을 책임져야 하는 위치다. 제거 대상 1순위이기에 전장에서도 쉽게 모습을 드러내지 않는 법인데… 하지만 언뜻 비친 모습이 알려진 용모파기와 너무나 흡사했다.

마츠는 빠르게 막사 주변을 살폈다. 위사들이 양팔을 벌리면 닿을 정도의 간격으로 빙 둘러선 상태였다. 소란이 이는 진영과는 격리된 세상처럼 고요하기까지 했다.

"무슨 일이 있어도 절대 움직이지 말도록!"

명령을 내린 후 자신은 몸을 날려 침입자의 행방을 알리는 소란을 따라 달려갔다. 한 발 내밀 때마다 주변 경관이 쑥쑥 스쳐 갔는데, 어디를 보아도 시체들이 즐비했다.

마츠는 서서히 발걸음을 늦추며 좀 더 시체들을 자세히 살펴보았다. 대부분이 친위대 기사들이었고, 죽은 자의 표정에서 공포라던가 두려움의 감정은 찾을 수 없었다. 단지 무언가에 상당히 놀란 표정이었다. 결국 제가 죽는 줄도 모르고 죽었다는 것이다. 어느새 흥분이 사라진 그의 얼굴은 급격히 굳어졌다.

"설마… 진짜로?"

허황된 뜬소문일 거라 생각했다. 하지만 중급 이상의 기사로 구성된 친위대가 반항도 하지 못하고 당한 걸 보니 맞는 것 같았다.

그랜드 마스터, 그것도 교단에서 말이다.

각 교단은 많은 소드 마스터들을 배출했다. 하나 역대 소드 마스터들 중에서 그랜드 마스터의 경지에 오른 자는 없었다.

기사들 사이에서는 스스로의 노력보다는 신의 도움을 받아 무력을 증진하기에 신의 영역이라 일컫는 그랜드 마스터의 경지에는 도달하지 못한다고 생각했다.

만약 소문의 그 그랜드 마스터가 진짜로 이곳에 온 것이라면…….

악다구니 받친 고함이 막사 두어 개 너머에서 들려왔다. 마츠는 그곳으로 달려가는 두 명의 기사를 잡아 세웠다.

"총사령관이 올 때까지 포위망을 유지한 채 장거리 공격만 하라 전해라. 너는 마법사는 한 명도 빠짐없이 전투 상황실로 모이라 해라. 어서!"

소리 높여 대답한 기사들이 각자의 방향으로 뛰어가자 마츠는 몸을 돌렸다. 친위대만으로는 힘들다. 급히 되돌아가던 그는 이를 갈았다. 그때, 사령관 처소에서 요란한 호각 소리가 터져 나온 것이다.

"이런! 뒤를!"

동쪽을 치는 척하고 실제로는 서쪽을 치는 전법. 그래서 병사들에게 각자의 자리를 지키게 했지만 소용없었다. 진영을 휘젓는 자의 무위가 너무 뛰어나 한두 명으로는 잡을 수가 없었고, 시간이 지체되자 물고기 떼처럼 기사들이 그자를 쫓아 우르르 몰려다니는 꼴이 되었다.

사령관 막사 앞에 당도한 마츠는 숨을 들이켰다. 과연 비상 호각을 불 여유가 있었나 싶게 위사들은 깨끗하게 당했다. 제자리를 벗어난 위사가 반도 되지 않는다는 건, 반격할 틈도 없었다는 말이다.

붉어진 눈으로 막사 안으로 들어간 그는 입술을 피가 나게 깨물었다. 확 풍겨오는 피비린내와 부서진 집기들 사이로 여기저기 널려 있는 시체 조각들이 보였다. 밖과는 달리 격전의 흔적이 역력했으나 결과는 다르지 않았다.

"주, 주군……."

그는 낯익은 갑옷을 입은 시체 앞에 무릎을 꿇었다. 오른 팔목이 잘려져 나갔고, 협공을 당했는지 등과 배에 커다란 검상이 나 있었다. 그를 더욱 분노에 떨게 한 것은 목 위로 있어야 할 부분이 없다는 점이었다.

"잔악무도한 놈들!"

시체를 훼손해 기사의 마지막 명예마저 짓밟은 것이다. 그때 하늘이 무너지는 소리가 천둥처럼 들려왔다.

"적장이 죽였다. 래리 폭스의 목이다!"

천장을 부수고 막사 위로 뛰어 올라가 소리의 진원지를 찾았다. 그러나 밤하늘을 가르는 고함은 동굴 벽에 울리는 메아리처럼 사방에서 들려오는 바람에 그 위치를 찾을 수가 없었다.

"어디냐?! 개 같은 자식들! 쥐새끼처럼 숨어 있지 말고 나와라! 내 필히… 헉!"

마츠는 석상처럼 굳었다. 적의 고함에 힘이 쭉 빠진 듯 망연자실한 모습으로 한 점을 올려다보고 있는 병사들의 눈길을 따라가자 도깨비불이 허공을 둥둥 떠다니고 있었다. 사람의 목이다. 아직도 피가 뚝뚝 떨어지는 래리 폭스의 수급이었다.

"마, 마법사! 헨리 경! 헨리 경! 어디 있소?! 어서 주군의 수급을……."

그의 애절한 목소리를 들기라도 했는지 부유 마법에 라이트 닝까지 걸어놓아 빛을 발하던 수급이 힘없이 떨어져 내렸고, 그 아래에서 백발이 성성한 두 노인이 수급을 받아 들었다.

한걸음에 달려가 수급을 건네받은 마츠가 고개를 숙였다.

"고맙소, 헨리 경."

"제가 한발 늦었습니다. 단장을 뵐 면목이 없구려."

그의 말처럼 몇몇 기사가 울분을 토하는 소리만 간간이 들릴 뿐 진영은 침묵에 싸였다. 자객들은 전광석화처럼 뒤를 쳐서 순식간에 선봉장의 머리만 취하고 사라진 것이다.

그러나 그는 그렇게 생각하지 않았다.

"아직 진영을 빠져나가지 못했을… 누구냐!"

순간 번개 같은 속도로 몸을 돌린 마츠의 옆구리에서 섬광이 폭사되었다. 무언가 매서운 속도로 날아든 것이다.

팅! 퍼퍼―퍽!

"크흑!"

마찰음과 파육음이 거의 동시에 울렸다. 손목이 부러지는 듯한 고통에 터지는 신음을 억지로 누른 마츠는 등 뒤에서 들리는 둔탁한 소리에 놀라 황급히 고개를 돌렸다.

"아뿔사!"

방금 전까지 대화를 나누던 마법사들의 모습이 보이지 않았다. 시선을 내리자 대여섯 보 떨어진 바닥에 나란히 누워 있었다.

눈을 부릅뜬 두 마법사의 이마에는 화살 깃이 수놓아져 있었는데, 화살은 마츠의 검을 팅겨내고도 마법사의 머리를 관통할 정도로 엄청난 힘이 실려 있었다. 처음부터 마법사를 목표로 날아든 듯하다.

마츠의 두 주먹에서 핏물이 흘러내렸다.

라미안 군이 진주한 진영에 물샐틈없이 간자들이 깔려 적군의 상황이 시간 단위로 보고가 올라왔고, 선봉 부대에서도 척후를 내보내 전방을 끊임없이 살폈다. 그것으로도 모자라 야습을 대비해 철저히 대비를 한다고 했는 데도 완벽하게 농락당했다.

전시에, 그것도 아군 진영에서 지휘관을 잃은 대죄는 입이 열 개라도 변명의 여지가 없다. 친위대장으로서 주군을 지키지 못한 죄는 참수감이다.

두두두두두!

마츠의 고개가 번쩍 들렸다. 일단의 기마들이 진영 안인 데도 속력을 줄이지 않고 그대로 달려왔다. 그들이 가까워질수록 마츠의 안색은 더욱 어두워졌다. 병사들의 제지없이 이처럼 들어올 수 있는 자들은 적의 동태를 파악하기 위해 나간 척후대밖에 없었다.

여기저기 찢기고 피 칠한 모습에 숫자도 백 명의 인원에서 삼십여 명으로 줄어 있었다. 불안감이 엄습했다. 아니나 다를까 달리는 말 위에서 구르듯이 뛰어내린 기사가 주변을 살필 겨를도 없이 준비한 말부터 쏟아내기 시작했다.

"야습이오! 적들이 쳐들어오고 있습니다. 오천! 오천의 기병이 곧 당도할……."

허겁지겁 본진으로 후퇴하면서도 이상했다. 아무리 경계를 위해서라지만 진영이 너무 밝았다. 초소를 지나면서도 깨어 있는 병사들의 수가 너무 많다고 생각했다.

"이, 이런… 이미 본영도?"

"너는 이 길로 달려 본진으로 향하라. 트라제 각하께 선봉군이 적들의 습격으로 막대한 타격을 입었다 전하고, 즉시 구원병을 요청한다 전해라. 급전이다!"

척후에서 전령이 된 자들이 쉴 틈도 없이 말에 오르자 마츠는 마법사들에게도 이 내용을 알린 후 통신을 보내란 명령을 내리고는 숨을 가다듬고 소리쳤다.

“전군은 들어라! 우리의 영토를 침범한 간악한 라미안의 무리들이 쳐들어오고 있다! 놈들에게 만유의 무서움을 뼈저리게 가르쳐 주자!”

지휘관을 잃어 혼란에 빠진 듯 보였던 선봉군이었으나, 강군인 중앙군답게 전의를 되살려 함성으로 답했다.

“와아아아!”

삐이이이익—!

그 순간, 절로 인상을 찡그리게 만드는 날카로운 경고음이 울렸다. 진영 주변에 설치한 알람 마법이 울리는 소리였다.

“토다! 이쪽이다!”

그 소리에 백여 기의 기병이 말을 세웠다. 마상에서 오른손을 가슴에 대는 군례를 취한 후 열 명의 기사가 짐을 들고 빠른 걸음으로 다가왔다.

두두두두두!

흙먼지를 일으키며 스쳐 지나는 기병 부대를 1골드는 무심한 눈길로 좇았다. 적장을 벤 후에 연이어 감행하는 야습이었다.

“저자도 죽였어야 했나?”

만유 군 선봉대 진영에서 북소리가 들려왔다. 기습에 대비하라는 명령이었고, 낮아진 사기를 진작시키는 효과도 있었다. 막 지휘관을 잃은 군대로 보기 힘든 빠른 대처였다.

1골드가 양팔을 들자 조심스레 다가온 두 기사가 웬만한 갑옷 두어 개는 붙여놓은 듯한 크기의 흉갑을 1골드에게 입혔다. 시퍼런 빛이 흐르는 세 개의 뿔이 달린 어깨 보호대를 장착한 후에 예의 검은 망토를 둘렀다.

이어 윗머리에서부터 뒤로 쭉 뻗은 7개의 뿔이 달린 투구를 든 기사가 빠르게 다가와 무릎을 꿇고 들어올리자 목례로 수고를 답한 1골드가 투구를 옆구리에 끼었다.

간단히 건틀릿과 손목, 팔목, 어깨 보호대만 착용하던 전과는 많이 달라진 모습으로 풀 플레이트 아머(Full Plate Armor)를 착용했다.

달빛마저 삼켜 버리는 칠흑빛에 보기만 해도 위압적인 형태의 갑옷은 겉보기만큼이나 대단한 방어력을 가지고 있었다. 대마법사가 하나도 아닌 둘이 만들어낸 합작품으로, 황제나 입을 법한 극상의 마법 방어구 리플렉시온인 것은 당연했다.

전투 마법사 블랙 위저드는 전장을 돌아다니다 보니 연구실에만 틀어박혀 사는 마법사들에 비해 개방적이고 호탕한 기질이 있었다. 그 기질에 홀딱 반한 레티아는 그에게 호감을 가졌고, 미지에 영역에 도달했다는 공통점에 봄멜과 급속도로 친해졌다.

이에 나온 합작품이 드래곤 본을 재질로 하는 3벌의 리플렉시온이었다. 아드카빌론의 레어에서 얻은 드래곤 본으로 1골드와 칸야는 그들의 특성에 맞게 아드카빌론의 드래곤 본으로, 시네르아의 제후 헤르반은 레드 드래곤 본으로 제작된 갑옷을 받았다.

몸에 착 달라붙는 옷을 입은 듯한 착용감에 1골드가 만족스런 빛을 띠었다.

"스승님과 사숙님에게 선물을 해드려야겠어."

혼잣말을 뱉은 그는 비슷한 형태의 갑옷을 착용한 홉이 건네는 말고삐를 잡고는 말의 갈퀴를 한차례 쓸었다.

히이이잉!

주인의 손길이 기분 좋은 듯 흑마가 울음소리를 토했다.

1골드는 이 흑마가 마음에 들었다. 말에 전해지는 무게 정도는 충분히 조절할 수 있어 일반 군마를 타도 상관없지만 워낙 덩치가 크다 보니 영 폼이 나지 않았다.

그래서 스캇 상단이 전 대륙을 수소문해 찾아낸 말로, 건장한 군마들보다도 머리 하나는 더 큰 놈이었다. 기사 열 명이 완전 무장할 만큼의 돈이 들었으나 하나도 아깝지 않았다.

마상에 올라 대검을 뽑아 들고 말 허리에 달려 있는 기다란 쇠봉을 꺼내 검병의 하단 부위에 결합했다. 그러자 5미터는 됨직한 각진 언월노 형태의 서내한 창이 되있다.

쇠꼬챙이같이 생긴 돌격창 랜스가 있었으나 그것으로는 단조로운 찌르기 공격밖에 할 수 없어 생각해 낸 것이다.

부우웅!

가볍게 휘두르자 손에 전해지는 묵직함이 몸에 맞는 옷을 입은 것처럼 좋은 느낌이었다.

준비를 마친 1골드가 가볍게 박차를 가하자 주인의 기분을 느꼈는지 흑마의 몸놀림 또한 경쾌하기 그지없었다.

말에 무리를 주지 않기 위해서 걷기 시작하다가 서서히 속도를 올리던 1골드가 속보로 걷자 그를 기다리며 주변을 맴돌던 3천의 기병 부대 본진이 그 뒤에 달라붙었다.

창을 높게 쳐든 1골드는 적 진영에서 달려나온 기병들과 개전을 시작한 선봉을 보며 소리쳤다.

"좋다! 개전이다! 쳐 죽여라!"

"쳐 죽여라! 한 놈도 살려두지 마라!

베르디는 바스타드 소드를 후려치듯 등 뒤로부터 내려쳤다. 투구에 부딪친 검에서 불똥이 튀어오르자 더 볼 것도 없다는 듯이 몸을 낮추고 좌측에서 달려드는 기병의 군마를 베었다.

"으악!"

머리가 반쯤 날아간 적 선봉장이 마상에서 비스듬히 떨어져 내렸고, 군마의 목이 베인 기병은 말과 함께 바닥을 나뒹굴었다.

"이야압!"

함성 소리 대신 부하들의 힘찬 기합 소리가 들렸다. 두 개의 창이 정면으로 맞부딪치는 기마전에선 기선 제압이 무엇보다 중요하다. 후작이라는 감투를 가지고도 베르디가 선봉

부대의 최선두에 선 이유였다.

선봉은 2천이었다. 일자로 쭉 벌린 선봉 부대보다 백여 미터 앞에 있던 베르디가 백여 명의 척후대를 이끌고 앞을 뚫었다.

"주군! 놈들이 좌측에서 쏟아져 나옵니다!"

옆에 붙은 영지군 기사단장이자 기병 부대에서는 친위대를 이끄는 부관이 악을 쓰듯이 소리쳤다.

검을 돌려 피를 털어낸 베르디도 적 진영에서 줄지어 쏟아져 나오는 기병을 보았다.

"오냐! 저곳이구나! 전열을 송곳 대형으로 만들면서 나를 따라라. 나오는 족족 목을 벨 것이다! 하앗!"

"주군, 우리가 상대하기에 수가 너무 많습니다. 적어도 5개 대로 입구를 막는 것이……."

기병의 최대 장점은 기동력이다. 갓 진영에서 빠져나와 가속력을 붙이지 못한 기병은 큰 위협이 되지 못한다.

"기세 싸움이다! 이놈아! 그대로 깨부수고 적진으로 들어갈 것이다!"

벼락같이 소리친 베르디가 말 머리를 틀며 어느새 달라붙은 시종이 건네주는 랜스를 잡아 들었다.

부관은 혀를 내둘렀다. 베르디는 원래부터 불같은 성격으로 부하들을 휘어잡은 용장으로 유명했다. 원정길에 오르기 전 교황과 독대를 한 이후부터는 그 기질이 더해져서 마치 회춘을 한 것 같았다.

랜스의 끝을 옆구리 지지대에 걸고 상반신을 낮춘 베르디는 투구 사이로 불길을 토했다. 몸에서 주체할 수 없는 힘이 넘친다. 다 신의 은덕이다.

"크크크크!"

비릿한 미소를 머금고 먹이를 눈앞에 둔 맹수처럼 괴성을 흘렸다. 주변의 시야가 차단되고 오직 앞에서 달려오는 적만 보였다. 오십여 보의 거리, 헐떡이는 군마의 주둥이까지 손만 뻗으면 닿을 듯 보인다.

놈의 창끝이 떨리는 듯했다. 그러면서 지나온 길로 긴 잔재를 그렸다. 마나를 창에 실을 정도의 실력자다.

베르디의 미소가 짙어졌다. 넘치는 힘을 쏟아낼 상대를 만난 것이다.

"크하하하! 내가 베르디다. 라미안의 철벽 베르디란 말이다! 죽어라!"

순간 그들이 부딪쳤다. 두 개의 랜스가 거의 같은 순간 내질러졌다. 부딪칠 듯 맞붙던 랜스 사이에서 스파크가 일며 내력의 차이를 이기지 못한 상대 랜스가 치켜 올라갔다.

베르디의 두 눈이 번뜩였다. 적 기사의 가슴팍이 훤히 드러난 것이다. 그 순간, 손목을 비틀어 회전력을 더해진 랜스가 어김없이 상대의 흉갑에 닿았다.

터어엉!

말발굽 소리를 가리는 굉음이 울리고 투구 사이로 피를 토한 적 기사가 훌훌 날아갔다. 주인을 잃은 군마만이 처량하게 달려갈 뿐이었다.

적의 선봉을 날려 버린 베르디는 할 일을 다한 랜스를 버리고 바스타드 소드를 빼 들었다. 선두를 깨고 전 대열에 들어선 이상 이제 돌격창은 쓸 일이 없다.

“차앗!”

기합을 토하며 첫 대결의 패배로 진로가 흐트러진 적 대열을 유린했다. 날아간 시체에 기병 두어 기가 엉키고, 그 여파로 돌격로에 장애가 생겼다.

기병이 무서운 점은 달리는 말의 속도에 기병의 무력이 합해져 가공할 파괴력을 내는 것이다. 일순 주춤하면 스치지나 지나가는 적의 공격을 막기가 힘이 든다.

“주군! 이야압!”

목청이 찢어져라 악을 쓴 부관과 부하들이 어깨를 부딪칠 듯 베르디에게로 달라붙었다. 하나의 창이 되어 적진을 뚫어야 파괴력이 가중된다. 그들은 그것을 잘 알고 있었다.

촘촘한 밀집 대형을 이룬 그들에 의해 만유 군은 대해가 갈라지듯 좌우로 벌어졌고, 베르디의 선봉은 기침없이 피를 뒤기며 질주했다.

기선을 잡은 라미안의 선봉에서 십여 기의 기병이 떨어져 나와 베르디의 후미에 힘을 실었고, 나머지는 목책을 넘어 적진으로 향했다.

“잘한다!”

선봉의 선전에 흥이 난 1골드가 외쳤다.

“각하! 우리의 몫은 없는 것 같습니다. 하하하!”

본군 수장인 그리엄 또한 신이 났다. 만유 선봉군은 진영에서 나오자마자 라미안 군 선봉의 위세에 밀려 지리멸렬(支離滅裂)했다. 하나로 뭉쳐야 힘을 배가하는 기병들이 모래알처럼 흩어져서 갈피를 잡지 못하고 오합지졸처럼 이리저리 뛰어다니다 시체가 되었다.

“본대를 3방향으로 나눈다. 카비젤은 천을 데리고 우측으로, 그리엄은 좌측으로 우회에 보병을 상대하라! 나는 선봉을 지원한다!”

그 명령에 카비젤과 그리엄이 자신들의 친위대와 떨어져 나와 부관들에게 명령을 전했다. 얼마 지나지 않아 말에 박차를 가한 좌우의 기병 부대들이 본대에서 갈라져 나가며 속력을 올렸다.

선봉의 후미를 잡은 1골드는 활을 들어 시위를 매겼다. 기병이 워낙 빨라 마법 공격으로 타격을 주기 힘들지만 마법사가 거추장스럽기는 마찬가지였다.

그랜드 마스터에 오르자 마법 또한 6써클 마스터에 도달했다. 좀 더 시간을 두고 마법 수련을 했으면 쉽게 대마법사에도 오를 것이라 생각했다.

몸의 모든 단전이 일통되었으니 상, 중단을 쓰는 마법과 하단전에 기반을 둔 무공이 자연스레 하나로 귀결되는 것으로, 결국 마법이나 검이나 그 끝은 같은 선상에 놓여 있는 것이다.

시위에 살을 매기자마자 500여 미터나 떨어진 급조한 망루 아래로 철시를 날렸다. 그곳은 주변 마나가 급격히 모이는 곳이었다.

쉐에에엑!

화살이 실을 떠나고 1골드는 눈 깜짝할 사이에 다른 화살을 걸고 활대를 둥글게 휘었다. 눈부신 연사로 삼초도 되지 않아 삼십 발이 들어가는 화살통이 비워졌다.

활을 안장 옆에 장착하고 창을 들었을 때는 이미 선봉군을 지나 베르디와 어깨를 나란히 하고 있었다.

"신났구먼!"

익은 벼를 수확하려는 거대 창이 좌편을 쓸었다. 말과 함께 방패를 든 적기병이 한칼에 잘려 나갔다. 워낙 창이 긴 탓에 근방 6미터 내에 있던 세 기가 더 날벼락을 맞았다.

"허허! 어디 사령관 각하만 하겠소이까!"

베르디도 질세라 창을 내지르는 창수를 창내와 함께 갈라 버렸다. 기병을 상대하기 위한 장창병이었다. 그들은 적 진영에 들어와 있는 것이다.

주변에서 탁한 흙먼지를 일으키며 보병을 도살하는 기병들은 대부분 라미안 군이었다. 진영 안까지 들어서자 간간이

나는 눈먼 화살을 제하고는 더 이상 그들의 앞을 막을 장애물
은 없었다.

둥둥둥둥둥!

두어 개의 머리를 일수에 쳐올린 1골드가 힐끗 고개를 들
었다. 장단도 없이 난타하는 북소리였다.

"퇴각 소리인가?"

그의 예상이 맞았다. 간간이 저항하던 만유 군이 사방으로
흩어져 도주를 하기 시작했다.

"끝까지 쫓아가 죽여야 합니다."

후퇴 시에 전력 손실이 많다는 걸 1골드도 모르지는 않았
다. 하지만 베르디와는 생각이 달랐다.

"만유의 본진이 들이닥칠 시간이 얼마 남지 않았다. 베르
디 장군, 명을 받들라!

"신 베르디, 사령관 각하의 명령을 받습니다."

"선봉부터 철군을 시작한다. 전령! 각 군에 명을 전하라.
본대는 선봉을 호위하며 빠져나간다!"

사령관의 깃발을 든 전령들이 쏜살같이 달려나갔다. 이어
친위군들이 목청을 높였다.

"퇴각한다! 사령관 각하의 명이다!"

"각 부대별로 정렬해 퇴각한다!"

퇴각 명령이 떨어지자 흥분이 가라앉은 라미안 군 사이에
서 또다시 불을 지피는 소리가 터져왔다.

"적들이 도망쳤다!"

"우리의 승리다!"

"와아아아!"

피 묻은 병장기를 높이 쳐든 병사들이 하늘을 울리는 함성을 내질렀다. 별 피해 없이 선봉장을 죽이고 3만 병력을 격퇴시킨 것이다.

1골드는 승리의 함성 속에 막 동이 트는 산등성이 너머로 시선을 두었다. 솔직히 손쉽게 얻은 승리는 아니었다. 만약 정면으로 부딪쳤다면 승리를 장담할 수 없을 정도로 잘 훈련된 병사들이었다.

저 너머에는 이들을 길러낸 자가 있었다. 그가 전해줄 즐거움에 모처럼 심장이 뛴다. 전투는 묘한 흥분과 함께 성취감을 전해준다. 바람결에 풍겨오는 피비린내도 어색하지 않았다.

"약육강식이란 건가? 흐음, 변해도 참 많이 변했군."

1골드는 말 머리를 돌렸다. 아직도 전세는 열세라 해야 할 일들이 많이 남아 있는 것이다.

Chapter 2

기나긴 장정의 서곡

"**개**자식들!"

트라제는 이를 갈았다. 이젠 벌써 몇 번째인지 헤아리기도 지쳤다. 성문을 나서면서부터 공격 같지도 않은 귀찮은 암습이 계속되었다.

수풀에서 십여 명밖에 안 되는 놈들이 불쑥 튀어나와 화살을 날리곤 뭐 빠져라 노방을 쳤다. 8만 병력을 한 줌도 되지 않는 놈들이 발걸음을 잡으려 했다. 참 웃기지도 않은 기습이라며 비웃었지만 하루를 넘기자 편두통을 안겨주는 요인이 되었다.

식사를 준비하기 위해 물을 길러 간 병사가 시체가 되어 돌아오지 않았고, 척후를 나간 기병도 고슴도치가 되어 널브러져 있었다.

평원에서라면 기병 1개 대만 보내도 손쉽게 잡을 수 있다. 하지만 놈들은 십여 명 단위의 소규모 병력으로 나뉘어져 산을 타고 다니는 전문적인 산악 훈련을 받은 레인저들이었다.

게다가 그 빌어먹을 화살은 대략 400미터 정도 되는 거리에서 날아와 갑옷을 꿰뚫었다. 400미터라니, 활 중에서 최고로 치는 그 유명한 로만 장궁의 최대사거리와 맞먹는 거리였다. 유효사거리가 그 반인 200미터라는 점을 감안하면 정말 대단한 무기다.

또한 암습을 받은 자가 기사란 점도 문제였다. 보통의 기사라도 제 간에는 성의를 다해 갑옷을 마련하는데, 이따위 암습에 갑옷이 숭숭 뚫려 버리면 전장에 나서기도 전에 화살 세례에 대해 지레 겁을 먹게 된다.

트라제도 제법 뛰어난 레인저들을 풀어 산을 수색했지만 그다지 얻은 성과가 없었다. 산악 훈련 외에도 전문적인 궁수 훈련을 받았는지 적들의 화살은 일격필살이었다. 수풀에 가려 보이지도 않는 곳에서 화살을 날리고 내빼니 병력만 낭비한 꼴이었다.

할 수 없이 최대한 척후를 많이 내보내 수색을 강화하고 진군 속도를 높였다.

산악 지형을 빠져나와 평원에 접어들자 더 이상의 암습은 없었다. 라미안 군이 똬리를 튼 플러스까지 3일 정도의 거리를 남겨두었을 무렵, 선봉 부대가 야습을 당했다는 소식이 들려왔다.

10㎞의 거리를 단숨에 달려갔으나 회군하는 처참한 모습의 패잔병과 불타는 선봉대의 진영(陣營)밖에 볼 수 없었다.

호피로 싸인 의자에 몸을 묻은 트라제는 심기가 좋지 않았다. 시종들도 감히 얼씬하지 못했고, 진막을 호위하는 시위들조차 숨을 죽였다.

한데 벌레보다 못한 놈이 앵앵거리자 극한의 인내를 발휘해 살심을 억누르고 있었다.

"내 누누이 말하지 않았소? 성에 숨죽이고 있어봤자 내 영지를 유린당하는 꼴밖에 나지 않는다고. 적들이 국경을 넘었을 때 당장에 달려가 섬멸해야 했소. 당신의 그 잘난 작전 때문에 시간만 내준 게 아니오!"

"그래서요?"

눈썹을 치켜 올린 알폰소가 전술 지도가 깔린 탁자를 내려쳤다.

"그래서라니요! 무려 선봉 3만이 힘 한 번 써보지 못하고 꼬랑지 내린 똥개처럼 도망을 쳤는데……."

트라제가 눈을 번뜩이자 알폰소는 시껍했다. 트라제는 누가 뭐래도 만유의 최강자이자 기사들의 우상이다.

"허험험! 흥분하여… 실례했소. 하지만 도대체 적들의 동태를 살피러 나간 간자들은 무엇을 했다는 말이오? 적 기병 오천이면 눈뜬 장님이라도 알아챘을 것이오. 그 많은 병력이 움직이는데 아무도 몰랐다니."

"적 진영에서 움직인 기병은 없었소."

"허—! 그 말을 나보러 믿으라는 소리요?"

"그러든지 말든지."

"이보시오, 트라제 공작! 난 공작이자 부사령관이오. 당신과 동등한 위치란 말이오. 한데 아무런 보고도 듣지 못하고 있소. 이런 일이 가능하다고 생각하시오? 당신이 철저히 내 눈과 귀를 막고 있지 않으면 있을 수도 없는 일이오!"

"나보다 전황을 더 잘 파악하고 계신 분이 무슨 소릴 하는 게요? 당신의 그 잘난 우방에서 숱한 밀서를 올렸을 게 아니오? 아니면 그대가 신임을 얻지 못한 것일 게고."

알폰소의 얼굴이 수치심에 일그러졌다. 변절자의 전력이 있는 자에게 누가 믿음을 주겠느냐는 소리였다. 막 발작하려던 알폰소는 요란한 비상 타종 소리에 입을 다물었다. 좀 뜸하다 싶더니 적의 습격이 또 시작된 것이다.

핑곗거리를 찾은 트라제는 몸을 일으켰다. 한시도 같이 있고 싶지 않은 종자였다.

"사령관, 적진에서 병력이 움직이지 않았으면 그 병력들은 어디에서 왔단 말이오?"

이 점이 심히 궁금했는지 알폰소가 재우쳐 물었다.

"군마는 나도 모르오만, 기사들은 인근 마을로 약탈을 나간 병력들이 위장한 것 같소. 되었소?"

알폰소가 고개를 끄덕이자 트라제가 찬바람을 일으키며 막사를 나갔다.

"망할 자식, 빳빳하기는. 네놈이 언제까지 병권을 쥐고 있을지 내 지켜보겠다."

마상에 오른 트라제는 붉은 노을을 등지고 나타난 기병 부대를 바라보았다. 세어보지 않아도 전장에서 터득한 감각으로 지평선 끝에 걸쳐 있는 적병이 오천 기 정도라는 걸 한눈에 파악했다. 평지에 접어들자 레인저 대신 기병이 나타난 것이다.

"선봉을 친 그놈들이로군."

야습으로 기병 4천을 잃었고, 보병 1만이 소개되었다. 지금 이 순간에도 선봉군 병사들은 복귀하고 있으나 떨어진 사기는 오히려 본대 병사들에게 악영향을 미쳤다. 두려움은 전염성이 강해 적군보다 무서운 것이다.

"사령관 각하! 제게 기병 5천만 수십시오! 한순에 적장의 목을 따 가지고 오겠습니다!"

스티론을 시작으로 제장들이 나서 목소리를 높였다. 라미안 군은 말 머리를 나란히 하고 오라는 듯이 손짓을 보내고 있었다. 부하들이 귀찮아할 정도로 척후를 보냈으니 함정을 팔 시간은 없었다. 하면 저 자신감은 무엇인가?

"어르신, 제 눈을 개안시켜 주시겠습니까?"

하얀 긴 로브를 입은 노인이 빙긋 웃으며 대답했다.

"응, 뭐 어려운 일이라고."

밥이 빠르게 손을 놀려 장난하는 것처럼 트라제의 얼굴에 손바닥을 대었다. 목례를 취해 보인 트라제가 적진을 향해 눈을 좁혔다.

"흐음, 저자인가? 멋진 갑옷을 입었군."

거리를 뛰어넘어 바로 눈앞에 놓인 광경처럼 적진을 본 트라제가 침음성을 흘렸다.

"그런 것 같네, 트라제 군. 하하, 버릇이 돼서 미안하이, 트라제 각하. 3㎞가 넘는 거리인 데도 풍기는 기운이 대단해. 일전에 뵌 적이 있는 엘 카르도 대마법사님과 비견될 정도인걸. 정말 놀라운 자야. 새로운 초인의 출현인가."

"골드라는 자입니다. 우리 만유에 있는 샤벨 용병단 출신으로, 봄멜이란 6써클 마법사와 십여 년 전에 떠났습니다. 한데 제국 시네르아에 잠시 모습을 비추었다가 라미안 내전에서 공을 세워 대공의 위치까지 올랐다 합니다. 그동안의 행적은 알려진 바가 없습니다."

"봄멜? 들어본 적이 있어. 그도 그렇지만 저자도 용병 출신으로 저 정도까지 이르다니 대단해. 그나저나 얼굴이나 한 번 보았으면 좋겠는데 안면 보호대나 좀 벗어주지. 끌끌끌."

"저게 얼굴이랍니다. 어릴 때 사고를 당해 이목구비가 구별이 안 될 정도로 얼굴이 망가져서 철가면을 쓰기 시작했는데, 그 후에 또 사고를 당해 철가면이 얼굴에 붙어버렸답니다."

"허어―! 사연이 구구절절하구먼."

"나이를 알면 더 놀라실 겁니다. 이제 겨우 서른 안팎이라고 합니다. 저는 저 나이 때 마나를 얻었는데 말입니다."

제장들에게 들으라는 듯 대화를 나눈 트라제가 고개를 돌렸다. 그 누구 하나 눈길을 피하지 않았다.

"한스!"

"옛! 신 한스, 대령이오."

제장 중 붉은 얼굴에 털복숭이사내가 나섰다.

"그래도 나서겠느냐?"

"죽는 한이 있어도!"

"저자는 라미안의 총사령관이다. 거기에 맞는 대우를 해줘야겠지. 기병 1만을 주겠다. 석식 전에 밥맛을 돋우는 적장의 목이 보고 싶다."

"핫! 한스, 목을 걸겠습니다! 가자! 이럇!"

한스가 두발없이 밀고삐를 재자 재히 부장들이 일부 떨어져 나갔다. 곧 부관들의 복창 소리가 진영에 울리더니 최전방에 배치된 보병들이 갈라졌다. 그 사이를 1만의 기병이 무서운 속도로 빠져나갔다.

"자일로, 너도 1만이다. 조용히 뒤를 돌아 후방을 쳐라!"

"이름을 불러주지 않았다면 서운했을 겁니다, 각하. 자일로, 명을 받듭니다."

트라제는 적진에 시선을 둔 상태로 팔짱을 꼈다. 우회 공격 정도는 골드란 자도 예상했을 것이다. 하지만 전투는 예상대로만 흘러가지는 않는다. 아차하는 순간 꼬리를 잡혀 궤멸에 가까운 타격을 받을 때도 있다.

정면에서 최대한 끈질기게 발목을 잡고 돌아간 자일로가 후방을 노린다. 관건은 한스가 얼마나 적들을 잡고 늘어질 수 있느냐는 것이다.

기병 1만을 거느린 한스는 전형적인 용장이다. 서자 출신의 신분 제약으로 항상 진급에서 누락되었는데, 트라제를 만나고부터는 제 능력을 인정받아 중앙 제3기사단장이 되었다. 2미터의 장신에 성정을 나타내듯 산적 같은 외모였다.

돌격 부대의 선봉장으로 어울리는 재목으로, 비슷한 성격의 래리 폭스와는 라이벌이자 흉금을 털어놓는 친구 사이였다.

모닝스타 위에 걸쳐진 둥근 방패를 꺼내 든 한스가 소리쳤다.

"화살에 대비하라! 솜털 같은 화살에 낙마하는 놈은 내가 목을 벨 것이다!"

라미안 군의 활 위력을 몸소 체험한 그였다. 결코 가볍게 볼 수 없었다.

"말론! 벅! 좌우로 산개해라!"

그래서 탄착군을 형성하지 못하도록 기병의 간격을 벌렸다. 집중 포화를 받아 일선이 무너지면 뒷열까지 우왕좌왕 연습용 허수아비가 되는 것이다.

한스는 기병용으로 제작된 소형 크로스 보우를 들었다. 마상이라 정확도는 엉망이고 사거리라고 해봤자 100미터도 안 되는 손바닥만 한 소형 쿼럴을 날릴 뿐이지만, 달리는 속도까지 더해져 평시보다 두 배는 빠르다. 제대로만 맞으면 판금 갑옷쯤은 종잇장처럼 찢고 들어간다.

"대기하라! 명령이 떨어질 때까지 사격을 금한다!"

똑같은 복명이 일자로 늘어선 대형 전반에 울렸다.

"각하, 놈들이 산개를 합니다. 저 우익 후방에서 십여 기가 떨어져 나갑니다!"

1골드도 보고 있는 모습을 카비젤이 다시 한 번 환기시켰다. 우회기동으로 측후방을 노리는 것이다. 상대의 화력을 살 파악한 적절한 돌격 대형이고, 수적 우세를 앞세운 기동이었다.

"그리엄에게 출격을 명한다."

목소리를 높이는 카비젤과는 달리 1골드는 들릴 듯 말 듯 말소리가 작았다. 때를 같이해 기다리고 있던 부관이 깃발을 번쩍 들어 흔들었다. 이어 이제나저제나 기다리며 투레질을 하던 일단의 기병이 튕기듯이 앞으로 튀어나갔다.

1골드는 눈을 좁혀 거리를 가늠했다. 1㎞여의 거리, 기병이 달려오는 속도와 장궁의 사거리를 계산하고는 화살을 꺼내 실에 걸었다.

장궁이라고 하지만 크기가 거의 사람 키와 맞먹는 이곳 장궁과는 달랐다. 주워들은 옛적 선조의 맥궁을 흉내 낸 것으로, 길이는 3분의 2로 줄어든 것에 반해 사거리는 비약적으로 늘었다.

끼이잉!

시위를 당기자 어깨에 전해지는 반탄력이 느껴졌다.

획일적인 크로스 보우에 비해 활은 사수의 능력에 따라 보이는 성능이 천차만별이다. 사수의 완력이 제각각이어서 같은 활을 쓰더라도 크게 차이가 난다. 일반 편제상 궁수는 일반 병사로 구성하지만, 활은 사실 엘리트 병기다. 백발백중의 궁수 하나를 키워내기 위해서는 몇 년이 걸릴지 장담할 수 없을 정도다. 겉보기에 크로스 보우가 활보다 비싸 보이지만 제작 기간도, 들어가는 비용도 활이 월등히 낫다.

내전 종결 후 1골드는 모든 기사들에게 활을 지급해 익히게 했고, 궁수를 직업 군인 위주로 뽑아 전문적으로 양성했다. 전쟁 당시에는 시간상 레인저 부대에 보우를 사용케 했지만 지금은 활로 전부 교체된 상태였다.

연사가 손쉬워진 크로스 보우는 일반병들에게 돌아갔다. 집단전의 특성상 일정한 탄착군을 형성할 수 있는 표준화가 필요했기 때문이다.

오랜 노력과 숙달된 기술이 요하는 장궁과는 달리 크로스 보우는 비교적 조작이 간편해서 손쉽게 익힐 수 있다. 숙달된 궁수에 비해 연사 속도는 눈물겨울 정도였지만 훈련 기간은 엄청 짧았다. 게다가 누가 쏘더라도 똑같은 사정거리를 가진 다는 점이 집단전에서의 모든 단점을 가리고도 남았다.

1골드는 장궁을 선호했다. 본격적으로 손에 익힌 지 4년째 다. 제법 난다 긴다 하는 궁수들과 비교해도 전혀 손색이 없 는 솜씨였다. 오히려 사거리 면에서는 더 나았다.

허공의 한 점을 겨냥했다. 허공이라 해봤자 목표물의 머리 보다 조금 올라간 정도였다.

카비젤은 마른침을 삼켰다. 1골드의 화살이 실을 떠나는 순간 개전이다. 발리스타의 발사음처럼 퉁! 하는 소리와 함께 공기를 가르는 매서운 음향이 울렸다. 재빨리 화살을 쫓았으 나 화살은 실을 떠나자마자 사라져 버렸다.

하지만 곧 화살의 위치를 찾을 수 있었나. 직곤의 대장기를 든 기수가 사라진 것이다.

펄럭! 펄럭!

깃발이 힘차게 펄럭이며 부관들은 목청이 터져라 소리쳤 다.

“사격 개시!”
티티티티잉―!

“으아아악!”
재수없게 투구의 눈구멍으로 파고들어 온 화살에 얼굴을 관통당한 기병이 낙마해 요란한 쇳소리를 내며 뒹굴자, 미처 갑작스레 나타난 장애물을 피하지 못한 후발 군마가 흉갑을 밟고는 앞다리가 꺾여 빙글 돌아 등부터 떨어졌다.
와그작!
600kg에 육박하는 군마에 갈린 기사는 아마 이런 소리가 나며 절명했을 것이다.
티티티티팅!
폭우처럼 쏟아지는 화살을 비스듬히 세운 방패로 비껴낸 한스는 숙였던 상체를 조금 폈다. 노획한 적병에게서 빼앗은 활의 성능을 두 눈으로 확인했지만 직접 당하자 생각보다 훨씬 지독했다. 아직도 멀었다고 생각한 순간 화살이 날아오르더니 전방을 새까맣게 덮었다.
“이젠 우리 차례다.”
한스는 소형 크로스 보우를 방패 위에 얹었다. 적진에서 뛰어나온 선봉과 불과 500여 보의 거리였다. 소형이라도 돌진 시에는 충분히 닿을 거리다. 막 방아쇠를 당기는 순간, 적진에서 또다시 시커먼 먹구름이 일었다.

활은 조준 사격으로 보통 1분에 6발 정도를 날린다. 지향 사격은 그 두 배로 12발 정도이다. 그것은 크로스 보우에 비해 3배나 많은 수로, 저놈들은 기병이 아닌 궁수들이었다.

"벌써! 제기랄!"

쓸모가 없어진 소형 크로스 보우를 팽개치듯이 버린 한스는 방패를 머리 위로 들어올렸다. 이번 화살비가 지나간 후에는 바로 마상전으로 이어질 것이다. 제발 눈먼 화살이 많기를 바라면서 애병인 모닝스타를 쥐었다.

방패 뒤로 머리를 숨긴 한스는 눈만 돌려 대열을 살펴보았다. 일직 선상에 있던 말 머리들이 거짓말처럼 하나둘 사라져 간다.

"씨발! 내 새끼들이!"

어떻게 키운 기사들인가. 몇 푼 되지도 않는 화살 따위에 집 한 채 값의 기병이 나자빠졌다. 장거리 무기에 대해 기병들이 거쳐야 할 과정이었으나 쓰린 가슴은 어쩔 수 없었다. 하지만 곧 적진에 부딪쳐 마상전이 벌어지면 백배로 갚아줄 수 있다.

예상보다 한차례 더 폭우가 쏟아지고 나서야 한스는 석 방패에 새겨진 요상한 눈깔을 볼 수 있었다.

"눈알을 뽑아 씹어 먹으리라! 으아아아!"

손에 착용한 방패를 버리고 삐쭉 쇠침이 튀어나온 모닝스타를 풍차처럼 휘둘렀다.

"미친 광신도 새끼들아! 죽어!"

말 머리가 부딪칠 듯 스쳐 가는 상대방의 방패를 향해 모닝스타가 날았다.

쾅!

귀청이 울리는 소리가 나고 팔이 떨리는 충격이 전해졌다. 한스는 기분이 좋아졌다. 아작난 방패와 함께 상대방이 날아간 것이다.

"으하하하하! 다 죽일 것이다!"

호탕한 웃음을 터뜨리면서 상체를 비틀어 목을 향해 날카롭게 파고들어 오는 검을 피했다. 힐끗 눈을 돌렸으나 이미 지나친 놈을 쫓아갈 수는 없는 노릇이었다.

양군이 마주 찔러오는 창이 되어 스치면서 격돌이 이루어지는 것으로 속도는 별반 줄지 않았다. 앞에도 부나방처럼 달려드는 놈들이 많이 남아 있었다.

기세는 만유 군이 잡았다. 적어도 한스는 그렇게 생각했다. 1만의 군세에 맞선 라미안은 겨우 2,000기가 넘을까 말까 했다. 필연적으로 격돌한 정중앙은 진격 속도가 늦추어졌고, 말고삐를 늦추지 않은 만유 군의 양 날개는 치고 올라갔다.

따라서 일자로 산개한 대형은 처음 의도한 'U' 자 형태가 되었다. 이제 날카로운 창끝은 부딪침에 따라 점차 마모되어 뭉뚝해져 갈 것이고, 가속력을 잃은 기마는 멈추게 된다. 앞선 양측 날개를 오므려 포위 섬멸하면 마무리가 되는 것이다.

“장군! 대장기요! 대장기가 있소이다!”

반색한 한스가 번쩍 상체를 들었다.

“이크!”

찰나, 무딘 바스타드 소드가 투구의 끝을 스치고 지나갔다. 조그만 빨리 상체를 세웠으면 투구가 날아갈 뻔한 상황이었다.

열이 받은 한스는 모닝스타로 적 기병의 등을 창처럼 찍었다. 말울음 소리가 들리는 것이 땅바닥에 곤두박질친 듯싶었다.

“어디냐? 대장기! 어디냐고!”

상대의 말 허리에 깊은 검상을 입힌 부관이 악을 쓰듯 소리쳤다.

“정면! 저기, 붉은색 깃발을…….”

“으핫핫핫핫! 네 이노옴! 잘 만났다.”

“이런! 선봉이 위험합니다!”

베르디가 당장이라도 뛰쳐나가려는 듯 어깨를 들썩였다.

“역시 선봉은 제가 섰어야, 에잉! 멍청한! 교전하는 척하다 빠지라 했거늘…….”

베르디는 말을 하면서도 애가 타는 듯 검병을 잡았다 놓았다를 반복했다.

전장에서 한시도 눈을 떼지 않은 1골드는 턱을 쓸었다. 차가운 철가면의 감촉이 정신을 맑게 해주는 것 같았다. 이번 기습은 선봉의 창끝이 얼마나 날카로운가에 걸린 도박이었다. 방패가 창보다 단단하면 아까운 2천 기를 그냥 잃게 된다.

"속보! 전군 속보로 후퇴한다."

"각하!"

놀란 제장들이 무슨 소리냐는 듯 목청을 높였다.

"카비젤, 2파를 준비하라. 2군이 출격하느냐 못하느냐는 오직 그리엄에게 달려 있다."

"끄응!"

"베르디가 후군을 이끈다. 2군 출격에 맞춰 엄호 사격을 한 후, 뒤도 돌아보지 말고 퇴각하라. 우회한 적 병력이 퇴각로를 차단할 것이다. 그전에 빠져나간다. 이상!"

자르듯 말을 맺은 1골드가 망토를 휘날리며 최전방으로 나왔다. 이때 라미안 군은 속도를 더해가며 후방으로 물러나는 중이었다.

1골드는 활을 꺼내 들고 오므리기 시작한 만유 군의 좌측 날개 끝을 조준했다. 못해도 5, 6백 미터의 거리였다. 조금만 더 전진해 들어오면 본진에서 화살이 날아갈 터, 화살 세례로 대략 3천 기 정도가 전선에서 이탈했다. 놈들도 선택의 순간이다. 계속 치고 올라오느냐, 말 머리를 틀어 착실히 선봉을 잡아먹느냐였다.

둥둥둥둥!

이때 만유 군 진영에서 북소리가 울렸다. 무슨 뜻인지는 곧 알 수 있었다. 양 날개가 포개어지기 시작한 것이다. 포위 궤멸을 선택한 것이다.

"트라제는 신중한 자로군. 이제 공은 그리엄, 너한테 넘어갔다. 너와 네 부하들이 살 수 있는 순간은 지금뿐이다."

"정면 돌파다!"

그리엄이 악을 쓰듯 소리쳤다.

"떨어지지 마라! 친위군은 송곳 형태로 따라붙으란 말이다! 빌어먹을 자식들아!"

장로들이 이 소리를 들었다면 품행이 어쩌구 하며 핏대를 세울 일이었으나 여긴 전장이었다.

삑삑―!

그리엄의 명령을 알리는 신호로 부관들이 연신 호각을 불어댔다.

첫 출전하는 기사들은 자신의 숨소리밖에 들리지 않는 기병전이다. 하지만 백전노장인 각 대 대장들은 이머니의 목소리는 잊어도 이 호각 소리는 절대 잊지 않는다. 잊으면 곧 죽음인 것이다.

"신장님! 적장이 돌격해 들어옵니다!"

"저자는 내가 잡는다!"

한칼에 앞을 막아선 만유 군 두 기를 베어넘기면서 그리엄이 소리쳤다. 그는 자신의 얼굴에 흩뿌려진 피를 닦아냈다. 이럴 때마다 철가면을 쓴 1골드가 부러웠다. 눈을 부라린 그는 적장을 확인했다. 시뻘건 얼굴에 성난 들소처럼 콧김을 뿜어내는 자였다.

"허! 저렇게 인상이 더러운 놈은 내 평생 처음이다!"

"와하하하하!"

긴장을 풀어주는 그 한마디에 뒤를 따르는 친위대의 사기가 충천했다.

전장에서 대장이 깃발을 휘날리는 짓도 미친 짓이지만, 한덩어리가 되어 서로를 향해 꼬리에 불붙은 멧돼지처럼 돌진하는 것도 그에 덜하진 않았다.

"으랏차아!"

"타핫!"

동시에 우렁찬 기합이 터져 나왔다. 그리엄과 한스는 한눈에 서로를 알아보았다. 만만치 않은 자! 강자다!

그리엄의 투핸드 소드에서 오러가 일렁인 것도, 한스의 모닝스타 철침에서 빛이 뿜어져 나온 것도 동시였다.

콰콰쾅!

전장에 익숙한 전마도 이때만큼은 균형을 잃고 비틀거렸다. 주인들의 전력이 담긴 공격은 말들도 처음이었다. 튕겨 올랐던 두 중병이 다시 허공에서 부딪쳤다.

캬라라락!

채채쟁!

그리엄은 이를 악물었다. 시계 방향으로 돌면서 벌써 서너 차례를 부딪쳤으나 이득을 얻지 못했다. 시간을 끌면 불리해 지는 건 자신들이었다. 아직 완벽하진 않지만 죽음을 통해 얻은 힘을 선보일 때라는 걸 직감했다.

"이노옴!"

그리엄의 눈이 언뜻 백광으로 물드는 듯싶었다. 순간 좀 전과는 다른 무시무시한 기세가 뿜어져 나왔다.

"신의 힘을 보여주마! 지옥으로 꺼져라!"

서릿발 같은 고함 소리와 함께 손에서 허연 빛무리가 생기면서 소드를 타고 올라가 쭉 늘어났다.

오러 블레이드를 본 한스도 내력을 있는 대로 끌어올렸다. 이 일검을 막지 못하면 뒤는 없는 것이다.

투박하기까지 했던 검로가 현란하게 변하며 눈부신 검광을 만들이네는가 싶더니 불쑥 검날이 폭사되었다. 여태까지 검을 섞으면서 맞춰진 박자가 아니었다. 순간의 틈을 만드는 엇박자도 아니요, 속도가 최소한 배는 빨랐나.

"허억!"

숨을 들이킨 한스는 근육 섬유가 끊어지는 듯한 고통을 참으며 모닝스타를 들어올렸다.

서걱!

“커어어억!”

가슴을 내려다본 한스는 눈을 부릅떴다. 또 한 명의 한스가 놀란 얼굴로 올려다보고 있었다. 가슴을 관통한 검날에 비친 자신의 얼굴이었다.

비틀어 검을 빼낸 그리엄은 가차없이 한스의 목을 쳤다. 스르륵 미끄러진 듯 분리되는 머리를 투구째 잡아 검첨에 꽂아 하늘 높이 쳐들었다.

“적장의 목을 베었다. 라미안의 12신성, 나 신장 그리엄이 적장의 목을 떼었다!”

“우와와와!”

“신께 영광을! 라미안의 광영을! 적들을 지옥으로!”

수세에 몰린 라미안 군의 사기가 한순간에 치솟았다.

“신장님! 어서 가셔야 합니다.”

“니얼?”

“맞습니다. 니얼 부관입니다.”

“여기… 어디쯤이냐?”

“무슨 말씀을… 아! 적 후미, 아니, 돌파했습니다.”

그리엄이 격전을 치르는 사이 만유 군의 대열이 전체적으로 올라가 후미가 된 것이다. 하지만 전체적으로 봤을 때는 위아래로 적군을 둔 상태였다.

“내 말고삐를 아무도 모르게 잡아라. 우리는 우현으로 빠져나간다. 어서!”

적장을 잡긴 했으나 그리엄의 상태도 그리 좋지는 않았다.

"라미안의 전사들이여! 나를 따르라!"

간신히 힘을 짜내 고함을 친 그리엄은 부관을 재촉했다.

"밀집 대형으로!"

"밀집 대형으로!"

복창 소리와 호각 소리에 라미안 군의 어지러운 진형이 차츰 정비가 되어갔다. 하지만 치른 격전을 말해주듯 그 숫자는 채 천 기가 넘지 못했다.

"우현으로 빠져나간다!"

"지금이다! 전군 출격!"

속보로 후퇴하던 1골드는 그리엄이 적진을 돌파하자마자 전군을 전장에 투입했다. 양 날개로 선봉을 포위한 상태라 기병들은 거의 건다시피 했고, 말 머리가 반대로 돌아가 있어 적 후방을 치는 꼴이었다.

빛살처럼 날아간 카비젤 2군이 거의 둥진 적진을 한 번 더 돌파해 좌현으로 빠져나가면 1군을 추격하는 꼬리도 자를 수 있고, 지친 적들의 수를 수월하게 술일 수 있었나.

무섭게 돌격하던 라미안 군이 어느 한 지점에서 일시에 화살을 날렸다. 화살을 날리자마자 3천의 기병 중 1천은 말 머리를 돌려 후퇴를 하기 시작했고, 카비젤이 이끄는 2파는 그대로 돌격을 감행했다.

이번 화살은 전보다 두세 배에 달하는 성과를 올렸다. 선봉을 버리고 도망을 치는 것 같던 라미안 군이 다시 돌아올 줄은 생각지도 못했다.

그래서 등을 보였고, 방패로 방어를 해도 막기 힘들었던 화살은 등판을 여지없이 꿰뚫었다.

화살비가 한차례 핏물을 뿌린 후에야 뒤늦게 정신을 차린 만유 군은 말고삐를 채어 말 머리를 돌리자마자 미친 듯이 달려드는 라미안 군을 상대해야 했다.

멈춰 선 기병은 두터운 갑옷을 입은 보병에 지나지 않았다. 똑같은 수준의 기사라도 돌진하는 기병과는 차이가 나기 때문이었다.

폭풍처럼 몰아친 라미안 군은 만유 군 본진에서 피어오르는 흙먼지가 닿기도 전에 1군이 빠진 반대 방향인 우현으로 빠져나갔다.

"허허, 재밌는 놈이구나."

"예? 재미있다니요. 아주 지저분한 자입니다. 내 저렇게 싸우는 자는 보지도 듣지도 못했습니다."

중년의 얼굴에 어울리지 않는 늙수그레한 음성을 토한 사내가 호통조로 말했다.

"제 자신을 아주 잘 아는 현명한 자다. 현실에 적응하면서도 싸울 의지가 있고, 현실적인 수단을 사용해 원하는 목적을 얻었다. 무엇이 못마땅하다는 거냐?"

"교황 폐하, 저는 결과가 수단을 정당화할 수 없다고 배웠습니다. 제 눈에는 그렇게 보였습니다. 일국의 장군으로 수십만 장병의 귀감이 되어야 할진데 야습과 습격, 기사도를 등진 비열한 행동만 일삼았습니다. 저런 자는 언젠가 아끼는 부하에게 칼을 맞아 죽을 것입니다."

아이온의 북대륙에서 교황이라 불리는 자는 세 명이 있었다. 그중 이곳에 나타날 만한 자는 브리언 교의 교황밖에 없었다.

"껄껄껄. 알버트, 여긴 전장이다. 감성이 이성을 지배하는 곳이란 말이다. 살아남는 자가 강자인 곳이며, 승자가 역사에 남는 장인 것이다. 아귀가 판을 치는 전장에서는 도덕적인 기준은 다 잊어야 살아남는다."

"그래도……."

"쯧쯧쯧, 단 오천으로 10만의 발길을 묶고, 1만 기병을 상대해 6천이 넘는 적을 죽였다. 저놈들은 기껏해야 일, 이천쯤이나 죽었을까? 그에 반해 만유는 어떠냐? 수장은 분기탱천해 분노에 사리판단이 흐려졌을 것이며, 병사들의 사기는 연이은 패전으로 바닥까지 내려왔다. 이만하면 남는 장사가 아니냐?"

"끄으응."

"기사도는 부하들의 목숨을 살린 다음에 찾거라, 저놈처럼. 참 아까운 놈이로다. 제트피넘의 칼로 쓰기에 적임자인 것을……."

교황이 몸을 돌리자 알버트가 물었다.

"폐하, 어딜 가십니까? 아직 전투가 남아 있사온데."

"한 번 봤으면 됐지, 뭘 또 봐. 이기면 올 것이요, 지면 그걸로 끝이지 않느냐? 난 할 일이 많은 사람이다."

휑하니 교황이 가버리자 알버트가 입을 삐죽 내밀었다.

"에이, 씨! 그럴려면 여기까지 뭐 하러 와서……."

"뭐라 그랬느냐?"

"아! 아닙니다."

잠시 발걸음을 멈춘 알버트는 1골드가 사라진 방향을 응시했다. 그자는 자신이 이곳에 있는 것을 알고 몇 번이나 날카로운 눈초리를 보냈다. 번들거리는 철가면을 떠올릴수록 피가 끓어올랐다.

진영으로 돌아온 1골드는 갑옷을 입은 채 회의를 소집했다. 장로들과 신장들, 그리고 베르디를 비롯한 제장들이 뛸 듯이 들어와 자리를 채웠다. 몇몇 빈자리가 보였으나 그들은 눈길 한 번 주지 않았다.

1골드가 침착한 어조로 말을 꺼냈다.

"팬톤 장로, 부탁한 물건은 제작을 끝냈소?"

"말씀하신 대로 부착을 완료했으나, 장창병들은 그렇다 쳐도 포병들에게 달랑 도끼 하나 주고 전방에 배치하는 게 영

탐탁하지가 않습니다.”

“병력 운용은 내가 알아서 하오.”

매몰차게 말을 잘라 버린 1골드가 쿠건 백작에게로 눈을 돌렸다. 투실바 당시 수도방위군 동문 경비사단장이었던 쿠건은 보군을 지휘하는 군단장으로 원정군에 참전했다.

“창포차(槍砲車)병들의 훈련은 어찌 되었소?”

“밀고 가다 세워놓기만 하면 되니 조작이 손쉬워 훈련이랄 것도 없습니다. 당장 투입이 가능합니다.”

창포차는 1골드가 만유 군의 기병이 많음을 보고받은 직후 떠올린 것으로, 공성 병기로 사용하던 발리스타를 수레에 부착해서 이동하기 손쉽게 만든 포차에 전차처럼 창을 부착한 것이다.

“좋습니다. 웨어스 장로.”

“예, 사령관님. 걱정하지 마십시오. 신관들을 모두 동원해 부상자들을 치료하라 했습니다.”

“그보다 치료에 온 힘을 기울이면 신성마법전단에 얼마만큼의 공백이 생기는 것이오?”

인간의 생명보다 전력을 우선시하는 발언에 기분이 상했으나 웨어스는 있는 그대로를 말했다.

“20%에서 30% 정도로, 당장 내일 전투에 임한다는 가정하에서 말씀드리는 겁니다.”

“하루가 더 지나면?”

“5% 정도 상승합니다.”

좋지 않았다. 신관의 특성상 공격 마법보다는 수비와 치료 마법에 능하다. 여기에 만유는 기존 마법사와 브리언에서 보낸 신관들이 가세했으니 딱히 라미안이 우세할 게 없었다. 아니, 열세라고 봐야 한다. 기동력도, 방어력도 나은 게 없는 상황이었다.

‘그녀들에게도 도움을 청해야 하나?’

알로나와 갈리나가 가세하면 신관들과 정반대의 성향이기에 마법 전력을 확 끌어올릴 수 있다. 하지만,

“휴우.”

라미안에 다크 엘프가 속해 있다는 걸 알면 브리언 교뿐만 아니라 마족이라면 학을 떼는 대륙의 모든 교단이 나설지도 모른다. 갑자기 능글맞게 변한 봄멜이 그리워졌다.

“알겠소. 장로들은 최대한 적의 마법 공격 방어에만 신경을 써주시오.”

말을 마친 1골드가 제장들을 둘러보았다.

“초전은 철저한 방어입니다. 적의 기병을 줄이기 위해 출병을 했지만 큰 성과는 얻지 못했소.”

말과는 달리 2천을 잃고 15,000의 기병을 전투 불능 상태로 만들었으면 이만한 대승도 없다. 그러나 아직도 적은 35,000이나 남아 있었다.

양 진영 사이에 대회전이 벌어지면 배수진을 치고 전투에

임하는 꼴이라 지난 초전처럼 회피 기동도 할 수 없다. 기병이 도망쳐 버리면 남겨진 보병은 다 죽는다.

"힘든 전투가 될 것이오."

1골드는 용기를 북돋는 말이나 희망적인 이야기는 하지 않았다. 현실을 받아들이고 살기 위해 최선을 다하는 것이 살 방도다.

휘장을 젖히고 지휘 막사를 나서던 1골드가 발길을 멈췄다.

"전군에게 그리엄 신장과 사망한 기병들을 추모하는 시간을 갖게 하시오."

적진을 뚫고 회피 기동을 하는 사이, 1군은 크게 우회한 1만의 만유 군에게 발목을 잡혀 수많은 사상자를 낳았다. 그리엄이 부상당한 몸으로 끝까지 남아 분투하지 않았다면 전멸할 수도 있는 상황이었던 것이다.

Chapter 3

플러스 대회전

*1*골드는 길게 늘어선 전장을 바라보았다. 여러 번 경험했지만 항상 낯선 장면이었다. 20만에 가까운 병사들이 죽음을 향해 질주하는 사선에서 출발 신호를 기다리고 있는 것 같다.

봄멜만큼이나 반 일족의 빈자리가 허전해진다. 그들이 있었으면 벌써 적 진영을 난장판으로 민들어놓고 지휘관들 반쯤은 골로 보냈을 것이다. 그런 생각이 들기도 하지만 사실은 그리움이 더 컸다.

1골드는 잡생각을 떨쳤다. 지금은 아군을 한 명이라도 더 살아남을 수 있게 만드는 게 최선이다.

태양이 자리를 잡아갈 무렵, 만유 군 진영에서 흰 연기가 피어올랐다.

피식 웃은 1골드는 고개를 저으며 말고삐를 챘다. 목숨을 걸고 나선 전장에서 무슨 얘기가 필요한 것인지. 주절주절 떠들다가 장갑을 던지고 뒤돌아서는 쓸데없는 행위가 말이다.

트라제는 전차풍의 마차를 타고, 1골드는 흑마를 몰고 전장 한가운데에서 첫 대면을 가졌다.

"두 번째로 뵙는구려. 지난 인사는 잘 받았소."

"나도."

"주변을 살펴보았는데, 기대했던 선물은 없는 것 같소? 어찌 서운하기도 하오."

내전 시처럼 기병 기동로에 함정을 파놓지 않았느냐는 말이었다.

"다른 일로 바빠서……."

1골드가 건성건성 대답하자 만유 기사들은 당장이라도 검을 뽑을 것처럼 얼굴이 붉게 달아올랐다. 그건 1골드도 기다리는 바이다. 여기서 트라제를 죽여 버릴 구실을 만들 수 있으니.

하지만 상대는 이 정도 도발에 넘어올 상대가 아니었다.

"후후, 젊은 친구인 걸 뻔히 아는 데도 노회한 중늙은이를 대하는 것 같아. 원래 이름이 1골드던가?"

"그새 많이 알아내셨네. 혹 샤벨 단장 놈을 데리고 있나?"

"글쎄, 그런 하찮은 자까지 신경 쓸 위치가 아니라서… 부하들의 사기를 위해 쇼를 선보일 텐가?"

"일기토? 당신이 나오면 내가 상대해 주지. 어때?"

"하하하, 아직은 죽을 때가 아니라서 말이야. 자네의 무용담은 익히 들어 알고 있네."

"그자들이라면 충분히 상대가 될 듯싶은데, 당신은… 모르는군."

선봉군과 일전을 벌일 당시 신경을 자극하는 거대한 두 기운이 있었지만 트라제는 모르는 듯했다.

"그자?"

"수투는 언제 던질 건가?"

아군 진영으로 돌아오는 트라제는 의아함에 계속 뒤를 돌아보았다. 일기토를 원하지 않는다 하더니 1골드는 여전히 전장 한가운데에 남아 있었다.

"10만 대군을 홀로 상대하겠다는 건가? 역시나 미친놈이었어. 그토록 원하니 철저히 짓밟아주마."

마중 나온 기병의 호위를 받으며 본진으로 들어서자마자 빠르게 명령을 내렸다. 저자는 스스로 미끼를 자처한 것일 게다. 기병이 출격하면 적진에서 월등한 사거리의 활을 든 기병, 아니, 궁기병이 뛰어나와 활을 날릴 터였다.

둥! 둥! 둥!

진군의 북소리가 울리며 만유 군은 천천히 전진하기 시작했다. 양 진영은 2㎞ 정도의 간격을 두고 있었다. 사거리가 좁혀지면 도망을 치든가 뭔가 의중을 드러낼 것이다.

"불안합니다."

스티론이 좌익을 힐끔거리며 말했다.

"뭐가?"

"저 속을 알 수 없는 철가면도 그렇고, 오드넬 군과 브리언 지원군을 좌익에 함께 배치한 것 말입니다."

"알폰소, 그 작자는 제 영지이니 도망치진 않을 테고, 브리언 기병도 원수를 만났는데 설마 등을 보이기야 하겠는가?"

"그렇긴 하지만 각하의 명령을 잘 따를지가……."

"중앙과 우익만 갖고 싸운다고 생각하게. 그래야 편할 테니. 이크!"

"적들이 움직이… 저게 뭡니까?"

전선 전반에 걸친 라미안 진영에서 대여섯의 병사가 한데 달라붙어 수레 같은 것을 밀며 나오고 있었다.

"흐음, 장창을 수레에 붙인 걸 보니 기병에 대비한 물건 같은데."

"그렇게 보기엔 수레의 간격이 너무 넓지 않습니까? 지나쳐 뒤를 치면 될 텐데요."

"적은 6만도 안 되는 병력이야. 그런데도 10만인 우리보다 더 넓게 펼쳐져 있어. 집중 화력을 자신한다는 뜻, 나도 어느 정도는 인정하는 바이고. 승패는 기동력과 방어다."

“그래서 우리 기병에 대비해 저 요상한 걸 만든 모양이군요. 수레 뒤에 숨어서 활을 날릴 수도 있고요. 저걸 먼저 깨야겠습니다.”

“집중사격을 실시해.”

전신을 가리는 대형 방패를 앞세운 만유 군 중보병이 500보쯤 전진했을 때 라미안 군에서 첫 반응이 왔다. 양편의 선두는 서로에게 1㎞가 조금 넘는 거리에 도달해 있었다.

창포병들이 수레 손잡이를 놓자 창이 지상에서 30도 각도 정도로 세워졌다. 3미터의 창 길이까지 더하면 아무리 마술에 능한 기병이라도 뛰어넘을 수 없는 높이였다.

수레를 세우자마자 두 명의 병사가 부산하게 움직이더니 고정된 수레 위로 올라갔다.

“또 뭐 하는 수작일까?”

“몸무게를 실어 고정하려는 것 아니겠습니까? 철갑 기병에 부딪치면 부서질 테니까요.”

스티론은 자랑스럽게 보병 후열에 질서정연하게 정렬한 3천여 기의 철갑 기병을 돌아보았다. 말끼지 갑옷을 입혀 전차만큼의 파괴력을 가지고 있어 적진을 돌파하기엔 제격이다.

“헉!”

트라제의 헛바람 소리에 스티론이 빠르게 고개를 돌렸다. 수레에서 창이 튀어오른 것이다. 아직 대형 화살 발리스타도 닿지 않는 거리여서 이제 막 포병 사격을 명하려던 차였다.

볼 것도 없다는 듯이 고개를 돌려 전령에게 명을 전달하려는 순간, 믿기지 않는 사태가 발생했다.

퍼퍼퍼퍽!

"으아아악!"

닿았다. 달리는 말로도 1분은 넘게 가야 할 거리를 화살이 날아왔다. 있을 수가 없는 일이다. 라미안 군의 활 성능이 뛰어난 건 알지만 저 정도는 절대 아니다.

"으잉? 뭐가 좀……."

이상했다. 뚫린 선두 열이 금방 메워진 병사에 가려 자세히는 볼 수 없었으나 분명 상당히 큰 화살이었다. 발리스타처럼.

"발리스타다."

스티론은 자신의 귀를 의심했다. 트라제가 한 말이니 틀림이 없겠지만 믿겨지지 않았다. 발리스타는 공성 병기에서 장거리 무기로 사용하면서 성능이 많이 개선되어 사거리는 얼추 나온다.

하지만 이 정도 사거리를 내기 위해서는 거대한 활을 거치시키고 마소를 이용해 장전을 하던가 병사 대여섯은 달라붙어야 한다.

"사거리를 줄이기 위해 최전방에 배치했고, 이동을 손쉽게 하기 위해 수레에 올렸다. 참 기발한 생각을 하는 놈이 적진에 있구나."

"열나게 감아!"

어느새 라미안 군의 공식 제호처럼 되어버린 명령이 떨어졌다. 포병들이 이동 포차에 털퍼덕 주저앉아 땀을 뻘뻘 흘리며 노를 젓듯이 장전 손잡이를 돌렸다.

"으엉차! 영차!"

2인 1조로 운영하도록 개량한 소형 발리스타는 대형 발리스타의 반만 한 크기로, 크로스 보우를 3배 정도 확대해 놓은 것이었다. 크로스 보우에 비해 두 배에 달하는 사거리를 자랑해도 최전방에 배치될지는 몰랐기에 포병들은 불안함에 전방을 흘깃거렸다.

철컹!

고래 심줄보다 더 질긴 굵직한 시위가 장전 고리에 걸렸다. 회전력을 동력으로 전환하는 장전 장치를 호기롭게 탁! 내려친 사수가 버럭 소리쳤다.

"부사수! 빨랑빨랑 움직여!"

수레 위 한편에 놓인 2미터가 넘음직한 대형 화살을 부사수가 들어 레일 위에 올렸다. 화살깃이 깃털 대신 얇은 나무 판자로 만들어져 중단과 하단, 두 부분에 물고기 지느러미처럼 붙여놓았다는 점만 빼면 화살의 모양새와 별 다를 바가 없었다.

전방을 응시하던 사수가 이번에는 수레의 손잡이를 잡고

있는 네 명의 병사에게 소리쳤다.

"왼쪽으로 반보, 수레를 무릎 높이까지 들어!"

"이 자식이 아주 상전 노릇을 하네."

"꼬우면 니들이 쏘던가? 거리 맞추기가 총각이 처녀 구멍 찾기보다 더 어려워, 이 자식들아!"

걸걸한 농담에 장창수에서 도끼병이 되어버린 병사들이 군말없이 사수의 지시에 따랐다.

오와 열을 맞춘 밀집 대형의 중보병들은 한 방에 날리기에 좋은 먹잇감이다. 눈을 빛낸 사수가 방아쇠에 팔뚝만 한 쇠막대를 걸자 부사수가 반대편에서 마주 잡았다. 워낙 장력이 대단해서 혼자 힘으로 방아쇠를 당길 수가 없었다.

"하나, 둘, 셋. 발사!"

둘이 동시에 몸을 젖히자 퉁! 소리가 나며 대형 화살이 매섭게 허공을 갈랐다. 숨 두어 번 쉴 정도가 지났을까, 화살은 중보병 1개 대인 백인대의 중심에 떨어졌다. 적어도 열댓 명은 날아갔을 것이다. 스치기만 해도 팔다리가 부러질 위력이니까 말이다.

"좋았쓰!"

환호성을 터뜨린 사수가 다시 장전 손잡이를 잡자 부사수가 악을 쓰듯 소리쳤다.

"으악! 시커먼 놈들이 튀어나와요! 기사다! 기사!"

지나간 자리엔 아무것도 남지 않는다고 해서 침묵의 중전

차라 불리는 철갑 기병대였다.

"안 나올 것 같습니다. 들어가시죠."

철갑 기병이 모습을 드러내자 홉이 재촉했다. 1골드와 네 명의 호위만으론 상대할 수 없는 적이다.

"나 같으면 여기서 한 방 날리고 돌진할 텐데……."

아쉬운 듯 고개를 저으며 말 머리를 돌리던 1골드는 멈칫했다. 기다리던 움직임이 느껴진 것이다.

"전방에 집중하는 것 같습니다."

홉도 마나의 움직임을 느낀 모양이었다.

"일각을 무너뜨린 후 돌아서 뒤를 치는 게 편하니까."

그의 말처럼 창은 창포차의 앞부분에만 설치되어 있었기에 뒤를 잡히면 병사들은 철갑 기병에 의해 꼼짝없이 죽는다.

1골드가 홉의 등을 바라보며 말했다.

"부탁할까?"

"부탁이라뇨. 저희들이 하는 일도 아닌데요. 그럼 저희는 주인님의 말을 끌고 복귀하겠습니다."

"기병들에게 출격 준비를 하라고 해."

"알겠습니다. 그럼."

1골드를 빙 두른 호위들이 중얼중얼거리자 금방 이질적인 기운이 일었다. 곧 그들의 주위로 작은 회오리바람이 일더니 점차 동심원을 줄여가며 1골드에게 모아졌다.

"부탁한다. 주인님을 원하는 곳까지 올려드리렴."

누군가에게 상냥한 어조로 말을 건넨 호위들이 물러가자 1골드의 신형이 수직으로 둥실 떠오르기 시작했다.

"좌우익 기병은 동시에 양측면을 노려라! 자일로는 우익을, 알폰소는 좌익이다."

양 진영이 빠르게 좁혀지는 가운데 전장을 주시하며 빠르게 명령을 하달하던 트라제가 멈칫했다.

"뭐야, 저놈은?"

전장 한가운데서 마법을 써서 날아오르다니, 마법?

"마검사?"

"내가 보기엔 정령이다."

눈을 가늘게 뜬 밥이 맺던 수인을 풀었다. 디스펠 마법으로 1골드를 떨어뜨리려 했는데 그의 주변에는 마나의 기운이 뭉쳐 있지 않았다.

"아까 그 위사들 중에 정령술사가 있었던 모양이다. 마력이 상당한 자들이기에 마법사인 줄 알았더니, 적장은 일신의 재주뿐만이 아니라 주위에 포진한 인재들도 많구나. 허허, 정령술사라니. 사라진 줄 알았건만."

"지금 그게 문제가 아닙니다. 저자가 뭐 하러……."

그 순간, 적어도 작은 야산 높이 정도로 떠오른 1골드가 활을 들었다. 이쪽 화살은 닿지도 않을 높이였다.

“허어―! 뭐야?”

“마법 탐지?”

밥은 번쩍 그 단어가 머리를 스쳐 가자 지체없이 명령을 내렸다.

“마법사를 보호하라!”

개인 차는 있지만 써클이 올라갈수록 마법이 닿는 사거리 또한 4배수씩 늘어난다. 현 600미터 정도의 간격이라면 5써클의 마법사는 공격이 가능한 거리다. 놈은 그걸 기다리고 있었던 것이다.

그때 번쩍하며 하늘에서 벼락이 내리쳤다. 벼락은 정확히 철갑 기병을 지원하기 위해 마법진에 올라선 마법사들을 향했다. 이미 마법진은 가동한 상태라 호위기사들이 달려들 수도 없는 상황이었다.

과과쾅!

도저히 화살 한 대의 위력이라곤 생각할 수 없는 폭음이 울렸다. 하긴, 저자 정도의 경지라면 화살에 마나를 싣는 것도 이상하지 않다.

벼락이 떨어진 곳은 투석기가 날린 돌덩이가 떨어진 것보다 더 참혹했다. 반경 2미터의 마법진이 흔적도 없이 사라졌고, 마법사의 육신은 갈가리 찢겨져 살 조각들이 호위기사들의 갑옷에 달라붙어 있었다.

경악도 잠시, 수초가 흐르자 또다시 벼락이 쳤다.

밥은 가만히 있을 수 없었다. 라미안 신도라며 바넷 대비를 배척하는 현 국왕 올란도가 마음에 안 들어 왕실마법사의 자리를 놓고 나왔지만 만유 왕국의 마법사들의 수장인 건 변함없었다.

"육시랄 놈!"

훌쩍 날아오른 밥은 1골드와 같은 선상에 서서 빠르게 수인을 맺었다. 전투에 대비해 메모라이즈를 해놨기에 숨 한 번 쉴 시간도 걸리지 않았다. 자신이 발현할 수 있는 가장 강력한 마법을 곧바로 사용했다.

"플레임 스트라이크(Flame Strike)!"

밥의 몸이 불길에 휩싸여 타오르는가 싶더니 그 중심에서 새하얀 초고열의 광선이 빛살처럼 쏘아졌다.

그는 여기서 그치지 않았다. 마법사도 육신으로 이루어져 있기에 한계가 있다는 걸 모르지는 않을 터, 연속된 시동어가 터졌다.

"익스플로젼(Explosion)!"

하나하나가 강력한 주문이었다. 자신의 써클에서 최고위 마법을 3번 사용하면 마나가 바닥이 나는데, 그는 두 번이나 연속으로 사용했다. 상대가 상대인만큼 뒤를 보지 않겠다는 뜻이다.

화살촉에 마나를 집중하던 1골드는 눈을 치켜떴다. 무시할 수 없는 강맹한 기운이 적진에서 솟아올랐다. 볼 것도 없이 활을 버리고 버릇처럼 손을 등 뒤로 뻗다가 순간 멈칫했다. 전투는 이제 시작이다.

양손을 가슴 어림에 모으는 찰나, 레이저 광선같이 백광이 쭉 뻗어 날아왔다.

"좋다! 포스 필드(Force Field). 쉴드! 쉴드!"

육신은 바람의 정령 실프들이 지탱해 주는 상태라 몸을 피할 시간도, 아니, 그럴 생각도 없었다. 외곽에 에너지 역장을 펼치고 내부에 겹겹이 쉴드를 둘렀다.

파식!

요란한 폭발음은 없었다. 송곳처럼 파고들던 백광이 쉴드 하나를 남겨두고 소멸했다. 막 반격을 가하려던 찰나, 발아래에 모이는 마나에 숨을 들이키고는 본능적으로 내력을 다리로 돌렸다.

콰콰쾅!

그 순간, 발아래에서 강력한 화염 폭발이 일었다. 쇠도 녹여 버리는 초고열의 시퍼런 불길이 순식간에 온몸을 휘감았다. 거의 동시에 막대한 내력이 빠져나가 기체에 힘을 더했다. 외력에 대항하는 반탄강기였다.

흡족한 미소를 머금던 밥은 안색을 굳혔다. 첫 공격을 마법으로 막아내자 10년 전에 죽은 애완 고양이가 살아 돌아온 것만큼 놀랐다. 이어진 연속기가 먹혀들어서야 겨우 엷은 숨을 내쉬었다. 지상에서 입을 벌리고 있는 병사들의 눈에는 폭발에 1골드가 날아간 것처럼 보였다. 그렇게 되면 안 된다. 순식간에 재가 되었어야 옳았다. 그런데 놈은 2타까지 막은 것이다.

"저 자식은 괴물이다!"

머리 회전이 좋은 마법사답게 밥은 뒤도 돌아보지 않고 도망쳤다. 병사들에게는 적을 처리하고 개선하는 것처럼 보일지도 모르지만 말이다.

1골드는 헛웃음을 지었다. 폭발의 여파에 휘말려 훌훌 날아가다 몸을 세웠더니 재수없는 늙은이가 사라졌다. 허리춤에 촘촘히 걸어놓았던 화살통도, 휘날리던 망토도 재가 되어 없어진 상태였다.

"와아아아!"

발아래에서 함성이 터져 나왔다. 힐긋 내려다보니 병사들이 뭐가 그리 좋은지 갑옷을 두드리며 난리법석이었다.

"적은! 정면이다!"

"우와아아아아!"

호통을 쳤지만 오히려 함성 소리는 더 커졌다. 죽은 줄 알았나 보다. 적진을 한 번 노려본 1골드는 크라우치를 떠올리며 몸을 돌렸다. 그리고는 마치 계단이 있는 것처럼 허공을 유유히 밟으며 지상으로 향했다.

"오오! 아르테르님이다!"

"역시! 대공 전하께서는 아르테르님의 화신이다!

"우와아아아! 신께 영광을! 라미안에 광영을!"

뿔이 솟은 위압적인 흑갑옷을 입고 하늘도 베어버릴 듯한 거대한 대검을 든 채 유유히 하늘을 밟고 다니는 광경은 라미안 군에게 신장 중의 신장 아르테르를 그리기에 충분했다.

스스로 지옥으로 내려가 악마와 함께 죽었다는 악천사 아르테르를…….

"돌격—!"

본격적인 전투는 라미안 군의 선공으로 시작되었다. 작전 회의 때와는 달리 초반 공세를 택한 것이다. 뜻하지 않은 쇼로 병사들의 사기가 하늘을 덮고도 남았기 때문이다.

대검을 붙여 5미터에 달하는 거창을 수평으로 벌린 1골드는 추스른 8천 기병을 이끌고 적의 우익으로 돌진했다. 브리언에서 보낸 원군들이 포진한 곳이기에 만유 군보다 전력이 우수하다 판단하고 초전에 제거하기 위함이었다.

한편, 만유 군에서는 라미안의 보군 뒤에 정렬한 기병이 일게히 뇌현으로 빠져나가사사 중앙 절갑 기병 3천에 기병 1만, 좌우익 1만 5천의 기병이 기동을 시작했다.

중앙 병력으로 창을 매단 수레를 비롯해 보병을 상대하고 적 기병이 빠져나간 틈을 노려 좌익을 친다. 라미안 8천 기병쯤은 좌익의 1만 5천 기병이면 충분히 막을 수 있을 것이다.

보군 지휘소 역할을 하는 마차에 올라선 쿠건은 목이 터져라 소리쳤다.

"벌려! 벌리란 말이다! 철갑 기병이 지나갈 길을 만들란 말이야! 에코넨, 에코넨 부대를 빨리 우현으로 이동시켜! 어서!"

육중한 말발굽 소리를 내는 철갑 기병들은 이미 소형 발리스타의 포망을 벗어난 상태였다. 이 시점에 보병군단장 쿠건은 막는 대신 길을 터주라는 명령을 내렸다.

창포대가 굼벵이처럼 느리게 좌우로 벌어지는 사이 경보병들은 일제히 쿼럴을 날렸다. 1개 중대 백여 명이 쏜 쿼럴은 탄착군 50미터 안에 집중 포화를 쏟아낼 수 있도록 훈련된 병사들이었다. 당기기만 하면 비슷한 거리를 날아가는 크로스보우라 몇 달만 훈련하면 가능한 일이었다.

손쉬운 훈련의 결과라 해도 당하는 입장에서는 괴로웠다. 보군의 포화 속에 갇힌 기병은 열에 셋이 낙마했다. 기병의 낙마는 전사하지 않더라도 곧 전투력의 손실을 의미한다.

만유 군의 철갑 기병에겐 초밀한 그물 같은 쿼럴의 빗속을 뚫고 가야 하는 30여 초의 시간이 마치 30년처럼 느껴졌다.

우지끈!

크르르르륵!

군마가 몸으로 창포차를 들이받자 땅에 고정해 놓은 손잡이가 밀리면서 병사들까지 우르르 밀려났다.

하지만 철갑 기병 또한 그리 좋은 상황은 아니었다. 적절한 높이로 창대를 세웠기에 군마는 배에 커다란 구멍이 뚫린 채 부서진 창포대의 잔해 속에서 꿈틀거리고 있었다.

낙마하는 육중한 충격으로 대낮에 별을 본 기사가 정신을 차리려는 듯이 투구를 털 때, 성난 도끼병들이 달려들었다.

"으아악! 개자식! 토막을 내주마!"

악에 받친 병사는 장작을 패듯 도끼로 기사의 목 어림을 힘껏 내려쳤다. 하지만 목 보호대에서 불똥이 튀며 잘리지 않자 무슨 일이 있어도 꼭 잘라내고야 말겠다는 듯 미친 듯이 계속 내려쳤다.

까아깡! 깡깡깡!

기사의 목이 반쯤 잘려 꾸역꾸역 피를 토해냈을 때 병사는 환호할 틈도 없이 어깨에 격심한 충격을 받고 쓰러졌다.

"으아아아! 다 죽인다! 개보다 못한 평민 자식들이!"

맞는 말이긴 했다. 보병은 주로 평민과 농노로 이루어진 병사들이었으니까 말이다.

악을 쓰며 군마의 좌우로 팔랑개비처럼 검을 휘두르던 기병은 덜컥 누가 뒤에서 잡아당기는 느낌을 받았다. 그도 잠시, 봄이 붕 뜨는가 싶더니 파란 하늘이 보였고, 순간 능에서부터 엄청난 충격이 느껴졌다.

"크흐윽!"

기사의 목에 긴 갈고리를 걸어 떨어뜨린 병사가 해머처럼 생긴 중병기로 온몸을 가리지 않고 내려친 것이다.

"어디 귀족 새끼들은 다른가 보자! 이교도 자식아! 죽어, 죽어라!"

쾅쾅쾅!

한 번 내려칠 때마다 갑옷이 움푹움푹 찌그러지며 뼈마디가 가루가 된 기사는 곧 움직임을 멈췄다.

열어준 길로 나아간 철갑 기병들은 전력 손실이 미미했으나 좁아진 창포차 사이를 뚫으려 했던 기병들은 단단한 저항에 부딪쳤다.

창포차 옆에서 불쑥 튀어나온 갈고리에 군마의 다리가 걸려 나뒹굴기 일쑤였고, 수레 위에 올라탄 병사에게 달리는 와중에 도끼로 강타당하기도 했다.

자연히 철갑 기병을 앞세운 만유 중앙군 기병들은 열어준 길로 모여들게 되었다.

"이런! 왜 저리로! 스티론, 스티론! 보군의 진격 속도를 최고로 올려라! 기병을 받치란 말이야!"

중앙 기병은 협곡에 들어간 상태나 진배없었다. 조금만 늦으면 협살당할 수도 있다.

"우익! 우익은 뭐 하나!"

전장의 우측을 보자 그곳에선 선명한 빛무리가 일렁이고 있었다. 마법이었다.

"각하! 적들이 신관들을 모두 우익에 배치한 듯합니다. 저항이 만만치가 않습니다! 게다가 그 빌어먹을 크로스 보우가……."

이러면 안 된다. 마법과 활만으로 우익을 방어하면 적진 깊숙히 들어간 중앙 기병이 위험하다.

"젠장! 모든 마법사들을 중앙에 투입해! 어서 당장!"

라미안 보군이 협살을 하기 위한 이동에 들어가기 전에 밀어붙여 그럴 틈을 주지 말아야 한다.

"좌익은?!"

여태 그쪽에 신경이 가 있었으니 모르지는 않았다. 그러나 믿어지지가 않아서 다시금 묻고 싶었다. 좌익은 왜 그렇게 강대국들이 우수한 소드 마스터들을 보유하기 위해 노력을 하는지를 여실히 보여주고 있었다.

라미안은 이 전장에 투입한 소드 마스터만으로는 만유 전체의 마스터보다 많았다.

"어떻게 저런 조그만 나라에서 열 명이 넘는 소드 마스터가 나올 수가 있는 거야?"

놀랍기는 1골드도 마찬가지였다. 자신과 다크 엘프들은 그렇다고 쳐도 시장 급 대부분이 오러 블레이드를 뿜어낼 수 있는 줄은 몰랐다.

12신장 중에서 8명이 원정군에 참여했고, 그중 7명이 소드 마스터의 경지를 보였다. 전사한 그리엄을 제하고 1골드와 호위 넷을 포함하면 무려 11명이 이글거리는 검을 휘두르고 있었다.

"신께서는 두 눈을 크게 뜨고 지켜보고 계시는가?"

라미안 군의 선봉장 베르디는 친위대 이백여 명을 거느리고 선봉의 척후에 섰다. 선봉군 2천여 기는 뒤를 보지도 않고 질주하는 선봉장을 쫓아 말 등에 눕다시피 한 자세로 그 뒤를 바짝 따랐다.

"꺾어지는 산맥만을 바라보던 내가 평원을 마음껏 질주하며 싸울 줄은 몰랐다."

베르디가 안장에서 빼 든 바스타드 소드를 두 손으로 움켜쥐고는 웃었다.

"날 참 좋다! 장렬하게 싸우다 죽기에는 좋은 날이다."

질풍처럼 내달리는 라미안에 맞서 흙먼지를 일으키는 만유 군은 적어도 두 배는 되어 보였다.

"가자! 내가 죽어 앞을 뚫을 것이다!"

베르디는 척후였으나 선봉과의 간격이 거의 없었다. 친위대를 정점으로 한 덩어리가 된 화살촉이나 마찬가지였다. 1골드가 이끄는 본대 6천도 겨우 백여 보 차를 두고 따랐으니 라미안 기병은 화살 모양으로 후군도 두지 않은 결사전이었다.

"교황 폐하께 라미안 군의 용맹을 보이자!"

그 소리가 신호라도 되었는지 매서운 파공음이 일며 화살이 날기 시작했다. 숨을 곳도 없는 평원이었다. 못 뚫어도 죽고, 밀려도 죽는다.

"장군님! 적들이 갈라졌습니다!"

"필요없다! 기선을 제압하면 이긴다! 전진이다!"

저도 모르게 이긴다란 말에 힘이 들어가자 함성이 뒤따랐다. 베르디는 문득 이렇게 시원한 바람은 처음이란 생각이 들었다. 빗발치는 화살 속에서 그는 웃었다.

"죽어라!"

눈먼 화살이 볼을 스치고 지나갔을 때, 베르디는 적의 선봉과 부딪쳤다. 부왕— 하며 오러가 일고 어김없이 적의 머리를 투구 채 갈랐다.

이때는 비명 소리도 들리지 않았다. 양군의 선봉이 부딪치며 천지가 진동하는 격돌음에 묻힌 것이다. 격렬한 병장기 소리, 지축을 울리는 말발굽 소리, 요란한 격타음과 비명이 섞여 금방 인간 도축장으로 변해갔다.

1골드는 눈을 번뜩였다. 먹잇감을 찾는 맹수의 눈이었다. 그 와중에도 창은 멈추지 않고 돌았다. 군마며, 기수며 가리지 않았다. 묵빛이 번쩍인다 싶으면 선홍빛 핏물이 튀어 올랐다. 매서운 회오리를 일으키는 대창 때문에 반경 5미터 내로는 친위대들조차 다가가지 못했다. 주변의 공기마저 날카로운 칼날이 되어 성컹성컹 잘라 버렸기 때문이다.

히이이이잉!

긴 말 울음소리가 울렸다. 박차를 가한 1골드는 한 점을 향
해 맹렬하게 돌진했다. 서너 개의 깃발이 펄럭이는 곳으로,
좌익 기병대의 대장기였다.

머리를 쳐야 적의 기세를 쉬이 꺾을 수 있음을 그는 잘 알
았다. 머리를 잃은 들개 무리는 무섭지 않다.

"각하가 저기 계신다! 달라붙어라! 떨어지는 자는 내 손에
죽는다!"

위사들이 친위대를 재촉하는 소리가 울렸으나 1골드의 눈
엔 오직 삼백여 기가 뭉쳐 있는 곳밖에 보이지 않았다.

근처에 다가서는 모든 것을 베어버리며 무서운 속도로 접
근하는 1골드를 알아차렸는지 알폰소의 친위대에서 일대 소
란이 일더니 일제히 상체를 낮추었다.

피피피피핑!

새까만 점들이 매섭게 날아왔다. 코웃음을 친 1골드가 창
을 쭉 내밀고는 창대 끝을 잡고 가볍게 흔들자 백여 발의 쿼
럴이 창풍에 말려 방향을 틀었다.

좌우측에서 비명이 이는 것을 보니 재수없는 자들이 튕겨
나간 쿼럴에 맞았나 보다. 흰 이를 드러내 보인 1골드는 50여
보가 남은 거리에서 안장을 박차고 몸을 날렸다.

이때 안색이 새파랗게 질린 알폰소는 말 머리를 틀던 참이
었다.

"막아라! 저놈을 막으란 말이다! 저자를 베는 자에겐 100골

드를 주겠다!"

이 말이 기폭제가 되었는지 친위대가 육탄전이라도 벌이려는 듯 몸으로 막아섰다.

"다 벤다!"

일성을 내지른 1골드는 허공에서 몸을 활처럼 구부리고는 산이라도 토막을 내려는 듯 창을 후려쳤다.

콰앙! 쿼쿼쿼쿼쿼!

"으아아악!"

어마어마한 폭음이 울리고 비명이 잇따랐다. 애처롭게 들어올린 방패는 산산조각이 나 흩뿌려졌고, 갑옷은 조각조각 분쇄되어 사방으로 날아갔다.

"허어억!"

뭐 빠지게 내빼던 알폰소는 그만 낙마하고 말았다. 재수없게 말이 앞발을 구부리며 넘어져 버린 것이다. 빛살처럼 날아온 돌멩이에 말 다리가 부러졌다는 걸 그는 알아챌 정신이 없었다.

터빅! 터빅! 터벅!

아비귀환의 전장에서 이렇게 발소리가 크게 들릴 줄은 몰랐다.

"사, 살려, 살려주십시오, 사령관 각하. 이 미천한 놈은 위대하신 교황 폐화와도 흉금을 털어놓는……."

"미친놈."

알폰소는 오늘 모르는 게 참 많았다. 자신의 목이 어떻게 잘렸는지도 몰랐으니 말이다. 그저 멀어져 가는 몸뚱이를 보며 이상하다 여겼을 뿐이었다.

알폰소의 수급을 위사들에게 건네준 1골드는 다시 말에 올라 전장을 살펴보았다. 수적 열세에도 불구하고 라미안 군은 한 발짝도 밀리지 않고 있었다.

1골드는 창을 번쩍 쳐들고는 배에 힘을 주었다.

"라미안 총사령관 골드다! 내가 여기 있다. 나를 죽일 수 있는 자는 찾아오라!"

라고 소리치며 말에 박차를 가했다.

"난 적진으로 간다! 따르라!"

천둥 같은 고함이 멈추자 친위대들이 알폰소의 목을 들고는 일제히 적장의 목을 베었다고 소리쳤다.

1골드의 외침에 제일 먼저 반응한 것은 카비젤로, 그는 중군 좌익을 맡고 있다가 선두로 달려나왔다. 미친 소처럼 날뛰던 베르디도 가세했음은 물론이다. 만유 군 본진에서 쏟아지는 화살비를 뚫고 적진을 넘었을 때는 11개의 오러 블레이드가 전방을 쓸고 있었다.

라미안 군 우익은 한칼에 대여섯 기씩 베어버리는 소드 마스터들을 앞세워 8천도 안 되는 기병으로 1만 5천 기병의 진영을 무너뜨리고 오드넬 영지군과 브리언 연합군 측을 압박해 들어갔다. 알폰소의 죽음과 더불어 전의를 상실, 전기를 잃었다 판단한 브리언 지원군이 전장을 이탈하자 만유 군은 모래성처럼 허물어졌다.

순식간에 만유 군의 좌익은 무방비 상태가 되었고, 라미안 군은 이때를 놓치지 않고 중앙군을 나눈 우측 보병을 전장 중심을 꼭지점으로 사선 기동에 들어가며 적진을 파고드는 기병을 지원함과 동시에 만유 군 좌측방 섬멸을 위한 공격에 들어갔다.

한순간에 뚫었어야 하는 우익 기병은 라미안의 단단한 방어력에 막혀 지지부진한 상태에 놓여 있었고, 당연히 적 기병을 막고 반격을 가해야 할 좌익 기병은 처참히 무너져 버렸다. 죽기 살기로 육탄 방어를 해서라도 시간을 벌었어야 할 판에 브리언 지원병은 냉정하게 전장을 이탈했다.

트라제는 좌익이 어이없이 무너지자 급한 대로 우익에서 5천 기병을 좌익으로 돌리고, 그사이 중앙에 투입했던 마법 전력을 노도와 같이 밀려오는 라미안 기병 방어를 위해 빼냈다.

당장 무너지는 둑을 보수하기 위함이었는데, 애초 예상한 대로 앞길이 열려 적진 깊숙이 들어간 중앙 기병이 라미안 보병들에게 협살당해 몰살하는 결과를 초래했다.

이어 일자로 늘어섰던 라미안 보병이 시계 반대 방향으로 사선 기동을 하며 우측에 전투력을 응집해 치고 들어오자 개전 초와는 반대로 주 격전장에서 수적 열세의 상황에 놓이게 되었다.

승기를 잡은 1골드는 종횡무진으로 전장을 누비며 지휘를 하였다. 적진으로 들어선 기병은 6명의 소드 마스터만으로도 질풍노도와 같이 밀어붙일 수 있었다.

이에 베르디에게 지휘권을 인계한 1골드는 300기의 친위대을 데리고 적의 배후를 노리고 우회했다. 집채만 한 투석기가 있어도 배후를 파고드는 최정에 기병을 막을 수는 없는 노릇이다.

눈을 감아버린 트라제는 몸을 떨었다. 어디서부터 잘못되었는지 지금은 알 수가 없었다. 병신같이 한칼도 막지 못한 알폰소 탓도 아니고, 남의 전투라고 죽기 살기로 덤비지 않은 브리언 진영 탓도 아니다.

"내 탓이다."

"시간이 없네. 어서 가세. 후일을 도모하라는 말 따위는 하지 않겠어. 다만, 저 괴물을 죽일 수 있는 자는 만유에 자네밖에 없어."

"후후, 저자를… 제가요?"

초승달 모양의 오러를 날려 대열 일각을 초토화시켜 버리는 괴물이었다. 6써클 마법사의 최고위 마법을 맞고도 살아난 초인이다.

"괴물이라도 자네와 내가 둘이 힘을 합치면 가능하지 않겠
나?"

"크크큭."

"기회는 반드시 언젠가는 찾아오기 마련이네. 죽으려거든
저자를 죽이고 죽게나."

설득이 먹혔다고 판단한 밥은 마법 반지를 썼다. 눈 깜짝
할 시간이면 수도 오리스와 드록바의 중간쯤에 위치한 아드
리안에 갈 수 있도록 준비를 해놓았던 것이다.

시커먼 그림자가 화살처럼 짓쳐들 때 그들은 광휘에 휩싸
이며 전장에서 사라졌다.

Chapter 4

벗어날 수 없는 덫

"아군 전사자는 7,600여 명입니다. 이중 기병은……."

드록바 성이었다. 만유 군을 격파한 라미안 군은 그 여세를 몰아 드록바로 향했다. 제후가 죽고 대부분의 영지군이 플러스에서 생을 달리했다. 그 후 공성전이라 불릴 것도 없이 돌덩이 수배 개로 긴단히 성문을 열 수 있었다.

"만유 군의 전사자는 29,000여 명으로, 그중 15,000은 도주 중 사망했습니다. 포로로 잡아들인……."

부관의 긴 전황 설명이 이어지며 제장들은 숨을 죽였다. 전군을 한 손에 휘어잡은 카리스마로 승리를 일구어낸 1골드가 묵묵히 침묵을 지키고 있었기 때문이다.

“회유는?”

“아! 옛! 농노는 말을 꺼낼 것도 없습니다. 살려만 주면 선봉에 서겠다는 자들이 태반입니다. 평민도 크게 다를 바 없습니다. 다만 기사들 중에는 귀족임을 내세워 몸값 흥정을……”

“베어라.”

“예?”

“포로들 앞에서 목을 치란 말이다. 귀족들 전부. 목 값 흥정은 없다. 병사들은 다 받아들인다. 각 보병대에 분산 배치하고 철저히 감독하도록.”

사형 집행식은 백성들에게 유희거리였다. 그 대상이 귀족이라면 자다가도 벌떡 일어나서 뛰쳐나온다. 감히 쳐다볼 수도 없던 귀족들에게 침을 뱉고 돌을 던질 수 있는 기회였기 때문이다. 새로운 세상이 왔다는 걸 백성들에게 알릴 필요가 있었다.

“고생들 했소. 이틀간 휴식을 취하고 진군 채비를 갖추시오. 존도, 네가 이번에도 수고를 해야겠다.”

석상 끝자락에서 대머리가 불쑥 튀어나왔다.

“주군, 수고랄 것도 없습니다. 3일 안에 아드리안의 뒷골목까지, 병력 배치도를 그려 올리겠습니다.”

각 제장들에게 사후 처리를 지시하던 1골드는 반가운 손님을 맞았다.

“사령관 각하! 교황 폐하께서 도착하셨습니다.”

"난 그런데, 네 생각은 어때?"

"형님 생각이 그러시다면 나쁠 건 없습니다. 바넷이라는 여자가 얼마나 도움이 되느냐에 달려 있죠."

출병 전 1골드는 외부에서, 크라우치는 내부 단속의 역할을 하기로 했다. 그런데 망자의 부인이 찾아오면서 변수가 생긴 것이다.

"직접 가실 생각이십니까?"

"아무래도."

"제가 모시겠습니다."

"아니, 혼자서도 충분해. 여차하면 내빼지 뭐. 나도 제법 힘 좀 쓰거든. 후후."

1골드도 느끼는 바였다. 날이 갈수록 크라우치가 예사롭지 않게 변해가고 있었다. 생각해 본 적도 없지만 만약 승부를 결하게 되면 승리를 장담할 수 없을 정도였다. 아니, 근소한 차로 질 것 같은 기분이 들었다.

"존도를 붙여 드리겠습니다. 오리스까지 편안히 가실 수 있을 깁니다."

"사양하지 않겠어. 그리고 고마워."

"당연히 고마워하셔야죠. 힘들어 죽겠습니다."

"하하, 녀석."

"그런데 신장들은 언제 그렇게 다듬어놓으셨습니까? 전혀 딴사람들인 줄 알았습니다."

살짝 표정을 굳힌 크라우치가 상체를 내밀었다.

"이거 내가 들은 얘기와는 다른데, 난 머리가 아파 죽을 지경이었어. 신장들이 밤마다 찾아와서 네가 자신들을 수련을 핑계로 죽이려고 작정을 했다며 제발 말려 달라고 난리를 쳤지. 내가 뭐 힘이 있나? 잘난 동생을 둔 덕을 본 거지."

전쟁을 준비하면서 신장을 비롯해 성기사들을 다그치기는 했었다.

"아차차! 제수씨 말이야."

조금 과장된 행동으로 말을 돌리는 크라우치는 표정마저 굳혔다.

"전과는 좀 다른 것 같던데, 무슨 일이 있었던 거야?"

"수진 말이군요. 저도 잘 모르겠습니다. 뭔가가 달라진 것 같기도 합니다만, 도통 감을 잡을 수가 없어서……."

"내 부인이 하는 말을 들어보니 남편이 밖으로만 나돌면 우울증에 빠지기도 하고, 임신을 하면 그럴 수도 있다더라. 혹시……."

크라우치가 웃음을 참는 요상한 표정을 짓고는 놀리듯이 얼굴을 가까이 대었다.

"절대 아닙니다."

"뭐, 아님 말고. 그럴 수도 있다는 거지. 아무래도 씨가 부실해. 쯧쯧쯧."

"하, 하! 혹시?"

어깨를 세운 크라우치가 턱까지 치켜들었다.

"내가 진정한 남자지. 한 방에 끝내줬어. 하하하하!"

"이야—! 황후님이 임신을 하셨군요. 하하하! 축하드립니다. 이 사실을 얼른 알려야……."

일어나려 엉덩이를 들썩이는 1골드를 크라우치가 말렸다.

"나중에, 지금은 여기 일이 더 급하니까. 네가 모르는 게 있는데, 황후가 임신하면 장로들이 돌아가면서 태아를 돌봐야 해. 태아에게 축복을 내려주는 거야. 근데 이게 보통 힘든 일이 아니야. 무엇보다 전과는 달리 내 아이는 나 혼자서도 충분해."

교단에서는 크라우치처럼 뛰어난 인간을 만들기 위해서 태중에서부터 노력을 하는 것이다. 하지만 지금은 전선에서 장로들을 빠진 구멍을 메울 예비 전력이 없었다.

알면서도 1골드는 괜히 미안한 생각이 들었다. 그러다 반 일족에게로 생각이 쏠렸다. 그들이라면 장로들의 빈자리를 충분히 메우고도 남는다.

톡톡톡!

1골드가 버릇처럼 손가락으로 의자 손잡이를 두드리자 크라우치가 의아한 표정을 짓더니 곧 웃었다. 장로들을 보내기 위해 궁리한다는 걸 아는 것이다.

"녀석, 신경 쓰지 말래두. 내 말을 못 믿어? 장로들한테는 미안한 말인데, 그들 모두가 덤벼도 날 이기지는 못해. 너라면 모를까."

"크큭, 알았어요. 그렇게 띄워주지 않아도 형님이 잘난 건 내가 제일 잘 압니다. 이 일은 제가 알아서 하겠습니다. 그리고……."

말하기가 불편하지 1골드가 말꼬리를 늘였다. 하지만 꼭 해야 될 말이었다.

"목숨과 개종 말입니다."

"응? 왜?"

"정책을 바꿨으면 합니다. 죽기 싫으면 라미안 교를 믿어라? 이건 아니란 생각이 들어요. 종교는 자발적으로 따라야 믿음도 생기는 것이지, 한순간을 모면하려 신도가 되어봤자 눈 가리고 아웅 하는 꼴이지 않습니까?"

1골드는 서슴없이 꺼낸 말이었으나 신성왕국으로 개국한 라미안에게는 예민한, 아니, 큰 파장을 몰고 올 수 있는 문제였다.

"흐음, 그래서?"

"백성들은 무지합니다. 신이 뭔지도 모릅니다. 다만 눈앞의 기적에 감동하는 것이지요. 자발적으로 따를 수 있는 환경만 조성하면 마음속 깊이 진심으로 우러나는 신앙을 얻을 수 있다고 생각합니다."

"강제하지 말고 기다리자는 것이냐?"

"그렇습니다. 진실한 신의 사랑을 느낀다면 그들도 따르지 않겠습니까?"

"좋다, 그럼 적군을 아군으로 받아들인 이유는 무엇이지? 우리 군은 신군이다. 신앙이 없는 자를 병사로 받아들일 수는 없는 노릇."

"이 문제는 다릅니다. 적의 포획한 병사를 아군으로 흡수해 가며 전력을 높이는 일은 당연한 병법입니다. 냉정하게 말해 병사는 소모품입니다. 쓰면 없어집니다. 빈자리는 채워야 합니다. 인간이 새끼를 3, 40마리씩 낳는 오크도 아니고, 단기간에 본국에서 병사들을 충당할 수 없으니까요. 라미안 교를 배척하는 이단까지 받아들이자는 소리가 아닙니다. 조금 완화하자는 것이죠. 교화 기간이라고 할까? 당장 종교재판을 벌여 목을 치지 말고 기다려 달라는 겁니다."

"흐음, 그건 내가 바로 결정할 수 있는 문제가 아니다."

"알고 있습니다. 그저 다른 길도 있음을 알아주십시오."

"녀석, 귀족들은 가차없이 베면서 백성들은 끔찍하게 챙기는구나."

시원하게 속에 든 말을 털어낸 1골드는 느긋하게 몸을 등받이에 기댔다.

"백성들은 불쌍하잖아요. 부모를 잘 타고났으면 귀족이 될 수도 있는데 가축처럼 길러지고 버려지고. 병이 들어도 약 대신 채찍을 가하는⋯ 전 그런 세상이 싫습니다. 형님이 원하는 세상엔 그런 모습이 없어 다행입니다."

긴 담소를 나누고 처소로 돌아오자 자정이 훌쩍 넘긴 시간이 되었다.

크라우치는 오랜 생각에 잠겨 있다가 새벽 2시경에 라도스를 불렀다.

"어디까지 했느냐?"

"중앙 제2기사단 스펠론 연대 1중대장까지입니다."

"얼마나 남았느냐?"

"상급은 34명이 남았습니다."

크라우치는 엷은 한숨을 내쉬었다. 플러스에서 6명이 명을 달리한 것이다.

"다음을 불러오라. 날이 밝는 대로 먼 길을 떠나야 하니 오늘은 열 명에게 축복을 내리겠다."

그날 포로 다섯 명이 사라졌으나 아무도 신경 쓰지 않았다.

"폐하, 이쪽입니다."

"쯧쯧, 그토록 말을 조심하라 일렀거늘."

바짝 긴장한 존도는 뒷머리를 긁적였다. 수풀을 헤치면서도 자꾸 뒤가 신경 쓰였다. 제후의 얼굴도 한 번 보기 힘든 판에 일국의 왕을 모시고 있으니 언감생심(焉敢生心) 꿈에서라도 꿔본 적이 없는 일이었다.

"발밑을 조심하십시오. 돌들이 많습니다."

"난 신경 쓰지 말거라. 그보다 얼마나 남았느냐?"

"요 앞 언덕만 넘으면 바로입니다. 마중을 나와 있는다 했으니 곧 보이실 겁니다."

"흐음, 유황 냄새가 나는 듯한데……."

"맞습니다. 이곳은 온천이 있는 곳으로, 귀족들의 휴양지로 유명한 곳입니다. 만유에서는 오샤르에 별장이 없으면 귀족도 아니다란 말이 있을 정도라고 합니다."

크라우치는 바넷 대비를 만나기 위해 오리스에서 이틀을 북상하여 오샤르에 당도했다. 그가 오르는 길이 밀렵꾼들의 사냥로라 했으나 길로 보기엔 무리가 있었다.

백성들은 야산에서 토끼 한 마리를 잡아도 제후에게 신고를 해야 한다. 쥐새끼 한 마리조차도 제후의 소유인 것이다. 밀렵은 손목을 잘라야 하는 중범죄였다.

야산에 오르자마자 로브를 뒤집어쓰고 있는 듯한 실루엣이 보였다. 존도의 말로는 바넷의 궁녀라 했다.

"왜 이리 늦으셨어요? 교황께서 보내셨다는 분이 이분인가요?"

존도가 뭐라 대꾸하기도 전에 궁녀는 크라우치를 빤히 쳐다봤다. 로브에 가려 제대로 볼 수 없었으나 달빛에 비친 윤곽만으로 상당한 미남이었다. 미는 교단의 또 다른 모습이다.

"맞는 것 같군요. 서두르세요. 늦었어요."

"폐… 험험, 어르신, 조심해서 다녀오십시오. 저는 여기서 기다리겠습니다."

낯익은 궁녀가 얼굴을 가린 장신의 사내와 뒷문을 통해 들어가자 경비병이 혀를 찼다.

"쯧쯧쯧, 나라 꼴이 어찌 되려고 이러나. 대비까지 야밤에 사내놈을 들이다니."

일부 귀부인들은 예쁘장하게 생긴 어린 사내를 색동으로 들이기도 한다. 난잡한 사교계의 성생활은 말할 것도 없이 간 큰 여자는 남편의 기사와 잠자리를 하기도 했다. 그러다 걸리면 둘 다 성벽에 목이 걸리지만 말이다.

제 깐에는 숨죽여 뱉은 말이었으나 크라우치는 그 소리를 들었다. 감히 교황을 남창이라 칭하다니 요망한 주둥이가 화를 부른 것이다. 잠깐 멈춰 서서 문 너머를 향해 손을 뻗었다.

두근―!

병사의 심장 박동이 느껴졌다.

'넌 더 이상 뛸 필요가 없다. 할 일을 다했으니 그만 쉬어라.'

주먹을 쥐는 시늉을 하고는 돌아서자 풀썩, 하는 음향이 문 너머에서 들렸다. 요망한 주둥이를 나불대던 한 병사가 신벌을 받아 심장마비로 급사한 것이다.

"잠시만요."

화려한 금박으로 장식된 문앞에 멈춰 선 궁녀가 고개를 들었다.

“로브를 벗으세요. 그리고 몸 수색을 하겠어요.”

“그러시오.”

“헉!”

크라우치를 처음 본 모든 여자들과 같은 반응을 보인 궁녀는 떨리는 손으로 크라우치의 몸을 한참을 더듬었다.

“아직도 멀었소?”

“예? 예, 끝났사와요. 신관님, 어서 들어가시죠.”

애교가 잔뜩 묻어나는 목소리에 크라우치가 피식 웃었다. 전에는 그러려니 하고 별 생각 없었는데, 미모는 상당한 무기였다. 첫인상부터 호감을 갖고 시작하는 것이다. 그러고 보면 1골드와 인연을 맺은 것은 기적에 가까운 일이다.

바넷의 반응도 궁녀와 별반 다르지 않았다. 오십이 넘어가는 나이인 데도 죽은 선왕을 대하듯 교태에 가까운 행동으로 대했다.

“호호호, 폐하와 제가 이렇게 만나 리라고 누가 상상이나 했겠어요?”

“다 신의 뜻이지요. 짧은 인연으로 대비님의……”

“바넷, 바넷이라고 불러주세요. 대비라 하시니 제가 너무 늙은 것 같아서……”

“예, 바넷. 바넷님이 가시는 길에 신의 은총이 함께하는 겁니다. 바넷님, 진정 지금의 선택에 후회는 없으십니까? 비록 제가 귀국과 다툼을 벌이고 있으나……”

"올란도, 그놈은 폐륜아예요. 동생을 죽이고 아버지를 죽였어요. 폐하께서 신의 권능으로 살리신 선왕을요. 그깟 왕좌가 뭐 대수라고, 기다리기만 하면 제놈의 차지가 되었을 텐데… 흑! 흑흑흑."

크라우치는 바넷을 안고는 그녀의 등을 쓸어주었다.

"인간의 욕망은 악마가 지상에 뿌리고 간 불행의 씨앗입니다. 그 흉악한 것이 마음에 자리하면 결국 인성을 잃게 되는 것이지요. 신앙과 사랑으로 떨쳤어야 하는데 국왕에게는 저보다 이단들이 가까이 있었습니다. 다 제 불찰입니다. 이웁타."

눈물이 그쳤는 데도 바넷은 크라우치의 품에서 벗어날 줄을 몰랐다. 엷은 한숨을 지은 크라우치가 살짝 바넷의 몸을 밀치고는 말을 이었다.

"바넷님께서는 저에게 무엇을 바라십니까?"

"포리암의 아들을 왕의 자리에 옹립해 주세요. 그리고 폐하께서 국사가 되시어 어린 왕을 이끌어주셨으면 해요. 군을 일으키신 이유가 올란도 때문이니 그놈을 없애면 양국의 관계는 전보다 더욱 돈독해질 거라 믿어요. 그래요, 동맹을 맺는 것이 좋겠네요. 우리가 형제국이 되면 밀리언 연방이라 해도 쉽게 건드릴 수는 없을 거예요."

대비의 짧은 생각에 크라우치는 쓴웃음을 지었다. 그리고는 바넷과 눈을 마주쳤다.

"후후, 저는 신성제국의 부활을 원합니다. 바넷님도 같은 생각이 아니셨나요? 왕가는 제후가 이어가게 만들어 드릴 수 있습니다. 저에게 솔직히 말씀하시지요. 바넷님과 르완 왕자, 두 분이서 일국을 이끌어가기 힘이 드시죠. 라미안에 맡기시오. 내가 도와드리겠소."

말을 하는 와중에 어투나 내용이 이상하게 변했으나 바넷은 그 점을 느끼지 못하는 듯 아무 반응도 없었고, 눈은 몽롱하게 풀려 있었다.

"바넷은 만유 일대를 다스리는 신녀의 장이 될 것이오. 르완은 나의 첫 번째 제자가 되어 카뮤님의 길을 걸을 것이다. 그대는 라미안의 만유 통합을 최대의 과제로 삼아야 한다. 신의 이름으로 그대에게 축복을 내리나니……."

차 한 잔 정도 마실 시간이 흘렀다.

"어머, 죄송해요. 제가 아직도……."

바넷은 크라우치의 품에서 벗어났다.

"생각해 보니 폐하의 말씀이 지당하시네요. 어린 국왕이 등극을 하면 나란 안팎에서 전운이 끊이지 않겠어요. 그렇다고 신의 가호가 함께하는 신군을 이길 수도 없구요. 저희를 이끌어주세요."

"바넷님의 뜻이 그러하시다면… 우리와 뜻을 함께할 사람이 누가 있습니까?"

"제 오라버니인 루퍼트 후작을 만나보세요. 아아아!"

크라우치의 미소가 바넷에게는 한없이 신성하면서도 그렇

게 아름다워 보일 수가 없었다. 이 사내와 함께라면 죽어서도 후회가 없으리라.

"선물을 하나드리지요."

"예, 선물요?"

바넷은 선물이란 말 한마디만으로 나이를 잊고 소녀처럼 뛸 듯 좋아했다.

"큰 결심을 하신 바넷님에 대한 저의 작은 성의입니다."

크라우치의 손길이 닿자 바넷은 허공에 붕 뜬 기분이었다. 따뜻하면서도 부드럽고 행복했으며, 상반되게도 쾌락이 극에 달하자 다시 여자로 태어나는 듯한 기분까지 들었다. 이는 틀리지 않아 미소를 머금은 크라우치가 거울을 내밀었을 때 소스라치게 놀랐다.

선왕 드미트리가 한눈에 반한 그때 그 모습 그대로인 여자가 거울 속에 있었다. 부드럽고 탄력있는 피부에 한창 꽃이 만개한 젊은 날의 그녀가.

"마음에 드십니까?"

"오오오!"

대답 대신 바넷은 좀 전보다 더한 눈물을 주르륵 흘렸다. 선왕이 젊은 비를 들일 때마다 당연한 일이라며 애써 자위했지만, 혼자만 늙어가는 기분이 들고 젊고 아름다운 여인을 볼 때마다 치솟는 불같은 질투를 마음속으로 삭혀야만 했다. 보라, 이 얼마나 생생하고 아름다운가. 이 모습이 진정한 자신의 모습이다.

"정말 아름다우시군요. 제가 놀랄 정도입니다."

"이 일을, 이 일을 어떻게 감사드려야 할지."

"후후, 기뻐하시는 모습을 보는 것만으로도 충분합니다. 단지 지금은 그 아름다움을 숨겨야 한다는 게 아쉬울 뿐입니다."

말이 끝나자마자 악몽처럼 젊은 바넷은 사라지고 주름을 가리려 흰 분을 덕지덕지 바른 쭈그렁 할머니가 나타났다.

"어어어!"

"잠시 가린 것뿐입니다. 저와 만난 사실을 국왕에게 알릴 수는 없으니 말입니다. 가려야 할 눈들이 사라질 때 바넷의 아름다움에 세상이 놀랄 것입니다."

바넷은 입술을 깨물었다. 안 그래도 미운 올란도가 당장이라도 죽여야 할 철천지원수가 되었다. 라미안의 신녀로서 되돌려받은 것이 당연한 젊음을 빼앗아간 것이다.

"누가 찾아왔다고?"

루퍼트 후작은 은밀히 전하는 시종장의 말에 의아한 표정을 지었다. 몸이 안 좋다는 핑계를 들어 오샤르로 간 대비가 중요한 일이라며 손님을 보냈단다.

게다가 국왕과 대비의 관계가 좋지 않은 상황이라 여기저기 보는 눈들이 많았다. 살얼음판을 걷는 심정으로 만사에 몸조심을 해야 한다. 잘못 어긋나면 있지도 않은 역모에 몰려

숙청당할 수도 있는 분위기였기에.

"신분은 모르겠습니다. 주인님이 국왕 전하의 출산 기념
으로 선물하신 핑크 다이아몬드 귀고리를 들고 왔기에……"

30여 년이나 지난 일이지만 귀고리를 받고 입이 함지막하
게 벌어진 바넷의 모습이 눈에 선했다. 바넷은 아직도 그 귀
고리를 가보처럼 애지중지한다. 그런데 좀체 몸에서 떨어뜨
리지 않는 보석을 증표로 가져왔다 한다.

"어디 보자."

시종장에게 건네받은 상자를 열자 눈부신 광채가 뿜어져
나왔다. 확실했다. 그 당시 시가로 집단 농장 하나 가격을 지
불했으니 확실히 기억하는 귀고리였다.

반 시간이 흐른 뒤 루퍼트는 귀고리보다 더한 광채가 나는
사내를 만났다.

"허어—! 귀하가 어찌 여길……"

꿈에 나타날 정도로 그 용모를 귀가 따갑게 들어왔으니 루
퍼트는 한눈에 크라우치를 알아보았다.

"반갑습니다, 라미안의 크라우치입니다."

저택의 밀실이었으나 루퍼트는 놀라 주변을 살펴보는 시
늉을 했다. 후작의 기사단장은 앞을 막아섰고, 호위들은 저도
모르게 검을 반쯤 뽑았다. 그만큼 놀라운 손님의 방문이었다.

더욱 놀라운 것은 기사단장을 비롯한 호위들이 그 상태로 굳
어버렸다는 것이다. 이마에 송글송글 땀이 맺혀 흐르는 모습으

로 보아 살아 있긴 한데 손가락 하나 움직일 수 없는 듯했다.

"하하하, 이거 제가 놀라서 실례를 범했습니다. 적진이라 민감했던 모양입니다."

"허어억!"

웃음소리와 동시에 몸이 풀리자 호위들은 거친 숨을 몰아쉬고는 얼이 빠져 드래곤을 만난 표정이 되었다.

이 한 수로 루퍼트는 목숨이 자신의 것이 아니란 걸 깨달았다. 소문이 과장된 것이라 여겼거늘, 오히려 모자란 감이 있었다.

"흐음, 단장만 남고 자네들은 물러가 있게."

죽이고자 마음먹었다면 만나는 순간 이미 죽였을 것이다.

흡족한 표정을 지은 크라우치는 바넷이 써준 밀서를 전하곤 느긋이 울그락불그락 변하는 루퍼트의 얼굴을 감상했다. 이미 내용은 뻔히 안다.

"이, 이게 말이 된다고 생각하시오?!"

"후후후, 말이 안 될 이유라도 있습니까?"

"털도 뽑지 않고 통째로 먹겠다는 심보가 아니오. 아무래도 대비가 몸이 좋지 않아 판단력이 흐려진 것 같소이다. 이건 있을 수도 없는 일이오. 난 못 들은 일로 하겠소."

"후작의 상황은 작금보다 나아지면 나아졌지 나빠질 건 하나도 없소. 밀리언 연방의 위치를 라미안이 대신하는 것뿐이오. 그렇지 않소? 만유가 밀리언 연방의 속국이란 건 오크들도 다 아는 일 아니오?"

루퍼트는 황당했다. 밀리언 연방과 라미안을 같은 위치에 놓다니 웃기지도 않은 일이다.

"하하, 자국에 대한 자긍심이 대단하신 건 알겠지만 비교가 될 걸 비교하셔야지요. 만일 연방이 국경을 넘으면 라미안이 막아줄 수 있소?"

"연방이 국경을 넘을 일은 없소. 왜냐하면 우리가 먼저 넘을 테니 말이오."

"흐음, 카시리아와도 상의가 끝난 일이오?"

"장인께서 황후를 무척이나 아끼시지요. 아! 그리고 황후는 지금 몸조리차 카시리아에 가 있습니다."

루퍼트는 빠르게 머리를 굴렸다. 삼국연합이라면 밀리언 연방과도 해볼 만했다. 게다가 라미안에는 그랜드 마스터도 있었고, 내전 시에 저 아름다운 교황은 궁극의 마법 헬 파이어를 시전했다는 소문이 나돌았다. 조금 전에 능력의 일부분을 보았지만 직접 확인하고 싶었다.

"폐하, 실례되는 질문입니다만, 정말 헬 파이어를 시전하셨습니까? 하하, 신의 대리자께서 마법사들 사이에서 전설처럼 떠도는 마법을 펼치셨다고 하니……."

"와전된 겁니다."

그럼 그렇지, 하는 마음이었는데 이어지는 말에 숨을 들이켰다.

“마법사들이 말하는 헬 파이어가 아니라 신께서 마계를 불태우신 헬 파이어입니다. 그날 신께서 당신을 기만하는 인간들에게 화를 참지 못하시고 이 몸에게 분노를 보이라 명하셨습니다. 가슴 아픈 일이었으나 교훈을 내릴 필요가 있기에… 이움타!”

“아! 역시 폐하를 향한 신의 사랑이 지극하시군요. 인세의 복입니다. 하면, 삼국을 연합한 이후에는 어찌하실 것인지? 듣자하니 기존의 처사와는 달리 귀족들을 참수하셨다고 하던데요. 그 일 때문에 저와 뜻을 같이하는 귀족들의 마음을 얻기가 힘이 들 듯해서.”

“카뮤님께서는 엄하시기도 하지만 자비로우신 분입니다. 이단이 아닌 이상 품에 안으시지요. 그리고 짐 또한 최대한 그대들의 편의를 봐줄 용의가 있습니다. 투실바의 배덕자들은 개선할 여지가 없어 신벌을 받은 것입니다. 그리고 이단들을 몰아내면 자리가 많이 나지 않겠습니까? 제국은 커질 텐데 인재가 부족합니다. 후작 같은 분이 나서주서야지요.”

점차 밀리언 연방에서 들어오는 자들로 인해 기존의 만유 귀족들이 밀리는 상황이었다. 루퍼트도 바넷 파로 분류되어 한직으로 밀려났고, 전쟁 상황에 직면해서도 처우는 별반 달라지지 않았다.

대우가 좋고 강한 군주에게 제후들이 배를 갈아타는 일은 흠이 아니다. 변방 제후들이 두 명의 군주를 모시는 일도 있었다.

"하하, 저를 그리 높게 봐주시다니 감사합니다. 사실 폐하께서 선왕 전하를 살리셨을 때부터 마음속 깊이 흠모해 왔었습니다. 이제나저제나 카뮤님을 만날 날을 기다려 왔는데 이제야 서광이 비춥니다. 전 아직 젊습니다. 쓰실 데가 많을 겁니다."

루퍼트는 마음을 굳혔다. 만유가 이겨도 후폭풍에 가슴 졸여야 했다. 브리언의 세력이 막강해지면 절실한 라미안 신도인 바넷은 설 자리를 잃는다. 외척인 그는 더할 나위도 없다.

"좋은 대화가 이루어져 마음이 흡족합니다. 신께서도 기쁜 마음을 전하셨습니다."

"오! 대단하십니다. 그사이 카뮤님과 교감을 나누셨습니까?"

"언제나 그렇습니다. 그분은 어디서든 지켜보고 계시니 저를 통해 의중을 드러내십니다. 대비에게 젊음을 되돌려주셨듯이 후작에게도 사랑을 주라 하십니다."

"오오오! 그런 일이! 그, 그래, 저에겐 어떤 축복을."

"영민한 아드님이 있다 들었습니다."

루퍼트가 침울해졌다. 한때는 세상을 다 줘도 바꾸지 않을 아들이었다. 사고를 당하지만 않았다면 말이다.

"만유를 이끌어갈 기둥이었지요. 나이 스물도 안 돼 근위 기사가 될 정도로 재능도 있고, 그 이상으로 노력을 아끼지 않는 아이였습니다. 휴우."

뭐가 잘못되었는지 아들은 마나 수련을 하다가 쓰러진 이후로 반신불수가 되어 폐인이 되었다. 지금도 방구석에 틀어

박혀 술을 퍼마시고 있을 것이다.

"데려오세요. 그때의 꿈을 이어갈 수 있을 겁니다. 아니, 당시보다 훌륭한 아드님을 만나실 수 있을 겁니다."

한 시간 후, 루퍼트는 코앞에서 기적을 접했다. 아들이 자리에서 털고 일어난 것은 물론이고 자신의 기사단장인 파블로와 승부를 결할 수 있는 고수로 탈바꿈된 것이다.

루퍼트는 흥분에 몸을 떨었다. 아들의 일도 잊었다. 이렇게 한순간에 고수를 만들어내면 절대 질 수가 없는 전쟁이다.

그날 깊은 새벽에 기사단장 파블로가 크라우치를 찾았음을 루퍼트는 알지 못했다. 기사에게 무는 곧 생명이다.

만유는 숨을 죽였다. 11만 대군을 대파하고 오드넬을 접수한 라미안 군은 파죽지세로 만유 군을 아드리안 지역까지 몰아붙인 후 그 일이 꿈이었다는 듯 움직일 생각을 하지 않았다.

진군 속도를 높여 방어 체계를 갖추기 전에 수도까지 밀어붙여야 할 상황에 오히려 병사를 후방으로 돌려 오드넬과 푸셀 지방을 다독이는 작업을 했다.

이는 후방에 따르는 점령군의 역할이다.

또한 이러한 모습은 라미안이 전쟁배상금이 목적이 아니라 만유를 점령, 병탄(倂呑)하려는 의도가 있음을 보여주었다.

이에 인접 왕국들은 긴장했다. 내전 배후에 대한 복수가 아니라 침략 전쟁이다. 제국들도 참고 있는 일을 약소 신생 왕국이 감히 벌이고 있는 것이다.

제국들이 국제 정세를 어지럽혔다는 이유를 들어 응징에 나설지 지켜볼지는 아무도 모르는 일이었다. 하나, 미묘한 균형을 이루던 대륙에 전화를 불러왔음은 변할 수 없는 진실이었다.

그라노프가 도착한 것은 늦은 저녁이었다.

허름한 복장이었는데, 비루먹은 말에 조잡한 갑옷이 흔히 보는 떠돌이 용병 차림이었다.

"주인님!"

그는 말에서 내리자마자 두 무릎을 꿇고 바닥에 넙죽 엎드렸다.

"주인님, 그라노프가 왔습니다."

왜 이제야 불러줬냐는 듯 반가움과 서운함이 교차하는 목소리다.

또 다른 감동이었다. 목소리를 듣는 것만으로도 1골드는 허전한 무언가가 급속히 채워졌다. 서둘러 다가가 그라노프의 어깨를 잡아 일으켰다.

"오는 데 어려움은 없었느냐?"

"하하하, 주인님이 여기 계시는데 대륙에서 누가 우리를 막을 수 있습니까?"

함께 마중 나온 장군들은 허튼소리가 아니라 생각했다. 자신들이 크라우치를 대하는 듯 극도로 존경을 표하는 300여 명의 다크 엘프들 한 명 한 명이 기사단 조장 급 이상으로, 적어도 상급의 기사들이었다.

개중 30여 명은 크라우치의 도움으로 소드 마스터에 오른 자신들과 비교해도 결코 아래가 아니었다.

1골드가 그라노프를 끌고 사령관 막사로 들어섰다.

"주인님, 다시는 우리를 떼어놓을 생각은 하지도 마십시오. 이제 죽기 전에는 갈라서지 않을 생각입니다. 우리가 시네르아를 언제 떠나온지 아십니까?"

1년 전이었다. 그동안 라미안에서 만유로 쫓아다니며 주변을 맴돌았다. 그러면서 듬직한 그라노프가 그답지 않게 구구절절이 지난 일을 늘어놓았다.

"이거 창피해서… 글쎄, 우리가 산적이 되었단 말입니다. 그것도 입이 많다 보니 사냥만으론 먹고살기가 힘들어서. 이쪽은 시네르아에 비해 더러운 놈들이 많습디다. 한 서너 귀족 놈들을 때려잡은 것 같습니다."

1골드는 쓴웃음을 머금었다. 씨앗만 뿌리면 곡식이 스스로 자란다는 풍요로운 제국과는 달리 북방의 환경은 가혹했다. 가혹한 환경만큼 백성들의 편의를 봐줘야 하는데, 오히려 귀족들의 수탈은 더 극심했다.

1골드가 부드러운 시선을 던졌다.

"잘했다. 그런 놈들은 죽어도 싸다."

"인간들은 모두 주인님과 봄멜님 같은 줄 알았는데……."

"내가 무심했다. 그런데 못 보던 얼굴이 있더구나."

흰 이를 드러낸 그라노프가 손짓을 하자 가슴을 반쯤 풀어 헤친 건장한 사내가 나섰다.

"훅 일족의 라그나입니다. 인사드리게, 우리 일족의 주인 님이시네."

"숲의 자식, 훅 일족의 라그나가 지상의 동반자 반 일족의 주인께 인사드립니다. 자바님의 광영이 함께하시길……."

"호! 동료를 얻었구나. 환영한다, 라그나."

"저와 제 동료들은 항상 우리도 세상에 나가야 한다고 생 각하고 있었습니다. 그러던 중 숲의 친구들에게 유진님과 반 일족의 소식을 들었습니다. 마치 제 일처럼 기뻤습니다. 그리 고 반 일족처럼 세상의 주인이 되고 싶어서 나왔습니다."

"옳다. 아이온은 인간만의 세상이 아니다. 수많은 종족과 일족이 살고 있고, 과거에도 그랬고 앞으로도 그럴 것이다. 잊혀진 존재가 되느냐, 역사를 이끄는 주인공이 되느냐는 스 스로의 선택에 달려 있다. 자신을 귀하게 여겨라. 너희는 패 배자가 아니다."

정색한 라그나가 땅바닥에 엎드리더니 1골드를 올려다보 았다.

"부족합니다. 저희 일족을 이끌어주십시오."

"반 일족과 나는 형제, 너희가 반 일족과 뜻을 같이한다면 이미 우린 형제다. 환영한다."

"흐음, 좋지 않소."
주드로는 침음성을 삼켰다.
"폐하께서 하신 말씀을 들으셨소?"
팬톤이 고개를 주억거리며 프랭크를 돌아보았다.
"다수의 병사들과 기사들이 골드를 폐하 대하듯 하오. 지금은 세가 약해 통제가 가능하지만 지금처럼 마족을 불러들여 세를 불리면, 훗날 죽 써서 개주는 꼴이 날지도 모릅니다. 세상을 피로 물들이려는 음흉한 마족의 속은 아무도 알지 못하오. 심지어 영명하신 폐하께서도 속고 계시지 않소? 게다가 이번엔 악심을 내비쳤소. 개종보다 병탄이 우선이라니, 있을 수도 없는 일이오."
"글쎄요. 제 생각은 다릅니다. 각하, 험험, 골드의 말도 맞습니다. 채찍과 당근이 필요합니다. 백성들의 지지만으로는 빠른 시일에 만유를 병탄할 수 없고, 그만큼 신군의 피해도 늘어날 것입니다. 권력을 잡고 있는 귀속늘의 반감을 줄일 필요가 있지요. 군소 제후들이 자발적으로 우리에게 돌아서도록 하려면 말입니다. 그리고 우리는 브리언만 제하면 딱히 다른 교단에 대해서 그리 배타적이지는 않았지 않습니까?"
주드로가 인상을 찌푸렸다. 프랭크처럼 신장들은 1골드에게 호감을 가지고 있었다. 그가 다크 엘프들의 수장이라는 사실을 잊을 만큼. 또한 내전에서부터 이어진 연승으로 성기사란 본분을 잊고 전사가 된 듯했다.

"뭔가 그들을 견제할 세력이 필요한데……."

신관이 마족을 상대로 이런 생각을 하는 것 자체가 우습다.

그래도 당장은 1골드가 필요하다. 그렇다고 방치할 수도 없는 노릇이다. 크라우치에게 이런 말을 했다가는 자신들이 곤란한 지경에 처할 건 뻔한 일이다.

"자연스럽게 움츠리게 만들어야 해."

주드로의 혼잣말에 반색한 팬톤이 말했다.

"수석 장로님은 하이 엘프들과 교류하고 계시지 않습니까?"

하이 엘프는 빛의 일족 엘프들 중에서도 순수한 혈통을 자랑하는 자존심이 강한 엘프들이다. 이들은 브리언과 라미안처럼 결코 다크 엘프들과 얼굴을 맞댈 수 없는 사이로 알려져 있었다. 풍간에 나도는 엘프 설화에 의하면 다크 엘프들은 어둠의 마법에 손을 대어 하이 엘프들에게서 추방당한 자들로 나온다.

주드로가 고개를 반쯤 꺾었다.

"그렇긴 한데, 그들이 나오려고 할까요? 인간과도 관계된 일이라……."

암스트에 은거하며 하이 엘프와 인연을 맺었지만 그리 원만한 관계도 아니었고, 인간을 벌레 보듯 하는 하이 엘프의 고고한 자존심도 별로 맘에 들지 않아 주드로도 대하기를 꺼렸다.

"전쟁에 참전해 달란 것도 아니지 않습니까? 그냥 슬쩍 다크 엘프들이 모종의 이유로 나왔는데 믿을 수가 없으니 감시만 해달라고 부탁하는 것은 어떻겠습니까?"

"감시만이라… 그 정도라면 딱히 거절할 명분은 없는 듯싶네요. 좋습니다. 제가 사람을 보내 의중을 떠보지요. 프랭크 천신장님."

"예, 말씀하시죠."

"잘 아시겠지만 이 일은 성사될 때까지 골드는 물론이고 폐하도 모르셔야 합니다."

"폐하께는 알리셔야… 커험! 알았소이다."

1골드가 다크 엘프들과 인연을 끊지 않는 한은 그를 계속 품고 갈 수는 없었다. 아무리 교황의 의제라도 이건 근본적으로 받아들일 수 없는 문제다. 다만, 다른 일이 급해 표면에 등장하지 않았을 뿐이다.

"하하하하!"

"오호호호!"

윌리엄 국왕은 내전(內殿)에 들자 들려오는 밝은 웃음소리에 덩달아 기분이 좋아졌다. 여태 대신들과 라미안 문제로 언쟁 아닌 언쟁을 벌이고 오던 참이었다.

60대 중반의 윌리엄은 백성들에게 신망이 두터운 후덕한 인품의 사내다. 그해 작황에 맞춰 세수를 탄력적으로 조정해 백성들의 시름을 덜어주었고, 제후들의 횡포 또한 엄히 다스리기로 유명했다.

가사에 있어서도 만백성에게 모범이 되었다. 왕자 시절 제국 유학길에서 만난 이름 없는 지방 귀족 출신인 왕후와 결혼해 삼처 사첩이 기본인 사회에서 30여 년 동안 한 여인만을 바라보는 순정파이기도 했다. 그 결실로 왕후 소생의 다섯 자녀를 두었다.

"하하하, 무슨 좋은 일이 있길래 웃음소리에 궁전이 떠나갈 듯… 어, 어어?!"

눈이 화등짝만 하게 커진 윌리엄은 말을 잇지 못했다. 공주답지 않게 풋풋한 차림새의 젊은 여인은 라미안으로 시집보낸 세실리아 공주였다. 그리고 여인보다 더 아름다운 저 사내는 만유 침공만 아니라면 흠 잡을 데 없는 사위였고. 그런데 젊은 시절 왕후와 똑같이 생긴 저 젊은 여인은 누구란 말인가?

"아바 마마를 뵈옵니다."

"퇴청하셨습니까, 아버님?"

인사말은 귀에 들어오지도 않았다. 고개를 숙이며 수줍게 얼굴을 붉히는 모습 또한 똑같았다. 어찌 잊을 수 있겠는가, 저 귀태에 반해 선왕의 반대에도 무릅쓰고 결혼한 것을.

"그, 그대는……."

"호호호, 아바 마마도 참. 어마 마마의 얼굴도 잊으셨어요. 아바 마마가 세실리아보다 더 사랑하시는 시실리 양이잖아요."

"어머! 얘는 에미한테 못하는 소리가 없어."

"칫, 누가 지금 이 모습을 어머니로 보겠어요. 제가 언니라 해도 다 믿겠네."

"허어―! 이게 무슨……."

같이 아름답게 늙어가는 건 자연스러운 일이었고, 만족해 했다. 그래도 젊은 왕후의 모습을 보니 처음 만나 설레던 때가 떠오른다.

윌리엄은 크라우치를 보았다. 빙긋 미소 짓고 있는 모습이 그가 한 일임이 틀림없었다.

"자네가……."

"아름다움을 사랑하시는 신께서 교에 내려주신 작은 선물입니다. 제가 아둔하여 미처 신경을 쓰지 못했습니다. 라미안의 사정으로 황후가 폐를 끼치게 된 점이 마음에 걸렸는데, 이제야 제가 왕후 마마께 해드릴 수 있는 일이 있음을 알았습니다. 송구합니다."

"자네가 송구할 뭐가 있나. 오히려 내가 감사를 해야지. 이거 꼭 새장가를 간 기분이 드는구먼 그래. 하하하!"

"호호호! 그래도 아바 마마, 동생은 사양이에요. 제 아이보다 어린 동생은 창피하단 말이에요."

"껄껄껄, 안 그래도 네가 떠나 적적했는데… 부인, 우리 노력해 봅시다."

"사위도 보고 있는데 이이는 남사스럽게 못하는 말이 없어. 몰라요."

시실리도 싫지는 않은지 나이를 잊은 채 애교를 부렸다. 그 모습에 또다시 커다란 웃음이 터져 나왔다.

한 시간 정도가 지난 후 여인들끼리 할 말이 있다며 쫓겨난 윌리엄과 크라우치는 서재에서 서로 마주 보고 있었다.

만유 왕실 문장이 찍힌 문서를 내려놓은 윌리엄이 턱수염을 쓸었다. 크라우치가 들고 온 사안은 카시리아의 미래를 판가름하는 중요한 문제였다.

"이런 중대한 문제를 단시일에 결정했을 리는 없고… 설마 이 일 때문에 세실리아를 부인으로 맞이했나?"

"먼저 제의를 한 것은 제가 아니라 바넷 대비입니다. 궁지에 몰린 처지라 여기까지 생각을 해낸 것 같습니다. 아버님도 아시겠지만 전황은 라미안이 상당히 유리한 입장입니다."

"플러스 평원 전투 소식은 들었네. 뒤늦게나마 축하하네. 아주 훌륭한 장수를 두었더군. 우리 제장들은 이런 멋진 대규모 기동은 본 적이 없다 하며 입에 침이 마르도록 칭찬을 하더군. 허수아비처럼 세워놓고 밀고 가다 쾅! 이런 단순한 전술이었는데 보병을 마치 기병처럼 활용해 사선 기동을 하다니, 내 생각에도 멋진 전술이었네."

"과하신 칭찬에 몸 둘 바를 모르겠습니다. 감사합니다. 그리고 한 가지 희소식을 전하자면, 며칠 안으로 전쟁을 마무리 지을 수도 있을 것 같습니다."

"오오오! 그 말이 정말인가? 허허, 이거 정말 대단하구먼.

내가 너무 잘난 사위를 둔 것이 아닌지 몰라.”

“아직 확실한 건 아닙니다. 아버님께서 칭찬하신 그 장수에게 달려 있는 일이니까요.”

“그렇게 말하니 더 믿음이 가는구먼. 그래, 종결 후에는 어떻게 할 것인가?”

“의제는 기세를 몰아 밀리언까지 밀어붙이자고 합니다. 제 생각도 그렇고요. 연방을 정복하기는 힘들어도 일부 지역은 충분히 가능합니다. 또한 전선을 연방 영토 안에서 생성한다는 점이 마음에 들기도 하고요.”

“흐음, 그 정도까지 생각하다니, 대단한 자신감이군. 크로시안 제국 생각은 안 해보았나? 시중에 도는 소문으로는 헬베른에 병력을 집중하고 있다고 하던데.”

“넘지 못합니다. 크로시안은 오히려 저희의 행보에 박수를 치며 즐길 겁니다. 그들의 입장에선 머리 위에 둔 커다란 골칫거리의 힘이 약해되는 것이니까요. 또한 이 전쟁은 국가 간의 전쟁 이전에 종교 전쟁입니다. 브리언과 라미안은 천 년 동안 하루도 쉬지 않고 싸워왔습니다. 끼어들 명분이 부족합니다.”

“그렇긴 하네만, 내가 자네와 손을 잡게 되면 연방보다 더한 골칫거리를 목전에 두게 되는 상황이 되는 데도?”

“삼국연합은 극비 사항입니다.”

“제국의 힘을 얕잡아 보지 말게. 그들은 충분히 파악하고도 남을 위인들이야.”

"경시하는 것이 아닙니다. 우선… 제 계획을 말씀드리겠습니다. 아버님은 지금처럼 움직이지 않습니다. 만유와 연방 일은 제 선에서 해결하겠습니다."

"만유는 어떨지 몰라도 연방까지 상대하기에는 벅차지 않을까?"

"라미안 백성들은 죽을 각오가 되어 있습니다. 어떻게든 막아냅니다."

믿음을 가진 자들이 얼마나 무서운지는 윌리암도 잘 안다. 신성제국이 존재했을 당시 죽기를 두려워하지 않는 광신도 병사들에 대한 두려움이 사가(史家)에 낱낱이 기록되어 있었기 때문이다.

"빠른 시일에 만유를 병탄, 안정시킬 생각입니다. 그래서 전선을 연방 내에 두려고 하는 것입니다. 물론 연방의 강공을 막아낸다는 가정하에 말입니다. 차후 전쟁이 소강 상태에 접어들 때 아버님께서 움직여 주시면 됩니다."

"어딜? 나와 함께 밀리언을 치자는 말인가?"

크라우치가 고개를 저었다. 밀리언 연방은 괜히 3대 강국이 아니다. 장기전으로 끌고 가면 필패다. 하지만 단숨에 무너뜨릴 수 없기에 장기전을 할 수밖에 없다.

장기전을 펼치려면 든든한 후방 지원이 있어야 한다. 이는 곧 백성의 머릿수이고 탄탄한 재정을 말함이다.

"시니아입니다."

흠칫 놀란 윌리엄은 새삼스레 크라우치를 바라보았다. 예쁘장한 얼굴 속에는 거대한 야망이 꿈틀대고 있었다.

시니아 침공은 결국 크로시안 제국과도 전쟁을 벌이겠다는 말과 다름없었다.

"나에게 시니아를 맡아달라?"

"제가 위에서, 아버님께서 옆을 쳐주시면 한 달도 걸리지 않을 겁니다."

"허허허! 이후는 생각해 보았나? 연방이 전선의 빈자리를 모르지 않을 터이고, 연방보다 더 강력한 크로시안이 밀고 올라올 터인 데도. 사내라면 야망을 가져야지. 암, 그렇고말고. 거기까지는 좋아. 하지만 허술한 부분이 너무 많아. 난 내 백성들을 사지로 몰 수 없네. 자네가 아무리 사위라도 말이야."

"아버님, 이때도 제국은 움직일 수 없습니다."

자신감을 넘어서 단정적인 말투였다.

"더 이상 그런 궤변은 듣기도 싫네. 자네에게 품었던 좋은 감정도 사라지려고 하니 그만두게나."

"제국은 내전에 휩싸일 겁니다."

"응? 뭐, 뭐라고? 내전? 무슨 소릴 하는 겐가? 인접한 내가 자네보다 제국 사정은 더 잘 알아. 그런 조짐은 없네."

크라우치는 빙긋 미소 지었다.

"없으면 제가 만듭니다."

"허허, 도대체가 그 터무니없는 자신감은 어디서 나오는

지, 원. 쯧쯧쯧. 내가 사람을 잘못 보았어.”

혀를 찬 윌리엄이 다시 크라우치를 보았을 때 깊은 호수같이 잔잔한 눈동자는 사라지고 이글거리는 불덩이만이 남아 있었다.

“제국 북방의 크나르 제후인 체임벌리는 야심이 큰 자입니다. 얼마 전 그가 아끼는 삼왕자를 독살하려는 시도가 있었고, 막긴 했으나 아직도 침상에서 거동하지 못하는 상태입니다. 전 죽은 사람도 살리는 성자입니다. 체임벌리는 제가 방문하면 맨발로 뛰어나와 반길 것입니다. 저와 만나는 순간 체임벌리는 숨겨둔 야심을 드러내게 되고, 이후 제국은 내전이 발발합니다. 아시겠습니까?”

눈이 몽롱하게 풀린 윌리엄은 책을 읽듯이 말했다.

“응, 그렇구먼. 그렇게 되는 것이었어. 자네가 이렇게 설명해 주니 이후의 일이 눈에 선하네. 내 그리 함세. 자네가 원하는 대로 시니아를 단숨에 제압하겠네. 그러면 되겠는가?”

“그럼요, 그러서야죠. 이후에 아버님과 저는 신성제국을 이끌어가게 될 것입니다. 그리고 언제나 저와 함께하는 카뮤 신께서 아버님을 보살펴 드릴 것입니다.”

이렇게 연합이라 부르기도 뭐한 삼국연합이 비밀리에 이루어졌다. 이후 라미안에서 시작한 전화는 북풍을 타고 제국에까지 도달하게 된다.

오리스 합락 작전

다크 엘프들은 당연한 수순으로 1골드의 친위대가 되었다.

홉은 친위기사대장 위사장 자리를 그라노프에게 인계하고 본연의 임무로 돌아갔다. 평시에는 몸을 숨기고 있으나 기마전 때는 다시금 말을 타고 질주할 것이다. 아직도 그때의 흥분이 남아 있었다.

라미안 군은 1골드의 친위대를 흑기사단이라 불렀다. 흑기사단 기사들은 피부색도 자신들과는 달리 갈색에 가까웠고, 착용한 갑옷도 1골드와 마찬가지로 짙은 검은색이었다.

개개인이 2미터에 육박하는 장신에 일반 장정 둘을 붙여놓은 듯한 넓은 어깨는 보는 것만으로도 숨이 턱턱 막힐 지경이었다.

하지만 마음은 따뜻해 가끔 사냥물을 병사들에게 던져 주기도 하고, 사격 훈련을 할 때는 슬쩍 다가와 자세를 잡아주는 등 친근하게 대했다. 게다가 날아가는 파리 눈알을 맞출 정도로 엄청난 명사수라 그들이 손을 봐주면 금세 실력이 향상되었다.

이렇게 친해지자 병사들과 같이 식사를 하기도 했는데, 기사들이 먹는 따뜻한 음식이 아니라 거친 빵을 나누어 먹으면서도 잘생긴 얼굴에 친근한 웃음을 보여주었다. 별 볼일 없는 이야기를 나누면서도 제일 먼저 반응하고 크게 웃어주니 위압감이 느껴지던 첫인상을 빠르게 잊고 농담을 던질 정도로 친해졌다.

그런 그들이 어느 날 흔적도 없이 사라졌다. 병사들은 궁금해했지만 높으신 분들이 하는 일에 대해 물을 수도 없는 노릇이었다.

"몇 시나 되었느냐?"

오샤르의 왕실 별장 안이었다. 시계추처럼 거실을 오가던 루퍼트가 시종에게 물었다.

똑같은 질문을 한 지 1분도 지나지 않았으나 시종장은 대답을 해야 했다.

"자정을 넘긴 지 30분이 지났습니다."

“거참, 이상토다. 1시간 전에도 같은 대답을 하지 않았느냐? 이 멍청한 놈! 제대로 시간을 확인하고 있는 것이냐!”

“쯧쯧쯧, 멍청한 건 오라버니예요.”

안절부절못하는 그와는 달리 느긋하게 손톱을 다듬던 바넷이 핀잔을 주었다.

“뭐가 그리 불안해서 계속 시간을 묻는 거예요? 설마 우리 폐하를 믿지 못하시는 것은 아니죠?”

“우― 리― 폐하? 하, 하. 교황 폐하를 꼭 남편처럼 부르는구나. 네가 지금 제정신이냐?”

“흥! 그렇게 되지 말란 법이 어디 있어요. 그 망할 올란도 자식이 사라지고 내가 젊음을 되찾으면 폐하도 저를 다시 보게 될걸요.”

“허어, 니 맘대로 해라. 그보다 필립이란 자는 믿을 만한 것이냐?”

“오라버니보다 더요. 날이 밝으면 새 세상이 펼쳐져 있을 거예요. 내 걱정은 하지 마시고요. 오라버니 일은 똑바로 하고 있는 거예요?”

루퍼트는 기가 찼다. 내일모레 관에 들어갈 할망구가 망상을 꿈꾸더니 이젠 사내의 일에까지 간섭하려 한다. 선왕의 왕후만 아니었으면 상종하지도 않았을 골빈 년이!

“에휴, 그런데 파블로, 이 자식은 도착했으면 했다고 연락을 해야 할 것 아니야. 아이고, 머리야. 한 번만 더 이 짓을 하다가는 내가 내 명에 못 죽겠어.”

갑자기 크라우치의 얼굴이 떠올랐다. 죽을 때가 되면 선왕처럼 살려 달라고 하면 될 것이 아닌가.

‘잘한 선택이야. 암, 그렇고말고. 외삼촌도 몰라보는 그런 썩을 자식보다는 백배는 낫지.’

루퍼트는 혁명군을 지휘하고 있을 아들이 눈앞에 있는 것처럼 흐뭇한 미소를 지었다.

“멈추시오! 어디에서 오는 병사들이오?”

수도 근교 검문소, 경비 병사들이 초소에서 뛰어나와 앞을 막아섰다. 기병이 삼백여 기에 보군이 이천은 되어 보이는 군세였다. 이 정도면 백작 급 이상 영지의 병력이다. 아니나 다를까, 마상에서 투구에 얼굴이 가려 코끝밖에 보이지 않는 기사가 눈을 내리깔았다.

“건방진 놈! 감히 뉘라고 앞을 막는 것이냐! 당장 물러서지 못할까!”

“상부의 명이 지엄합니다. 어디에서 오신 분들인지 밝히셔야…….”

“그래도 이놈이! 연락을 받지 못했단 말이냐!”

“죄송합니다. 오늘 밤에 대규모 병력이 이동한다는 어떤 연락도 받지 못했습니다.”

“쯧쯧쯧. 전시에, 그것도 만유 최강이라는 수도방위군이라는 놈의 눈이 썩은 동태만도 못하구나! 당장 네놈 상관을 불러오너라. 내 직접 죄를 물을 것이다! 이분은 국왕 전하의 어머니이신 대비 마마의 조카이신 루이자 백작님이시다.”

병사는 눈앞이 깜깜했다. 하필 귀족 중의 귀족인 로얄패밀리라니. 목이 날아갈 대죄다. 날이 어두워 깃발을 보지 못한 것이 한스러웠다.

“아이고! 어서 오십시오, 루이자 백작님. 수도에 오신 것을 환영합니다. 뭣들 하느냐. 어서 길을 열어라!”

초소 뒤편에서 초소장으로 보이는 군관이 후다닥 달려오더니 빠르게 입을 놀렸다.

“제가 배가 아파서 잠시 자리를 비운 탓에 이런 일이 생겼습니다. 이 녀석은 군문에 들어온 지 얼마 되지 않아 미처 귀하신 분을 알아뵙지 못했습니다. 한 번만 자비를 베풀어주십시오.”

위사들의 삼엄한 호위를 받은 젊은 기사가 고개를 끄덕이곤 말고삐를 챘다.

목이 떨어져라 고개를 숙인 초소장이 지나가는 투로 물었다.

“그런데 어디를 가시는 겁니까?”

“네까짓 놈이 알 필요 없다. 최상부에서 떨어진 긴급 명령이란 것만 알아두어라. 입을 함부로 놀렸다가는 간자로 오인받아 목이 떨어질 것이다.”

"암요, 이놈의 우둔한 머릿속에 깊이 새겨놓겠습니다. 전 오늘 아무것도 보지 못했습니다."

"생각보다 똑똑한 놈이구나. 옜다, 이걸로 부하들과 술이나 한잔해라."

쇳소리를 내며 떨어진 전낭을 잽싸게 받아 든 초소장이 머리가 닿을 정도로 고개를 숙였다.

같은 시각, 오리스 남문에서도 비슷한 일이 벌어지고 있었다.

"후읍!"

병사의 호들갑스런 호출로 달려온 백인장 급인 서문 수비군 부대장 제임스는 숨을 들이켰다. 3백에 달하는 기병들의 모습이 예사롭지 않았다. 그들에게서 풍기는 날카로운 기세가 누각까지 뻗쳐 조금만 움직이면 두 토막이 날 것만 같았다. 왜 하필 자신이 당직 사령(司令)을 서는 날에 이런 일이 생겼는지, 오금이 저려 해야 할 절차도 잊어버렸다.

그때 검은 투구의 눈 부위에서 맹수같이 빛을 흘리는 거한이 착 가라앉은 음성을 토했다.

"문을 열어라."

"뉘, 뉘시오?"

"서쪽에서 왔다."

제임스는 눈을 껌벅였다. 서쪽이란 이름을 가진 지역은

없다.

"아아! 밀리언!"

왜 이제야 생각이 났을까. 척 봤을 때 알아차릴 수도 있는 일이었다. 몇 번 본 적이 있는 근위기사단보다 더한 자들이다. 저러한 기사들을 보유한 국가는 인근에 밀리언밖에 없고, 게다가 성문까지 아무런 제지도 없이 왔다면.

"커험! 제가 당직 사령이나 오늘 오신다는 연락을 받지를 못했습니다. 죄송하지만 사령부에서 확인을 해줄 때까지 잠시만 기다려 주시겠습니까?"

"라미안 같은 잡졸들에게 고생을 하는 이유가 있었군. 좋다. 10분을 주겠다. 그때까지도 성문을 열지 않으면 돌아갈 것이다."

제임스는 다급해졌다. 밀리언에서 막강한 전력의 기사단을 파병했는데 명령 전달 체계 문제 때문에 돌아가 버리면 망신도 이런 망신이 없고, 숱한 목이 성벽에 걸릴 일이었다.

"전령! 전령은 어디 있느냐?! 아니다. 내가 직접 가야겠다. 어서 말을 준비하라."

성문 누각에서 내려와 제임스가 말에 오를 때 내성에서 달려오는 일단의 기병들이 있었다.

"워워워! 사령이 누구인가!"

말을 세우자마자 다짜고짜 사령부터 찾았다. 반색한 제임스가 한걸음에 달려갔다.

“서문 수비대…….”

“나는 백합 기사대의 대장 필립이다.”

제임스는 재빨리 허리를 숙였다. 백합 기사대는 근위기사단 5대 중에 두 번째 서열에 있었다.

“오늘 중요한 손님이 오실 것이다.”

“이런! 벌써 오셨소이다, 필립 대장.”

“오오! 이런, 내가 한발 늦었구나. 그래, 그분들은 어디에 있느냐?”

“그게… 성문 밖에서…….”

“뭐시라! 이런 생각없는 놈을 봤나! 어서 성문을 열지 못하겠느냐! 국왕 전하께서 직접 요청하신 분들이거늘, 그분들의 심기가 편치 않으면 네놈은 제 명에 죽기 힘들 것이다.”

크롱! 끼이이이익!

언제나 닫혀 있을 것 같은 육중한 성문이 열렸다. 엷은 미소를 지은 필립이 한편으로 물러서 입성하는 기사들을 바라보았다. 인생을 건 도박이 저들의 손에 달려 있는 것이다.

“먼 길을 오시느라 고생하셨소이다. 제가 직접 내성까지 모시겠소.”

“그럼 부탁드립니다.”

의미심장한 눈빛을 나눈 그들이 한 덩어리가 되어 성내를 질주했다.

“사령님, 상부에 보고를 올려야 하지 않습니까?”

"너도 들었을 것이 아니냐? 국왕 전하께서 직접 부르시고, 콧대 높은 근위기사단 대장이 직접 마중을 나왔다. 다른 자들에게 알리고 싶지 않으신 게야. 그러니 사령부에서도 몰랐겠지. 어쨌든 맥이 탁 풀린다."

"저도 그렇습니다. 그 맨 앞에 있던 시커먼 자는 꿈에 볼까 무서울 정도로 무시무시했습니다."

"그러게 말이다. 다시는 보고 싶지 않은 자이구나."

고개를 살살 저은 제임스는 당직실로 향했다. 오늘은 아껴 놓은 위스키를 한잔 들어야 할 것 같았다. 목이 떨어질 위기를 넘긴 걸 기념하며.

새벽 3시를 알리는 종소리가 울렸을 때 빌은 집을 나섰다. 시장 모퉁이를 돌아 어둑한 공터에 다다르자 십여 명의 사내들이 번들거리는 눈으로 그를 맞았다.

"꼬리를 달고 온 놈은 없지?"

대답할 가치도 없다는 듯 사내들은 흰 이를 드러내며 웃었다. 구족이 멸할 일을 하는데, 허튼짓을 할 만큼 어수룩한 이들은 없었다.

"다음 종소리가 울릴 때가 신호다. 동시에 불길이 일어야 한다."

그러자 두 사내가 고개를 끄덕이더니 어둠 속으로 사라졌다. 저들도 너댓 명의 부하를 거느린 조장 급이다.

“자, 너희 둘은 동문과 서문이다.”

“이봐, 빌. 그런데 어디로 오는 거야?”

빌이 고개를 저었다. 존도로부터 받은 명령은 사대문 근방에 소란을 일으키라는 것이 전부였다.

“나머지는 나를 따라와. 다른 자들과 합류한다.”

“다른? 무슨 소리를 하는 거야. 우리 말고 동지들이 더 있었어?”

이번에도 빌은 고개를 저었다. 만유 내부에 동조자가 있다는 것이 그가 아는 전부였다. 이게 존도의 조직 관리 방식이다. 철저한 점 조직으로, 측근에게까지 정보를 공개하지 않는다.

“아직도 대장을 모르냐? 나도 알았으면 좋겠다. 다만 꽤 높은 놈들이 뒤통수를 친다고 하더라. 우리는 무슨 일이 있어도 성문만 열면 돼. 더 이상은 알 필요도 없고.”

빌이 말을 마치자 입맛을 다신 사내들이 흩어졌다. 각자에게 부여된 임무는 수십 번 확인했고, 예행연습까지 마친 상태였다.

“홀린 광장에서 만나기로 했어. 서둘러야 돼.”

미리 익혀둔 뒷길로 기찰 병사들을 피해 간 빌이 홀린 광장의 옆 저택에 당도했을 때는 일행이 이십여 명으로 늘어 있었다.

약속된 동물 울음소리로 서로를 확인한 빌과 일행들은 3층 저택으로 들어섰다.

“이것이 뭐요?”

“갑옷이잖소.”

“아니, 내 말뜻은…….”

“수비군의 복장이오. 어서 갈아입고 이 흰 천을 왼팔에 감으시오.”

적과 아군을 구별하는 표시였다. 야밤인지라 난전이 벌어지면 제 부모 얼굴도 몰라본다. 눈에 확 띄는 표식이 필요했다.

“그리고 새로운 암구어를 익혀두시오. 수세에 몰린 적들이 흰 천을 알아보고 제놈들도 두를지도 모르니.”

고개를 끄덕인 빌이 물었다.

“어느 분 수하들인지 물어도 되겠소?”

“당연히 안 되지요. 서로 모르는 편이 편하지 않소?”

“오랜만에 뵙습니다.”

“오오! 이게 누구신가. 루퍼트 후작님의 후계자 루이자 백작이 아닌가?”

루이자는 쓴웃음을 머금었다. 전과 같으면 비아냥으로 들릴 소리였다. 병신이 된 기사가 작위를 받았으니 가문의 후광인 것은 당연했다. 하지만 지금은 다르다.

“그레비 백작님, 제가 선봉에 서겠습니다.”

“하하하, 내 설마설마 했거늘, 건강한 모습을 다시 보니 기쁘기 그지없다. 그래, 공자가 원하는 대로 선봉장을 맡으시게나."

군례를 취해 보인 루이자가 친위대를 이끌고 선봉에 섰다. 뒤를 돌아보자 오백여 기의 기마가 당당히 서 있었다. 가슴이 벅차올랐다. 한 달 전까지만 해도 상상도 못하던 일이다.

'새 생명을 얻었다. 신이시여, 감사합니다. 폐하, 신명을 다해 임무를 완수하겠습니다.'

바넷의 입김이 닿는 제후들 중에서 거물 급들만 다섯이 모였다. 기병 이천여 기에 보군이 1만이 넘는다. 수도를 깨기엔 턱없이 부족한 병력이나 성내에서 호응이 일 것이고, 크라우치가 보낸 강력한 우군이 내성을 장악할 것이라 했다. 왕의 머리만 떨어지면 끝난다. 이 병력으로 이틀만 버티면 지원군이 속속 도착할 것이다.

"신호다! 빛이 보인다!"

누군가의 외침에 루이자가 고개를 치켜들었다. 성벽 끄트머리에서 불길이 치솟는 모습이 보였다. 불길만큼이나 치솟는 흥분에 가슴이 턱 막혀왔다.

스르릉!

루이자는 검을 빼 들었다. 불길이 높게 치솟아 검신이 번쩍이는 듯 보였다.

"자, 가자! 조국의 앞날을 오물통에 처박아 버린 올란도를 몰아내자!"

격분해 목소리가 갈라졌으나 루이자는 느끼지도 못했다. 오직 병사들이 함성으로 답하자 눈물이 날 지경이었다.

"돌격! 돌격 앞으로!"

목이 터져라 소리치고 말에 박차를 넣자 놀란 말이 앞발을 치켜들었다. 하마터면 낙마할 뻔했던 상항에 긴장이 한결 풀어졌다.

"하하하! 나같이 멍청한 짓은 이걸로 끝이다. 그대들은 만유 최강의 병사들이다!"

"하하하! 와아아아!"

"이긴다!"

피피피피핑!

"막아라! 적들은 몇 되지… 캑!"

목에 화살이 박혀 군관은 이상한 비명을 지르며 쓰러졌다. 갑작스런 기습이었다. 성문 근처에 불길이 일어 허겁지겁 달려가던 성문 수비병들은 화살 세례를 받았다.

전선은 아드리안에서 두 딜 사까이 고착 상태라 한시름 놓았는데, 그 어디보다 안전해야 할 안방에서 사단이 벌어졌다. 우회한 적들이 언제 오리스에 숨어들었단 말인가.

"으아아! 라미안 군이다."

"라미안의 대군이 나타났다!

성벽 위에서 병사 서넛이 일제히 소리쳤고, 성문 수비군은 갈피를 잡지 못했다. 안에서 쏟아지는 화살 세례로 고개를 들지도 못할 판인데 밖에서는 라미안 군이 몰려오고 있었다.

"성문! 성문을 지켜라!"

북문 사령이 우왕좌왕하는 병사들을 통솔했다. 원군이 올 때까지 성문만 지키면 된다.

어느 순간부터 화살이 뜸해지는가 싶더니 불길을 뚫고 일단의 병사들이 나타났다. 원군이었다. 그들을 알아본 병사들이 한시름을 놓고는 성벽 너머로 몸을 돌렸다.

지축을 울리는 말발굽 소리는 요란한데 아직 모습은 보이지 않았다. 적들이 방화를 한 탓에 등 뒤로 불빛을 받고 있어 더욱 시야가 제한되었다.

"고생들 했네."

원군을 인솔한 군관이 성문 위의 누각으로 올라왔다.

"적들은 이들뿐인가?"

군관의 얼굴을 보던 사령이 갸웃했다. 갑옷은 경비대의 것이 맞는데 낯선 얼굴이었다.

"뭐 하나?"

"예? 아아, 아닙니다. 성내에 침투한 적들은 얼마나 되는지 모르겠고 성 밖에서는 말발굽 소리만 들립니다. 아직 모습을 드러내지 않았습니다."

"성문이 열릴 때까지 기다리나 보군. 너무 어두워 보이지를 않으니 불화살을 몇 발 날려보게나."

궁수들에게 명령을 내리고 준비를 하는 사이, 북문 사령이 물었다.

"그런데 새로 오신 분입니까?"

하늘 높이 야음을 가르는 불화살을 보던 군관이 말했다.

"새로 왔지. 그리고 금방 갈 거라네."

씩, 웃으며 하는 말에 덩달아 웃던 사령은 불쑥 치솟은 검광에 경악한 표정과 함께 갈라진 목을 부여잡은 채 성 밖으로 떨어졌다.

"죽여라!"

갑작스런 변고에 뜨악한 표정을 지은 경비병들은 저항도 하지 못하고 죽어나갔다.

"으아악!"

"이, 이놈들! 으악!"

원군이 돌연 적으로 돌변해 수비군들에게 무차별적으로 검을 휘둘렀다. 이어 육중한 소리가 나며 성문이 열렸다. 그 사이 처음 화살을 날린 자들이 다시 나타나 성문 주변을 장악한 것이다.

두두두두!

열린 성문을 통해 루이자의 선봉군이 입성한 것은 5분도 채 지나지 않아서였다. 주변을 맴돌다 불화살이 쏘아지자 그것을 신호로 달려든 것이다.

"하비지는 1개 대를 데리고 본군이 입성할 때까지 성문을 지켜라. 우리는 내성으로 간다! 이랴!"

빌은 성내로 사라지는 기병들을 쳐다보았다. 주어진 임무는 완수했다. 두둑한 보수를 생각하며 성벽에 등을 기대고 긴 숨을 내쉬었다. 오늘은 오리스 사람들에게는 긴 밤이 될 것 같았다.

뎅뎅뎅뎅뎅!

도시의 밤을 요란한 타종 소리가 깨웠다. 하나둘 저택에 불이 들어오기 시작하더니 몇몇 호기심이 강한 자들은 밖으로 나와 사태를 파악했고, 대부분의 시민들은 빗장을 걸어 잠그고 지하실로 숨어들었다. 집안의 장정들은 강제 징집(徵集)을 당했기에 노약자들밖에 남아 있지 않았다.

두두두두두!

왕도(王途)에 거친 말발굽 소리가 가득했다. 병사들이 이리저리 뛰어다닌다는 것은 초기에 적을 제압하지 못하고 상황이 여의치 않게 돌아간다는 걸 의미한다.

그를 대변하듯 병사들의 부산한 움직임이 도시 외곽에서 도심으로 옮겨오고 있었다.

"뚫어라!"

검을 곧장 바리케이트로 향한 루이자가 소리치자 친위군이 악으로 받더니 기마 10여 기가 쏜살처럼 튀어나가 들이받았다.

“와앗!”

급조된 장애물을 뛰어넘으며 찔러오는 창을 베어버리곤 그 여세를 모아 한칼에 수비병의 목을 날렸다.

사대문에서 불길이 치솟자 수도 방위군은 훈련한 대로 내성으로 향하는 주요 관로를 봉쇄하고 길가의 저택 지붕에 궁수들을 배치했다. 내성에서 근위군이 지원을 나올 때까지 적들의 진격을 최대한 늦추어야 한다.

“이야얍!”

루이자가 퀘럴을 날리는 병사 둘을 베고는 엷은 미소를 지었다. 길 위에 일단의 기병들이 모습을 드러낸 것이다.

“왔구나! 앞으로! 히핫!”

근위기병들과의 거리는 이백 보쯤 되었다. 마차 4대가 동시에 지날 수 있는 왕도상으로 서로 머릿수를 알 수 없는 상황이었다.

“으랏차아!”

양 기병이 부딪친 순간, 루이자는 적 선봉의 머리를 단칼에 날렸다. 복장으로 보아 기사 십 인의 조장 급이었다. 근위 기사로 임명되었을 당시 말단 기사였으니 감히 올려다볼 수도 없는 인물이다. 하지만 목이 떨어져 나간 것은 조장이었다.

“핫핫! 내 검을 받아라!”

말 머리가 부딪칠 정도의 근접전이었다. 양측 다 두터운 갑옷으로 무장을 한 상태라 검의 기교는 승부에 도움이 되지 못한다. 승부는 힘과 스피드! 흐릿한 검광이 일면서 두 명의 기사를 다시 떨어뜨리자 좁은 길에 빼곡하게 붙은 친위군의 사기가 부쩍 올랐다.

차창! 챙! 챙!

하지만 사기에 비해 속도는 나지 않았다. 주인 잃은 말들이 길을 막았고, 왕도 위였으므로 기껏 해봤자 열댓 기만이 전투를 치를 수 있었다.

"장군! 장군님! 우린 오른쪽으로 돌아갑시다!"

루이자는 피 칠한 얼굴 위로 흰 이를 드러냈다. 장군이란 호칭이 격전의 와중에도 그리 달갑게 들릴 수가 없었다. 쓸모없는 병신에서 장군이 된 것이다.

"네 말이 옳다! 네가 앞장을 서라. 우회할 것이다!"

어둠 속에서도 더욱 어두운 면이다. 왕로가 막혔으니 사잇길로 돌아가는 수밖에 없었다. 내성은 크라우치가 보낸 기사들이 맡았으나 올란도의 목을 치는 공을 세워 은혜를 갚고 싶었다.

"나는 이쪽으로 간다. 부르마, 여긴 네가 맡아라!"

그는 전선에서 이탈해 사잇길로 향했다. 왕도 뒤편의 샛길 안이었다.

"이놈들!"

루이자가 마나를 실어 검을 날리자 샛길을 봉쇄하던 병사 대여섯 명이 날아갔다. 그 순간 말에 박차를 가해 팅겨 나가 수비군 사이로 뛰어들었다.

"다 죽어라!"

조잡한 창으로 마나가 깃든 검을 막을 순 없었다. 언제 벗겨졌는지도 모르게 투구가 사라져 산발된 머리에 미친놈의 형상이 되어 칼춤을 추었다.

"저쪽입니다! 장군님! 내성이 보입니다!"

얼마나 베어넘겼는지 모르겠다. 손에 잔떨림이 이는 걸로 보아 수백은 될 듯싶었다. 어쨌든 내성 앞까지 도착했다. 저곳이 최종 목적지였다.

"남문으로 들어왔느냐?"

빠른 걸음으로 성벽 안 안뜰[Bailey]로 향하던 밀랑이 물었다. 허겁지겁 대장의 투구를 들고 따르던 부장이 말했다.

"성내에 간자들이 침투해 성문을 열었다고 합니다."

눈썹을 찌푸린 밀랑이 씹어 뱉듯 말했다.

"썩을 치안대 놈들. 전시에 무슨 생각으로 경계를 서는 거야. 기사들은?"

"모두 준비하고 기다리고 있습니다."

안뜰에 도착해 투구를 건네받은 밀랑이 말고삐를 쥐었다.

"어서 빗장을 올리지 않고 뭣들 하는 게냐!"

밀랑은 근위기사단의 1대 대장이었다. 근위기사단장은 왕궁과 왕실을 지켜야 한다.

마상에 오른 밀랑은 투구의 안면 보호대를 내렸다.

"필립, 이 빌어먹을 자식은 어딜 간 거야? 이 새끼는 꼭 필요한 순간에는 없단 말이야. 재수없는 자식, 또 어디서 계집년 가랑이에 대가리를 박고 있겠군."

빗장이 올라가고 내성 문이 서서히 열리자 말고삐를 당겨 쥐고는 안뜰에서 대기 중인 삼백여 근위기사들에게 소리 높여 말했다.

"전선은 아드리안이다. 많은 병력을 빼진 못했을 터, 제법 실력있는 놈들이 왔겠지만 우린 만유의 자랑스러운 근위기사단이다. 국왕 전하께서 보고 계신다. 너희들의 무용을 마음껏 뽐내거라! 광신도들을 척결하자! 가자!"

"국왕 전하께에게 충성을!"

밀랑이 보고받기로는 라미안의 별동대가 아드리안을 우회에 기습을 감행한 것이라고 했다.

다각! 다각! 다각!

내성 문을 속보로 벗어나 말에 박차를 가하는 순간 밀랑은 고개를 갸웃했다. 전방에서 수백의 기병이 달려오고 있었다. 검을 빼 들고 숨을 죽였다. 시간상 적들은 도심의 수많은 장애물을 뚫고 벌써 여기에 당도할 수가 없었다.

"필립? 저 자식 부대가 나갔었나? 어찌 된 일이냐?"

그 선두에 2대 대장인 필립이 있었다.

"제가 분명 필립 경을 찾고 있는 기사들을 만났었습니다.

저들은 대체……."

언뜻 봐도 3백 기 가까이 되는 기병이다. 저 정도 규모의
병력이 수도에 있었다면 밀랑이 몰랐을 수가 없다.

"배신?"

자신도 모르는 극비 사항일지도 모르는 일이다. 괜한 생각
이라며 고개를 털 때 성벽 위에서 누군가가 소리쳤다.

"역모다! 반란이다!"

밀랑은 화들짝 놀라 고개를 돌렸다가 배는 빠르게 필립에
게로 향했다. 반란과 정체를 알 수 없는 삼백 기병.

"아뿔사! 배신! 말을 돌려라! 아니다, 아니야! 그래, 성문!
어서, 어서 성문을 닫아라!"

다급했다. 평심을 잃지 않는 그였지만 이 순간만큼은 어머
니가 돌아가셨다는 부고를 들었을 때보다 더 놀랐다. 내성의
이중 문이 다 개방된 채 아직도 근위기사들은 내성에서 꾸역
꾸역 밀려 나오고 상태였다.

배신자가 이끄는 기병들은 열을 셀 시간이면 당도한다. 말
머리를 놀려 내성으로 들어갈 시간이 없는 것이다. 놈들은 근
위기사단이 나올 때를 기다리고 있었다.

"으핫핫핫! 주인님과 함께 말을 달려서인지 상쾌하기가 그
지없습니다."

빗발치는 화살 속에서도 그라노프는 뭐가 그리 기분이 좋

은지 호탕하게 웃었다. 사실 반 일족이 밀림을 벗어나서 제일 먼저 한 일이 바로 마술을 배우는 것이었다. 나무를 타고 다닐 줄만 알았지 동물의 등에 타는 것은 처음이었다.

한 손을 휘저어 대여섯 대의 화살을 걷어낸 1골드가 무뚝뚝하게 말했다.

"그라노프, 그동안 배에 기름기가 낀 것은 아니겠지?"

"무슨 말씀을, 주인님과 검을 맞댈 날을 기대하며 밤을 지샜습니다. 오늘 그동안의 성과를 보시게 될 겁니다."

반 일족이 1골드를 만난 지 십오 년의 세월이 흘렀다. 엘프에게 십오 년은 하룻밤의 꿈이라 여길 수도 있는 짧은 세월이다.

하나 그라노프에게는 경악해 마지않는 시간이었다. 처음 한칼도 막지 못하던 1골드가 이제는 자신을 훌쩍 뛰어넘어 검을 사사하는 입장이 된 것이다.

"그래, 그럼 따라와 봐라!"

말이 끝날 즈음에는 소리가 멀리서 들려왔다. 마상에서 매처럼 날아오른 1골드가 망토를 휘날리며 성벽 위를 향하고 있었다.

치기가 오른 그라노프는 라그나와 눈빛을 교환하고는 빙긋 웃었다.

"지는 쪽이 일족의 엘프주를 내놓는 것이오."

"여부가 있겠소이까. 분발하셔야 할 겁니다. 혹 일족의 칼은 매섭습니다.”

“하하, 주인님은 일족의 검을 완성하신 분이오. 놀라지나
마시오. 자, 늦기 전에 갑시다!”

라그나는 자신감이 있었다. 반 일족은 먹을 것이 풍성한 밀
림 지역에 있었지만 훅 일족은 사막 근처라 거친 환경 속에서
살아왔다. 환경은 무(武)에도 영향을 미치는 것이다.

내기가 걸렸으니 이겨야 한다는 생각에 마력을 아끼려 정
령의 도움을 받아 몸을 띄웠다. 그리고는 허공을 평지처럼 달
리는 1골드를 보았다. 소환한 정령이 사라질 정도로 놀라운
광경이었다. 안력을 높이자 그 연유를 알 수 있었는데, 날아
오는 화살을 밟으며 쑥쑥 나가고 있었던 것이다.

“반 일족이 주인으로 삼을 만한 분이구나.”

아무리 마신의 화신이라 해도 인간을 주인으로 모시는 것
은 내키지 않았다. 한번 만나보기라도 하라는 말에 자존심을
굽혔고, 보는 순간 탄복했다. 정말이지 그렇게 순수한 마력은
처음이었고, 일신의 무력도 추측할 수 없을 정도였다.

“오오오!”

순간 자신의 눈을 의심했다. 어둠을 빨아들이는 태초의 어
둠이 검에서 뿜어져 나오며 달도 베어버릴 듯한 거대한 형상
을 만들었다.

저것이다. 신의 경지에 접어든 그랜드 마스터가 만들어내
는 진정한 오러 블레이드가!

라그나는 혀로 입술을 핥았다. 진한 마력의 냄새가 풍긴다. 몸이 더할 수 없이 뜨겁게 타올랐다.

콰콰콰쾅!

거대한 검이 누각에 떨어졌다. 뇌성벽력이 강타하는 소리와 함께 엄청난 충격파가 주변을 휩쓸었다. 드드드, 하며 지진이 난 듯 울리더니 응축된 대기가 토네이도처럼 휘말려 치솟으며 정신을 놓은 병사들을 날려 버렸다.

단 일 수였다. 단 일 수에 누각 안에 있던 지휘관들과 십여 미터 내의 병사들이 몰살을 당했다.

재앙은 여기서 그치지 않았다. 반쯤 허물어진 성벽에 닿아서는 마법사들이 파이어 볼을 날리는 것처럼 좌우측으로 불덩이를 쏘아내어 궁수들을 불태우고는 그대로 성 밑으로 뛰어내렸다.

근위기사단의 머리 위로 떨어져 내린 후 성문 앞에 우뚝 서서 여기를 통과하려면 나를 넘어야 한다는 듯 안뜰에 모여 있는 백여 명의 근위기사들을 쳐다보았다.

"꿀꺽—!"

여기저기에서 숨 넘어가는 소리가 들렸다. 순식간에 누각을 초토화시킨 장본인이다. 삐죽 솟은 뿔을 단 시커먼 갑옷의 거한, 도저히 같은 인간으로 보이지 않았다.

"우, 우리는……."

한 기사가 용기를 짜내어 소리쳤다.

"자랑스러운 근위기사다. 국왕 전하께 충성을! 죽어라!"

젖 먹던 힘까지 짜내 두려움을 떨치고 소리친 그가 몸을 날렸다.

제법 날렵한 동작이었고, 검로 또한 정확했다. 몇몇 기사가 고개를 끄덕인 찰나, 검광이 번쩍이고 일순 기사가 허공에 멈춘 듯했다. 그리고는 힘없이 바닥에 떨어졌는데, 떨어지는 충격으로 몸이 반으로 양단되었다.

짙은 혈향이 풍기고, 아직도 살아 있다는 듯이 꾸물거리는 내장 조각들이 근위기사들의 눈에 들어왔다. 범인이라면 겁에 질릴 만도 한데 오히려 그들은 전의를 불태웠다.

"으아아악! 죽엇!"

십여 명이 동시에 달려들었다. 검신이 번들거리는 모습으로 보아 마나를 실을 줄 아는 자들이었다. 앞선 네 명의 검이 1골드의 몸에 닿는 순간, 쿵! 하며 진각 소리가 들렸다.

얼마나 거셌는지 포위망을 구성해 좁혀가는 기사들은 찰나시간에 몸이 뜬 것 같은 기분이 들었다. 실제로 1골드에게 검을 찔러가던 기사들은 순간 몸이 들렸다.

사사사삭!

옅은 검음이 울리고 1골드의 사방을 공격했던 네 기사의 허리가 잘렸다.

1골드의 눈이 아래로 향했다. 뜨거운 피에 젖은 땅이 질퍽

하게 변해가고 있었다. 발끝으로 내장을 쏟아낸 시체들이 놓여 있었다. 한 발 앞으로 나선 1골드는 발끝으로 시체들을 걸어찼다.

발아래의 장애물을 없애 공간을 확보하려고 한 일이었으나 기사들의 눈에는 시체를 모욕하는 행위로 보였다.

"오냐! 나도 죽여라! 개자식!"

1골드는 손에 힘을 주었다. 착 달라붙는 가죽의 느낌이 전해진다. 마음은 점점 가라앉고 눈빛은 강해졌다. 엷은 날숨을 길게 뱉어내며 왼발을 스치듯 내밀고는 대검을 후려치듯 내려쳤다.

숨쉴 틈 없이 밀려드는 기사들 사이로 묵빛 대검이 기계적으로 움직였다. 온몸을 쇠로 감싼 그들이었으나 쇠 부딪치는 소리조차 나지 않았다. 흐린 빛이 일렁이면 여지없이 신체 일부분이 양단되고 목젖을 감싸 쥔 기사들이 휘척휘척 물러나다 차가운 땅바닥에 몸을 눕혔다.

갑옷째 잘라 버린 것은 처음 다섯뿐이었고, 이후부터는 급소만 노려 경제적인 학살을 자행하고 있었다. 근위기사들도 자신들은 상대가 안 된다는 것을 알면서도 죽기를 각오하고 1골드를 향해 달려들었다.

우르르릉!

하늘에서 은은한 뇌성이 들렸다. 힐끗 그쪽을 바라본 1골드는 창처럼 대검을 크게 휘두르고는 훌쩍 뒤로 물러섰다.

“으아악!”

1골드가 내력을 소진해 물러서는 줄 알고 쫓아 들어가던 기사들은 그라노프와 이고르의 검에 머리가 잘렸다. 땅에 발 끝을 대자마자 폭발적으로 튀어나간 그들은 백여 명 남은 근위기사들 사이를 누볐다.

성문을 확보하기 위해 서 있던 1골드와는 달리 그들은 매서운 공세를 펼쳤다. 다크 엘프의 검은 방어보다는 공격에 진수가 담겨 있었다.

파팍—! 팍—!

검은 그림자들이 땅을 튀기며 공간을 오가며 스치는 사이의 기사들이 맥없이 픽픽 스러져 갔다. 눈으로 쫓지도 못할 가공한 속도에 일 수에 정확히 숨통을 끊는 냉정한 검이었다. 두 번째 학살이었다.

1골드가 고개를 돌렸다. 성을 벗어난 기사들도 얼추 정리가 되어가고 있었다. 수적으로도 두 배가 많았나. 시간을 끌면 되레 이상한 일이었다.

일착으로 당도한 이는 루슬란과 이고르였다.

“늦었습니다.”

“그라노프도 늙었나 보다. 힘겨워하는 것 같다.”

“마을에서 쉬시라 해도 말을 듣지 않더니 주인님께 짐이 되는군요. 이 젊은 루슬란이 한칼에 끝장 내고 오겠습니다. 5분만 쉬고 계십시오.”

전투에 합류하는 루슬란을 보고 1골드는 웃었다. 귀가 밝은 그라노프가 못 들었을 리가 없다. 둘 다 농담이었고, 쓴웃음을 짓고 있는 그라노프도 안다. 딱딱한 엘프 사회에 작은 변화였다.

1골드는 근위기사단이 정리될 때까지 느긋하게 기다렸다. 왕궁에 남아 있는 병력이라 봤자 근위기사단장과 이백도 안 되는 기사, 그리고 마법사 몇 명뿐일 것이다. 당장에 달려가 올란도를 잡을 수도 있었으나 그러지 않았다. 왕이 도망가도 상관없었다.

오늘은 철저히 조연이 되어야 한다. 현 왕에 불만을 품은 만유 인들 스스로 정권을 전복시키고 크라우치에게 만유를 받치면서 무릎을 꿇어야 보기 좋은 그림이 완성되는 것이다.

성밖의 병력까지 합류하자 순식간에 내성 안은 정리가 되었다. 왕궁까지는 한걸음에 달려갈 수 있는 거리이지만 1골드는 기다렸다.

"그라노프, 사상자는 몇이나 되나?"

"하하하, 농담이시죠. 전혀 없습니다."

"그라노프님은 거짓말도 잘하십니다."

라그노가 끼어들었다. 그라노프가 잡아먹을 듯 노려보았지만 그는 개의치 않았다.

"혹 일족 전사 백 명 중 1명이 다리에 화살을 맞았습니다. 반면 반 일족은 제가 본 것만으로도 낙마한 자가 여섯은 되고, 성벽을 타고 넘을 때 셋이 화살에 맞았습니다. 도합 십여 명 정도의 사상자가 났습니다.”

어떻게 된 것이냐는 듯 1골드가 그라노프를 쳐다보았다.

“별일 아닙니다. 지원 사격을 하던 전사들이 궁수 몇을 놓쳤나 봅니다. 다섯이 아주 경미한 찰과상을 입었습니다. 반면 혹 일족은……”

“가족들을 귀하게 여겨라. 일족의 수도 적고, 빈자리를 메우려면 인간에 비해 오랜 시간이 걸린다. 여기는 인간 세상이다. 내가 있어도 무슨 일이 벌어질지 모르니 항상 전력을 보존해야 한다. 아무도 믿지 말아라. 인간 세상은 말이다, 너희들이 생각하는 것보다 무서운 곳이다. 주저없이 쓰면 뱉고 달면 삼키는.”

1골드는 라미안 교 수뇌들의 행동이 다크 엘프들이 합류한 이후 심상치 않다는 보고를 받았다. 존도는 라미안 군에도 정보원을 심어놓고 자잘한 정보까지 규합히고 있었다.

이에 주의를 환기시킨 것이다.

전장을 정리한 지 20여 분 정도가 지나가 이백여 기의 기병이 나타났다. 팔에 흰 천을 감은 것으로 보아 바넷 대비의 병사였다.

숨을 크게 들이쉰 루이자는 날듯이 앞발을 치켜든 유니콘이 양각된 문에 두 손을 얹었다. 만유 왕궁의 대전 앞이었다.

문 너머에는 긴 하루를 마감할 존재가 있었다.

그르릉!

두 길도 넘는 커다란 문이 엷은 소음만 내며 갈라졌다. 양편에 기사처럼 도열한 원형 기둥이 쭉 늘어서 있었고, 높은 천장에는 현란한 빛을 뿌리는 샹드리에가 줄 맞춰 루이자를 환영해 주었다.

"흠!"

깨끗했다. 문무백관을 호령하는 왕좌만 덩그러니 단상에 남아 그를 기다리고 있을 뿐이었다.

툭툭!

그의 어깨를 그레비가 두드리고는 대전 문을 넘어섰다.

"뭣 하는가? 승리를 만끽해야지."

"하지만 올란도가……."

"내성 문이 열렸을 즈음 왕궁을 비웠을 걸세."

올란도가 살아 후환을 남겨둔 것인 데도 그레비는 별일도 아니라는 듯이 말했다.

"올란도에게는 훗날을 도모할 수 있는 연방이 있네. 왕성을 끝까지 사수할 이유가 없다는 말이야."

"예상하시고도 놓아주셨다는 말씀입니까?"

"무슨, 잡고 싶은 마음이야 굴뚝같았지. 나는 왕궁의 비밀 통로를 모르네. 그리고 워프 마법진을 굴곡시킬 재주도 없고. 원래 백성은 다 죽어도 왕은 끝까지 살아남는 법이라네. 그래서 권력이 좋다는 거야. 후후후!"

꿈 많은 젊은이에게 인생의 단편을 깨우쳐 준 그레비는 재빨리 루이자를 한켠으로 밀치고는 길을 열었다. 마침 대륙의 호사가들에게 한창 인기가 높은 거인이 들어서고 있었다.

"고생하셨습니다, 장군님. 장군님의 늠름한 풍모를 뵈오니 라미안의 미래를 보는 듯합니다."

공손하게 머리를 조아린 그레비를 1골드가 눈만 내려다보았다.

"그대에게 속한 마법사가 있는가?"

"4써클 마법사를 데리고 있습니다."

"그자를 시켜 왕성에 설치된 마법진을 파괴하라. 외성은 정리가 되었나?"

"용맹한 1만 5천의 혁명군이 속속 입성하고 있습니다. 아침이 밝으면 유니콘의 깃발이 내려져 있을 것입니다."

"저녁 무렵에는 인접한 경비사단들이 몰려들 것이다."

"맡겨주십시오. 단 한 명도 성에 발을 들일 수 없습니다. 게다가 수도 점령 소식을 들은 우군들이 진군 속도를 높일 것입니다. 모레까지만 버티면 연방의 20만 대군이 몰려와도 성벽을 못 넘습니다."

"우린 2만도 안 되는 병력으로 여기에 있다."

"하하, 그렇습니다. 다 뛰어난 장군님의 지모 덕이 아니겠습니까? 소장, 진심으로 탄복했습니다."

불쑥 솥뚜껑만 한 손이 나타나 그레비의 턱을 잡아 올렸다.

"너, 이름이 뭐냐?"

"그, 그레비 뉴헤르겐입니다."

"기억하겠다. 이곳은 네게 맡긴다. 난 아드리안으로 갈 것이다. 그곳의 일을 마칠 때까지는 오리스는 개미 새끼 한 마리 오갈 수 없도록 철저히 봉쇄하도록."

육중한 덩치의 제장들을 거느린 1골드가 사라지자 그레비는 긴 숨을 내뱉었다.

"백작님, 저자가 누구이기에 이토록 무례합니까?"

"무례? 설마 저분을 수식하는 단어는 아니겠지? 입조심하거라. 폐하보다 더 무서운 분이다. 제국에 가서도 황제를 빼고는 다 아래로 보실 분이니."

"그… 분입니까? 그분이 직접 오신 겁니까?"

"휴우, 그래, 눈을 마주쳤을 때 심장이 터지는 줄 알았다. 풍문으로만 듣다가 직접 대하니 더욱 지독하구나. 아아! 이러고 있을 때가 아니지."

"길 가다 옷깃만 스쳐도 인연이라던데, 우리는 세 번이나 마주합니다. 보통 인연이 아닌가 봅니다."

"난 그런 소린 들어본 적이 없소. 어느 나라 말인지도 모르겠구려."

트라제는 가볍게 받아넘겼으나 속마음은 착잡했다. 내우

외환이다. 침략군에 맞서 온 백성이 단결해도 모자랄 판에 병사들이 빠진 틈을 타 반역이라니, 더 이상의 미래는 없었다. 그것이 그가 협상 테이블에 앉은 가장 큰 이유였다.

"내가 원하는 것은 그것밖에 없소."

"하하, 그건 당신 생각이고… 난 다른 것을 원하오."

"골드 대공, 내가 초전에 완패를 했다고 날 우습게보는 모양이신데… 아니오. 이런 얘기를 해서 뭐 하겠소."

"잘 압니다. 아드리안을 넘으려면 많은 피를 흘려야 한다는 걸 너무도 잘 압니다. 그래서 맥을 자른 것이 아니겠소."

트라제는 얼추 말뜻을 이해할 수 있었다. 전선을 유지하면서 후방을 공략해 자중지란을 일으킨 것이다. 큰 그림을 그리는 전략도, 전투를 행하는 전술도 다 졌다. 인정하기 싫으나 인정할 수밖에 없는 완패다.

"내 병사를 살려주고 지휘관들은 그들이 원하는 대로 해달라는 것이 내 조건의 전부요. 이보다 굴욕적인 항복이 어디 있소? 그대도 기사라면 더 이상 날 추하게 만들지 말아주시오."

1골드의 입가에 비소를 설렸나.

"난 기사가 아닙니다. 그리고 기사들은 필요도 없소. 연방으로 가겠다면 다 보내줄 것이오. 물론 병사들은 라미안 군이 되어야 하지만. 그러나 당신은 남아야 하오. 난 당신을 원하오."

1골드는 트라제가 마음에 들었다. 플러스 평원 전투는 시간 싸움이었다. 만약 트라제의 창이 더 강했다면 옆구리를 뚫린 것은 라미안 군이었을 것이다.

그보다 선봉군이 기습에 대처하는 일사불란한 모습들, 기병전에서의 전술 운용들이 흠잡을 데가 없었다. 밀리언 연방과 큰 전쟁을 앞두고 있다. 트라제 같은 우수한 장수가 필요했다.

신장들은 무력에 비해 실전 경험이 미천해 시시때때로 변하는 전황에 빠르게 대처하는 임기응변 능력이 떨어졌다.

만유에서는 침략군이 되어 진군을 했지만 밀리언과는 기다란 전선을 형성해 방어군이 되어야 할 입장이었다. 혼자서 이리저리 뛰어다닐 수가 없다. 믿을 만한 지휘관이 필요했다.

직접 전투를 해보니 트라제만 한 야전지휘관도 없었다. 왜 이런 자를 근위기사단장 자리에 앉혀놓았는지 이해할 수 없을 정도였다.

"거절하면?"

"왜 내가 기사가 아닌지 보여줄 수밖에."

포로들을 다 죽일 수도 있다는 협박이었다. 트라제는 협박으로만 들리지 않았다. 그 역시 드록바의 귀족들 대부분이 참수 당했다는 걸 안다.

"뭐, 적 도당의 앞잡이가 되어 너희들을 위해 검을 들 수는 없다는 둥의 쓸데없는 소리는 하지 마시오. 난 당신의 백성을 죽이라는 것이 아니니까. 당신이 지휘할 병사는 만유 인이고, 막아야 할 적은 밀리언 연방군이오. 깃발에 새겨진 문장만 달라질 뿐 병사도 적도 그대로인 것이오.”

말을 마친 1골드는 몸을 일으켰다.

“대답은 후에 해도 상관없소. 그대가 해달라는 대로 병사들은 전부 받아들일 것이고, 기사들은 그들이 원하는 대로 해 주겠소. 같이 오리스로 가면서 생각해 봅시다. 그곳에서 폐하도 만나보시고. 아주 좋으신 분이니 그대도 마음에 들 것이오. 아참, 그리고 그 마법사는 어디 있소?”

“바넷 대비 마마 곁에서 내 연락을 기다리고 계시오.”

“정말 눈치가 빠른 자야. 아주 맘에 들어.”

아드리안 협상으로 사실상 만유 군은 무장해제된 것이나 다름없었다. 수도에서 도망친 올란도가 밀리언 연방과 접한 국경 일대의 수비군을 모아 수도 회복을 기도했으나 5만도 되지 않는 병력이었다.

한편, 만유를 점령한 라미안은 빠른 행보를 보이며 국경까지 밀어붙였다. 투항한 만유의 제후들이 앞장을 섰기에 진군은 수월했다.

이 당시 조기 7만이었던 병력은 누 배에 달하는 15만으로 불어 있었다. 본격적으로 밀리언 연방이 참전하지 않으면 막을 수 없는 병력이다.

개전 5개월 만에 라미안 군은 동에서 서를 관통해 밀리언 연방의 턱밑에까지 다다랐다.

쥐어짜 모은 국경수비대 병력 5만과 일전을 준비할 때 희

소식이 들려왔다. 올란도와 변방 장수들 사이에 의견 차가 일어난 것이다.

올란도는 밀리언으로의 망명을 원했다. 국경수비대 제장들은 허탈했다. 5만 병력은 올란도의 자리 보존을 위한 진상품으로 전락한 것이다.

밀리언과 국경을 접하고 있어 잦은 국지전을 치른 전력이 있는 국경수비대였다. 올란도가 밀리언의 후광으로 왕위에 오르자 당연한 수순처럼 불공정한 처우를 받았다.

병사들 중에는 밀리언 군에게 가족을 잃은 자도 많았기에 밀리언으로 가느니 차라리 라미안이 낫다고 생각하는 병사들이 생겨났다.

라미안은 쌍수를 들어 환영했고, 구멍 난 댐처럼 하루가 다르게 투항하는 병사들이 늘어났다. 정찰을 나간 척후가 그대로 라미안 진영으로 향한 일도 있었다.

일이 이 지경에 이르자 화가 난 올란도가 제장들을 다그치게 되었고, 격분한 한 장수가 그의 목을 치는 사건이 발생했다. 이렇게 만유 24대 올란도 왕의 짧은 집권 기간이 막을 내렸다.

Chapter 6

불타오르는 전화(戰火)

"**애**기가 다르지 않소!"

작은 키에 비정상적으로 너비가 넓은 사내가 의자를 박차고 일어나 종이 한 장을 들고 내저었다.

"이게 뭐요? 도대체 이게 뭐냔 말이오! 긴급 국고 화수 주치? 이, 이런 얼토당토않은 정책을 당신들이 승인한 것이오? 말을 해보시오, 루퍼트 후작!"

오리스의 루퍼트 저택 안이었다. 십여 명의 사내가 저마다 목소리를 높여 루퍼트를 윽박질렀다.

왕궁에 입성한 크라우치가 행한 일이 발단이 되어 반역에 앞장섰던 구 만유의 바넷 일파가 루퍼트를 찾은 것이다. 동참을 권유했을 때는 기득권을 모두 보장해 준다고 했다. 화장실 들 때 다르고 날 때 다르다더니 보장은커녕 가진 것마저 빼앗 아가려 하는 것이다.

"선심성 정책이오. 백성들의 신임을 얻기 위해 일시적인 조치란 말이오. 그리고 재분배를 수월하게 하기 위해서 모았다 분배를 하려는 것이오."

"흥! 믿을 수가 없소. 주인 잃은 영지를 공과에 따라 나누면 될 것이지 주인이 있는 곳까지 넘보다니. 이는 필시 우리를 몰아내려고 하는 것이오. 우린 투실바 제후들의 꼴이 날 것이오."

"거참, 내 말을 믿으시래도. 폐하께서 직접 약속을 하셨단 말이오. 이 점에 대해 약조하신 문서도 있소이다. 파블로, 어서 그것을 가져오너라."

조금의 시간이 지나 봉인된 봉투 하나가 석상 위에 놓여졌다. 루퍼트가 조심스레 밀봉을 개봉하고 서류를 귀족들에게 돌려 보게 했다. 루퍼트가 한 약조와 똑같은 내용이 기입되어 있었고, 라미안의 문장이 문서 하단부에 확실히 찍혀 있었다.

"이래도 믿지 못하시겠소? 영지를 이탈하려는 백성들을 막기 위한 조치이고, 게다가 어린 왕자가 왕위에 오르게 되니 나라를 안정시킬 필요도 있지 않소?"

형식상이지만 포리암의 유복자인 르완이 왕위를 계승하기로 되어 있었다. 이들은 반역자가 아니라 폭군을 몰아낸 혁명군이었다.

"윌슨 공, 그만 진정하시고 추후의 사태를 지켜봅시다. 라미안은 지금 밀리언과의 전쟁을 목전에 두고 있소. 우리의 도움 없이는 불가능한 일이오. 잘 알지 않소?"

왕국을 점령했다고는 해도 라미안이 전 영토를 통치하지는 못한다. 곳곳에서 해방군이 기치를 올리고 게릴라전을 전개하면서 라미안 본국에서 오는 보급로를 차단할 수도 있기 때문이다. 이렇게 되면 국경에 대치 중인 대군은 오도 가도 못하는 신세로 전락한다.

"끄응! 좋소. 내 지켜볼 것이오. 만약 약조를 이행하지 않을 시에는… 다시는 나를 볼 수 없을 것이오."

냉랭하게 말한 윌슨이 나가자 네 명의 귀족이 그 뒤를 쫓았다.

묵묵히 이 사태를 지켜본 파블로가 눈을 빛냈다.

만유는 지도층이 바뀌는 엄청난 일을 겪었으나 그것을 피부로 느끼는 사람은 얼마 되지 않았다. 일이 워낙 빠르게 진행된 감도 있었고, 늘상 따르는 피의 숙청도 공개적으로 이루어지지 않았기 때문이다.

오리스는 오히려 라미안 군과 대치하고 있을 때보다 생기가 넘쳤다. 다만 달라진 점이 있다면, 신관복을 입은 미남미녀들을 쉽게 볼 수 있다는 것이었다.

“저런 년 하나 데리고 살면 소원이 없겠다.”

아이 얼굴만 한 잔을 들어 단숨에 들이킨 사내가 2층 창 너머로 화사한 미소로 사람들을 대하는 신녀를 보고 있었다.

“내가 소개시켜 줄까?”

“응? 어, 이게 누구신가. 요새 한창 날리고 계신 파블로님이 아니신가.”

“날리기는 개뿔이. 대처, 나도 한 잔 줘.”

대처는 윌슨 백작 기사단의 단장으로 파블로와는 근위기사단 시절부터 안면을 익힌 사이였다. 술잔이 오자 파블로가 잔을 들었다.

“대처와 신녀와의 열애를 위해.”

“크큭! 좋다. 라미안의 신녀를 위해. 건배.”

술잔이 한 배순 돌자 대처가 물었다.

“바쁘신 파블로님이 우연히 나타나지는 않았을 테고, 용건이 뭐야? 정치적 얘기라면 꺼내지도 말아. 머리 아파 죽을 지경이니까.”

“어떤 멍청이가 너 같은 돌대가리랑 그런 얘기를 나누냐? 차라리 마누라랑 하는 게 낫지.”

“염병, 그래도 너보단 낫다. 헛소리는 집어치우고.”

갑자기 대처의 손을 덥석 잡은 파블로가 내력을 끌어올렸다.

“이 자식이, 미쳤나.”

하면서도 대처는 본능적으로 대응했다. 하지만 수초도 지나지 않아 대처의 이마에 땀이 맺혔다. 반면 파블로는 진한 웃음을 띤 상태였다. 대처의 얼굴이 홍당무처럼 붉어지자 파블로는 손을 놓았다.

"어때?"

"허억! 이 자식이!"

"루이자 공자 이야기는 들었지?"

침대에서 몸을 털고 일어나자 매미가 허물을 벗은 듯 일취월장했다는 이야기는 만유 기사들 사이에는 최고의 화젯거리였다.

"나는 어때 보여?"

"기사가 손만 잡고 아나? 칼질을 해봐야지."

"후후, 너다운 대답이다. 하지만 말야, 루이자도 나한테는 대련 상대도 안 돼. 왜냐하면… 난 마지막 벽을 눈앞에 두고 있거든."

대처는 숨을 들이켰다. 최상급에 올라 소드 마스터의 벽을 넘으려 도전하고 있다는 소리였다. 둘은 비슷한 수준의 기사였다, 두 달 선까지는. 최상급에 도달하려면 적어도 10년의 세월을 검만 휘둘러야 한다.

"어떤 분을 만났지."

"혹시……."

"맞아, 네가 생각하는 그분. 그분께서 내게도 은총을 내려주셨어."

어릴 때부터 입에 담기도 쑥스러운 화려한 수식어를 달고 다니는 사람이었다. 죽은 자도 살리고 앉은뱅이도 단숨에 일으켜 세운다.

"그분이 그러시더군. 내가 가진 잠재력을 북돋아준 것뿐이라고. 노력하면 언젠가 도달할 곳인데 지름길을 만들어준 것이라고 말이야. 위대하신 분이 참 겸손도 하시지. 뵙자마자 탄복했다. 이런 분이라면 목숨을 바쳐도 아깝지 않을 거란 생각이 들더라."

"혹시… 그분하고 가까운 사이야?"

"글쎄, 어려운 일이 생기면 언제라도 찾아오라고는 말씀하셨는데. 에이, 나 같은 놈을 기억이나 하실까?"

"무슨 소릴, 축복까지 내려주셨다는 건 네가 마음에 들어서 그런 거라고. 어쩌면 네가 후작님을 모시고 있지 않았다면 거두려 하셨을지도 몰라."

"그런가……."

"저… 그래서 말인데, 나도 그분을 만나뵐 수 있을까? 아, 아니, 뭐, 너처럼 해달라고 바라는 것은 아니고. 워낙 존귀하신 분이니까 먼 발치에서 얼굴이라도 한 번 뵐까 하고."

입꼬리를 살짝 말아 올린 파블로가 상체를 숙였다.

"워낙 바쁘신 분이라 측근들도 얼굴 뵙기가 힘들다고는 해. 그렇지만 약속하신 것도 있으니 청은 올려볼게."

"오오! 고맙다."

“그런데 불쑥 빈손으로 찾아뵐 수는 없잖아.”

“교단에 헌금을 낼까? 이것저것 정리하면 100골드는 모을 수 있을 것 같은데.”

“돈 같은 것은 거들떠보지도 않는 분이야. 그런데 말이야. 얼마 전에 저택에서…….”

파블로는 바넷 일파가 찾아와 소란을 피운 것을 조금 과장해서 전했다.

“참 웃기지도 않는 일이지. 밀리언에게 먹힌 왕국을 백성들에게 돌려주려 거병하신 일인데, 제놈 먹을 것이 줄어든다고 난리를 피우다니. 라미안의 이야기는 들어봤어? 기사들에게 매달 꼬박꼬박 월급을 준다더라. 제후 놈들이 돈 침대를 만들려고 창고에 쌓아놓은 돈을 기사들과 백성들에게 돌려주는 것이지.”

“흐음, 그런 일이 있었단 말이지. 우리를 데리고 산적질을 하려고 했나? 웃기는 놈일세.”

“폐히께시 언세 라미안으로 돌아가실지 모르니까…….”

“영지에 갈 일이 있어. 아마 윌슨은 가는 실에 낙마를 할지도 몰라. 그런 자는 천벌을 받아 목이 부러지는 악재가 겹치는 법이지.”

“그렇지. 불시에 일어난 사고는 기사단장도 어쩔 수 없는 일이야. 이거 서둘러 왕궁에 서찰을 보내야겠는데.”

의미심장한 미소를 나눈 그들은 굳게 악수를 나누고 헤어졌다.

월슨의 사고 소식이 들려온 건 닷새가 지난 후였다.

크라우치는 요즘 기분이 무척 좋았다. 큰 피해 없이 만유를 병합한 일도 한몫했고, 무엇보다 기쁘게 하는 일은 세실리나의 불러오는 배였다.

새 생명을 잉태한 어머니의 배였다. 고아나 다름없는 크라우치에게 무엇과도 바꿀 수 없는 소중한 존재가 자라고 있는 배였다.

그는 부모의 사랑을 모른다. 부정도 모정도 모르고 자랐다. 아버지는 자신을 잉태했을 때 불의의 사고로 당했고, 어머니는 난산 끝에 돌아가셨다. 자신을 키운 유일한 혈족인 할아버지는 내전통에 생을 달리하셨다.

이제 가족이라 할 수 있는 사람은 1골드가 전부였다. 그런데 결혼도 하고 이제는 자식까지 생겨 빛을 볼 날만 기다리고 있었다.

그런 그에게 인상을 찌푸리게 하는 일이 하나 있었으니, 그건 바로 바넷 대비였다.

크라우치는 약속을 지켰다. 바넷에게 젊음을 되돌려준 것이다.

그런데 바넷은 얼토당토않은 생각을 가지고 크라우치를 남자로 대했다. 처음에는 요상한 몸짓을 보이더니 언제부터인가 노골적인 추파를 던지기 시작했다. 이제는 극에 달해 세실리아를 시샘하기까지 한다.

젊게 포장된 겉모습과는 달리 손자를 둔 나이다. 이를 떠나 크라우치가 뭐가 아쉬워서 바넷을 받아들인단 말인가. 그는 웃어넘겼지만 라도스는 그럴 수 없었다.

선물을 들고 온 대처를 크라우치에게 소개시킨 그날, 파블로는 라도스에게 불려갔다.

"자네가 파블로군. 폐하께 이야기를 들었네. 아까운 인재가 주인을 잘못 만나 썩고 있다 하시더군."

파블로는 바짝 긴장했다. 라도스 신장은 크라우치의 최측근으로 어릴 적부터 수발을 들은 사람이라고 알고 있었다.

"저를 그렇게 높게 평가해 주시다니 감사할 따름입니다. 저는 폐하를 뵌 날이 새롭게 태어난 날입니다. 비록 몸은 다른 곳에 있으나 마음은 언제나 폐하와 함께할 것입니다."

"하하, 그대의 충성이 나 못지않은걸. 이거 내 자리가 위험하겠어."

"아닙니다. 제가 어찌 감히. 저는 그저 먼 발치에서 폐하를 모시는 것만으로도……."

"잘 알고 있네. 라미안 백성들은 모두가 같은 생각을 가지고 있다네. 자네도 이제 우리의 백성이 된 것이야. 내 그런 자네를 보니 마음이 든든하네."

파블로는 계속되는 칭찬에 연신 고개를 숙였다.

“휴우, 다 자네의 마음만 같다면 얼마나 좋겠나.”

“예? 폐하의 심기를 거스르는 자가 있습니까?”

“파블로, 자네도 잘 아는 여자라네.”

“여자라 하시면…….”

라도스는 편지 한 통을 내밀어 건넸다. 내용을 살펴본 파블로의 얼굴이 붉게 달아올랐다. 너무도 노골적인 연서였다. 크라우치의 용모가 지상의 것이 아니기에 이런 연서를 수없이 많이 받았을 테지만 이건 자신이 생각하기에도 도를 넘어섰다.

“거참, 낯 뜨겁지 않나?”

“좀 그렇군요. 누가 보낸 것입니까?”

“그게 문제라네. 황후 마마께서 회임을 하셔서…….”

“오오! 그런 경사가!”

“아! 이런, 이런. 만유가 안정이 된 후에 발표하기로 한 극비 사항인 것을. 허허, 자네가 남 같지 않으니 실수를 했어.”

얼굴이 환해진 파블로가 가슴을 탁! 쳤다.

“걱정하지 마십시오. 이놈은 아무 말도 못 들었습니다. 이 시간부로 입에 못질을 해놓겠습니다.”

“하하, 역시 믿음직하구먼. 하지만 그렇게 하지는 말게. 그럼 내가 하는 말에 누가 대답을 한단 말인가?”

“하하하.”

어느 정도 분위기를 잡은 라도스가 은밀히 말했다.

"발칙하게도 그 연서를 보낸 장본인이 바넷 대비일세. 기가 찰 노릇이지. 육십을 바라보는 나이에 그런 낯 뜨거운 짓을 벌이다니. 쯧쯧쯧, 만유 백성들이 고통에 시달린 이유가 다 있었어."

"허어—! 이 망할 년이! 앗! 죄송합니다."

불시에 튀어나온 욕지거리에 파블로는 자신의 입을 가렸다.

"아니네. 자네 마음이 내 마음 같으니… 그래서 말인데, 자네가 나서주면 고맙겠어. 자네도 뵌 적이 있는 골드 대공 전하께서 알게 되시면 아무도 막지 못하네. 폐하가 말리셔도 안 돼. 그녀와 관계된 자들을 다 죽일지도 몰라."

불타는 눈에 시커먼 갑옷을 떠올리는 것만으로 파블로는 오한을 느꼈다. 내성에는 아직도 그 무시무시한 무공의 흔적이 남아 있었다.

"제가 어떻게 하면 되겠습니까?"

"겸손하기는, 이번 일도 잘 처리했지 않나. 자네는 그녀 오라비의 기사단장일세. 쉽게 접근할 수 있을 거야. 그리고 나는 왈카의 검에 자네 자리를 만들어놓겠어. 자네의 말처럼 파블로가 아닌 다른 사람으로 태어나는 것이지. 또한 내 특별히 골드 대공 전하께 보내는 추천장을 써주겠네. 아마 한두 수정도는 사사해 주실걸. 그랜드 마스터에 이르신 분이 봐주시면 그런 기연이 따로 없지."

연신 침을 삼킨 파블로가 주먹을 불끈 쥐었다.

“제가 정부(情夫)가 되겠습니다.”

라도스는 이 한마디에 모든 걸 알아들었다.

“그리고 전 폐하께서 써주신 협정서가 어디에 있는지 알고 있습니다.”

“응?”

“그런 썩은 작자들은 라미안의 앞날에 방해만 될 뿐입니다. 저에게 맡겨주십시오. 이번 일처럼 쥐도 새도 모르게 처리하겠습니다.”

뜻하지 않은 수확이었다.

라도스의 방을 나서는 파블로는 보자기에 싸인 검을 귀중하게 안아 들었다. 그것은 왈카의 검인 스킬라였다.

끝없이 펼쳐진 초원을 보는 것만으로 답답한 가슴이 시원해졌다. 푸른 바다를 만나는 순간과는 다른 느낌이 들었는데, 이상과 현실의 차이라고나 할까. 녹색의 초원을 마음껏 질주할 수 있었다.

근자에 들어 1골드는 머리가 복잡할 때면 웰스타인 장벽에 오르는 새로운 버릇이 생겼다.

만유의 마지막 보루인 루젠 관문에 깃발을 꽂은 지 세 달이 흘렀다. 올란도의 머리를 친 국경수비대 제장들은 기사의 기개를 보여주며 장렬하게 전사를 선택했다. 이때만큼은 1골드도 마음이 착잡했다. 트라제만큼이나 탐나는 장수들이었건만 품에 안을 수 없었다. 그가 회유하기 위해 벌인 온갖 노력은 트라제까지 감복할 정도였다.

언제부터인가 인재를 보면 취하고픈 소유욕이 일었다.

밀리언과 근 200㎞에 달하는 긴 전선을 형성하고 곳곳에서 탐색전 양상의 잦은 충돌이 빚어지고 있었다. 전황이 이렇다 보니 탐심은 오히려 전보다 심해졌다. 인재의 부족을 절실히 느꼈기 때문일 것이다.

상황이 이러할 때 시네르아에서 반가운 손님이 찾아왔다. 봄멜의 2제자 안도르가 열 명의 마법사를 데리고 합류한 것이다. 멀리 있어도 항상 1골드를 주시하고 가려운 곳을 긁어 주는 봄멜의 마음 씀씀이를 엿볼 수 있는 대목이었다.

봄멜은 본명인 엘 카 보몬트 메른이라는 이름을 걸고 마법사의 주류 6개 학파에 1개 학파를 늘렸다. 백마법사들 사이에서도 천시받는 블랙 위저드를 중심으로 하는 실용성을 주창하는 학파였다.

마나의 근본 성질을 연구하는 아트랄 파 출신의 봄멜이 사람과 사람 사이에서 부딪치며 얻은 깨달음을 전파하기 시작한 것이다.

마법은 근본적으로 인류의 삶을 나아지게 하기 위한 도구에 지나지 않는다는 것이 그가 내세운 진리였다. 한 단계, 한 단계 경지를 높이기 위해 평생을 연구에 매진하는 마법사들에게는 이단과 같은 존재였으나 본인이 대마법사에 오름으로

써 결과를 선보였기에 설득력이 있었다.

또한 도심 한가운데 마탑을 세워 백성들에게 멀게만 느껴졌던 마법을 세상의 중심으로 옮겨가는 시발점이 되었다.

그의 행보에 신이 난 것은 블랙 위저드들이었다. 전장에서 공포의 대상으로 손에 피가 마를 날이 없었던 그들이 우탕카에서는 신관 이상으로 존경을 받은 것이다.

이와 같이 블랙 위저드 출신 대마법사를 보기 위해 하나둘 모여든 마법사들은 단기간에 기존 학파 못지않는 거대 세력을 형성했다. 다른 마법사들에게서 찾아볼 수 없는 전장에서 맺어진 끈끈한 전우애가 믿지 못할 결과를 낳은 것이다.

이제 그들을 더 이상은 마법계의 아웃사이더라고 부를 수 없었다. 누가 뭐래도 주류를 향해 다가가고 있는 것이다.

"거, 누가 알았겠습니까. 오라비의 기사단장하고 그렇고 그런 사이라니. 들리는 소문에 의하면 폐하의 성은을 입은 연후부터 행실이 말도 못했다더군요. 침실에 남자를 끌어들이기가 예사요, 심지어 민망하게시리 경비병은 복상사로 급사를 했다더라구요. 컥컥, 할망구가 젊은것들을 맛보더니 환장을 한 게지. 아무튼 단장하고 오래전부터 정을 통하던 사이인데 참다못한 그자가 단칼에 스윽. 그 일 때문에 오리스에서는 난리가 났답니다."

"인간만사새옹지마(人間萬事塞翁之馬)라는 말이 있다."

"예? 새 뭐시기요?"

"나쁜 일만 있다가도 좋은 일이 생기고, 반대로 좋은 일이 생기면 나쁜 일도 따른다는 거지. 그 여자는 굴러온 복을 화로 바꾼 거야."

초원에서 고개를 돌린 1골드가 밥을 내려다보았다.

"자네, 요즘 왜 이리 귀찮게 따라다니는 거야?"

"제가요? 하하, 무슨 말씀을… 그저 대공 전하를 모시고 싶은 충심이죠."

"크큭, 방심하면 한 방 날리고 또 도망치려고?"

"아이쿠, 그럴 리가요. 그때야 서로 적이었으니… 그런데 제국에는 안 가십니까? 안도르가 봄멜님이 무척이나 기다리신다고 하던데……."

"후후, 그거였나. 자네도 딱정벌레가 되고 싶은 게냐?"

딱정벌레는 봄멜이 설파한 케샤르 학파의 애칭이었다. 성충으로 자라는 과정이 매우 고되기에 인세의 유혹 속에서도 꿋꿋하게 자신을 믿고 노력하라는 의미가 담겨 있었다.

"아니, 뭐, 굳이 그렇다기보다는… 소개장 좀 써주시면 안 될까요? 선하께서 대마법사님의 제자이신지 어찌 알았겠습니까? 마검사로 그랜드 마스터에 6써클 마스터란 걸 알았을 때 눈치 챘어야 했는데."

밥은 트라제와 같이 1골드를 보좌하게 되자 떨떠름했지만 그의 인맥을 알고는 180도 변했다. 안도르가 하는 말을 들어보면 시네르아의 제후 이름도 간간이 들린다. 밀리언에 참패를 당해도 1골드의 줄에 서면 빛나는 삶이 보장되는 것이다.

"넌 참 오래 살 놈이다. 아주 마음에 들어. 크크큭! 좋아, 스승님께 소개를 해주마."

"아이고, 감사합니다."

"그 대신 내가 라미안에 다녀올 때까지 이곳을 꽉 틀어막고 있어야 한다."

"여부가 있겠습니까? 곧 11월입니다. 이곳 겨울은 빨리 시작하지요. 적이나 우리나 월동 준비를 하느라 전쟁할 틈이 없습니다. 단 한 번의 공격만 막으면 대자연이 우리 편으로 돌아섭니다."

약삭빠르다는 건 좋은 뜻으로 두뇌 회전이 빠르다는 말이다.

만족한 1골드는 간간이 격전의 흔적이 남아 있는 초원으로 눈길을 돌렸다. 밀리언도 브리언 교단과의 관계를 정립하느라 빠른 대응을 하지 못했다. 군사를 일으켰을 때는 만유를 병합하고 국경 관문을 선점한 상태였다. 무리하게 치고 들어오지 않고 탐색전 양상을 띠는 것은 저들도 내년을 기약하는 것이다.

장거리 워프 마법진을 사용해 4번 만에 1골드는 라미안의 수도 히치벅에 도착했다.

사찰처럼 조용하던 황성이 오늘은 도떼기시장보다 더 시끌벅적했다. 이상하게 생각하기보다는 그도 이 대열에 합류하고 싶은 마음이었다. 오늘이 쌍둥이들이 태어나 처음으로 세상에 선을 보이는 날이기 때문이었다.

크라우치는 장담한 대로 한 방에 황자와 황녀를 동시에 얻었다. 전시라 외국의 사절단은 거부를 했는 데도 라미안과 만유, 카시리아에서 몰려든 지도층 인사들로 인산인해를 이루었다.

하지만 1골드가 모습을 드러냄과 동시에 바다가 갈라지듯 대전에 모인 사람들은 길을 텄다. 1골드가 라미안에서 갖는 존재감의 표시였다. 그는 실질적으로 각국의 왕가보다 더한 권력자였다.

기쁜 마음에 50계단을 쌓아올린 단상으로 향하던 1골드는 발걸음을 늦추었다. 뚜렷한 적의를 표하는 기운이 단상 아래에서 풍겨 나왔다. 뒤를 따르던 그라노프와 라그나도 그 기운을 감지했는지 본능적으로 허리춤에 손을 대었다. 무장을 해제한 상태라 검을 잡지 못했으나, 만약 있었다면 크라우치의 앞이라도 뽑아 들었을 상황이다.

크라우치와 친척 가이라 해도 믿을 반한 눈처럼 새하얀 피부에 호리호리한 몸매, 천상의 미모를 뽐내는 자들이 매서운 눈초리를 하고 있었다.

"하이… 엘프!"

엘프의 상징인 뾰족한 귀를 자랑스레 드러내고 있어 몰라볼 수가 없었다. 그에 반해 다크 엘프들은 마법 아이템 귀고리로 귀를 가린 상태였다.

1골드는 하이 엘프들을 무시하며 당당히 걸어가 단상 아래에 서서는 하이 엘프의 수장인 듯한 자를 향해 순간적으로 날카로운 눈을 번뜩였다. 그러자 인상을 찡그린 백발의 엘프가 가슴에 손을 얹고는 한 발 물러나 경악한 표정을 지었다.

아무런 기세나 느낌도 없었는데 찰나지간에 날카로운 칼날이 심장을 관통한 듯한 고통을 느낀 것이다.

적의를 발한 일에 대해 경고를 보낸 1골드는 크라우치를 향해 군례를 취했다.

"하하하, 애들아, 저 무섭게 생긴 분이 삼촌이란다, 골드 삼촌."

크라우치가 농담조로 말을 꺼내자 대전의 분위기가 금세 가벼워졌다.

"동생, 거, 밑에서 뭐 해? 조카들을 안아주지 않을 거야? 둘이나 되다 보니 팔이 떨어지려고 해."

기분 좋은 미소를 지은 1골드는 몸을 띄웠다.

"오오오!"

군중들 사이에서 감탄이 터져 나왔다. 1골드가 무릎을 편 상태로 계단을 밟지도 않고 미끄러지듯 오르고 있었다.

크라우치는 왜 1골드가 무공을 선보이는지를 알기에 쓴웃음을 지었다. 하이 엘프들에게 까불지 말라는 경고 메시지를 보내는 것이다. 하이 엘프 일은 그도 모르는 사이에 진행되었다. 그렇다고 고귀한 종족이라고 알려진 그들을 내칠 수도 없었다.

단상에는 크라우치를 중심으로 삼국의 왕족들이 서열에 맞추어 자리하고 있었다. 1골드는 가볍게 인사를 하고는 크라우치에게 다가가 아이들을 받아 안았다.

"이놈을 유진이라고 지었고, 이 예쁜이는 그란델이네. 마음에 들어?"

1골드는 흠칫 놀라 눈동자가 흔들렸다. 크라우치는 잊지 않고 스스로 죗값을 치르고 있었다.

"이름이… 참 촌스럽습니다. 형님도 작명 센스가 스승님만큼이나 엉망이군요."

수많은 미사여구를 총동원해도 모자랄 판에 촌스럽다니, 다른 왕족들은 눈썹을 찌푸렸으나 크라우치는 되레 1골드에게만 보여주는 화사한 미소를 지었다. 황후가 된 세실리아도 심장을 쿵쾅거리게 만드는 미소였다.

"유진 황자는 다섯 살이 되면 제가 맡겠습니다."

"오오! 진정 그래 줄 텐가?"

"훗날 역사가들은 형님보다 유진을 더 높이 평가할지도 모릅니다."

"으하하하! 이 친구는 벌써부터 나를 노인네 취급을 하는구먼. 뭐, 그래도 좋아. 잘난 자식을 싫어할 부모는 없을 테니 말이야."

조막만 한 손이 손가락을 잡자 1골드는 이름을 들었을 때보다 더 놀랐다. 손바닥만 한 아이에게서 2미터 30센티가 넘는 거구가 잔떨림을 일으키게 만드는 따뜻함이 전해졌다.

이도 나지 않은 아이가 방긋 웃는다. 주름진 얼굴이건만 저 밑에 하이 엘프들보다도, 아이들의 아버지보다도 더 아름다워 보였다.

그는 4대로 내려오는 유진의 이름을 받은 아이의 신비로운 푸른 눈동자를 바라보았다. 이어 그란델의 따뜻한 마음을 그대로 이어받기를 바라는 아이도.

'너희들은 내가 지켜주마. 나처럼… 하늘이 버릴지라도.'

"보고하라."

"하이 엘프들은 주드로를 위시한 장로들의 작품이었습니다. 라미안은 신성왕국이라는 말이 무색하게 종교색이 타국과 비교해도 두드러지게 짙은 편은 아닙니다. 이것은 다 주군이 계셨기에 가능한 일입니다. 주군의 흑기사단, 큰 반발 없이 만유를 병합하기 위한 방도였으나 장로들은 불만이 쌓였던 모양입니다. 잦은 회합을 갖더니 하이 엘프들이 등장하더군요."

늦게까지 크라우치의 아기 자랑을 들어주고 히치벅의 저택으로 온 1골드는 존도가 이끄는 정보대의 라미안 지부장에게 그간 상황을 보고받고 있었다.

"간간이 전장에도 모습을 비춘 자들이 저들이었군."

"송구스런 말씀이오나 제 생각에 오늘 주군은 실수를 하신 듯합니다."

쏘아오는 살기에 말을 멈춘 사내는 힐끔 1골드를 보자 두 명의 제장을 나무라는 듯한 행동을 취했다.

"너의 의견을 듣고 싶다. 계속하라."

"그건 다름이 아니오라, 초빙한 장로들과 하이 엘프 사이도 원만한 관계가 아니라 판단했기 때문입니다."

"당연합니다. 콧대가 하늘 높은 줄 모르고 치솟은 건방진 놈들입니다. 그것들을 요절을 냈어야 했는데……."

"라그나, 말이 많구나. 계속하라."

"네, 정보대는 하이 엘프가 주군과 흑기사님들을 파악하러 선발대를 보낸 것으로 보고 있습니다."

1골드가 고개를 주억거렸다.

"정확하다. 아마 세력을 확인하고 저들민으로 상내할 수 있다 판단했으면 당장이라도 일을 벌였을 것이다."

"그렇습니다, 주군. 하지만 그 일로 인해 더 많은 하이 엘프들이 몰려나오지 않을까 염려됩니다. 아무래도 흑기사들과는 척을 둘 수밖에 없는 관계라서."

콧김을 뿜어낸 라그나가 나섰다.

"주인님, 저에게 청이 있습니다."

"청? 뭔가?"

“다른 일족들에게 이 일을 상의할 수 있도록 허락해 주십시오.”

더 많은 다크 엘프들을 끌어들이겠다는 소리였다. 하이 엘프가 나섰으니 물러설 다크 엘프들은 없다.

“불가! 그들과의 은원 관계는 훗날 정리하도록. 지금은 분란을 일으킬 시기가 아니다.”

“하오나…….”

“또한! 먼저 자리를 잡은 것은 우리다. 이곳뿐만이 아니라 시네르아에서는 더 자유롭게 살고 있는 일족들이 있다. 너희들은 허물없이 인간과 지낼 수 있지만 저들은 그렇지 못하다. 사회 통설은 바뀌기 마련, 할 일을 하다 보면 자연스레 인정을 받고 존재감이 생기는 것이다. 기다리거라. 어느 누구도 너희들에게 해를 끼칠 수는 없을 테니.”

맞는 말이긴 했으나 라그나는 이를 갈았다. 하이 엘프는 당당히 귀를 드러냈는데 자신들은 가려야 하는 게 현실이었다.

“주군, 그리고 이상한 소문이 나돕니다.”

“소문?”

“기사들 사이에 퍼진 소문이온데… 폐하께서 신통력을 발휘하셔서 기사들의 무공을 높여주신다고 합니다.”

“그런 일이 있었구나. 기사들의 수준이 향상된 이유가 거기에 있었군.”

“그런데 타국의 기사들도 그 소문을 듣고 간간이 찾아오는 모양입니다. 기사들 사이에 자신들의 순서가 그자들 때문에 늦어진다며 불평하는 소리를 들었습니다."

검 한 자루에 목숨을 거는 기사들이니 실력을 향상할 방법이 있다면 식음을 전폐하고 찾아 나설 일이었다.

"그래서?"

"충성을 맹세하면 무공을 높여준다 하는데, 이 일로 기사를 빼앗긴 타국의 제후들이 나서면 적을 늘리는 상황에 직면하는지라."

"쓸데없는 소리, 검을 아는 자들은 피나는 수련과 노력만이 결실을 맺는다는 것을 다 안다. 폐하께서는 신체를 보다 빠르게 완성할 수 있도록 해주시는 거다."

신관들과 의학적 지식을 나누다 보니 알게 된 사실로, 신관이 축복을 내리는 것은 신진대사를 원활하게 해주는 효능이 있었다. 탁한 기운을 몰아내고 내기가 원활하게 소통할 수 있도록 도와주는 역할이다. 그래서 잔병을 치료해 주고 탁한 기운을 몰아내어 잘만 관리하면 무병장수를 할 수 있었다.

"난기적으론 빠르게 실력이 향상되지만 결국 시간이 흐르면 한계에 부딪치게 된다. 똑같은 과정을 밟는 것이란 말이다. 여기 있는 그라노프나 라그나는 축복을 받을 필요도 없고 받아도 별 성과가 없다. 왜냐면 그 단계를 옛적에 넘어섰기 때문이야."

"주군, 바로 그겁니다. 주군께서는 하늘에 올라서신 분이니 모르시겠지만 기사들은 중급, 상급, 최상급, 이 한 단계 한 단계에 목숨을 겁니다. 솔직히 대부분의 기사들은 소드 마스터는 바라지도 않습니다. 못 이룰 꿈이니까요."

"으음, 그런가?"

뛰어난 자질과 각고의 노력 탓도 있지만 1골드는 비정상적인 발전을 했다. 기사단에 매여 생활한 것도 아니니 그들의 애환을 알 리 만무하다.

"이 일은 내가 나설 일이 아닌 듯한데. 그런 일이 있다는 정도로 알고 있으마. 수고했다. 물러가거라. 아! 잠깐, 거리가 조금 이상한 것 같은데, 나만 그렇게 느낀 것이냐?"

"너무 정상적이라 그렇게 보이셨을 겁니다."

"너무 정상적?"

"쉽게 말씀드리면 도시의 어두운 면이 사라졌습니다. 백성들은 밝은 모습만 보서서 그럴 겁니다."

"밝은 게 이상하다?"

알 것 같으면서도 애매한 말이라 확 와 닿지 않았다.

"부랑자들과 거지들, 창녀, 병자, 그리고 장애를 가진 사람을 도시에서 보신 적이 있으십니까?"

백성들의 생활을 느끼기 위해 저잣거리를 거닐었지만 바로 떠오르지 않았다. 오물을 길거리에 버리는 행위는 그가 나서서 없앴으니 시궁창 냄새가 사라진 것은 당연했고. 그러고 보니 개천 다리 밑 움막들도 철거되어 있었다.

"없습니다. 신관들이 아름다움을 좋아한다는 소리를 많이 들었지만 이 정도까지인지는 몰랐습니다. 그들 모두를 잡아 들여 지명도 없는 어느 구석 산골짜기에 세운 수용소로 보냈습니다."

처음에는 병자들과 장애인의 치료가 목적이었다. 백성들의 호응도가 높아지자 부랑자와 거지, 창녀로 확대되어 갱생을 하겠다는 취지로 수용소가 생겨났다.

"이곳 백성들은 혐오스러운 자들이 사라져 반기는 듯하나 도시 뒷골목에서 커온 저는 좋게만 보이지 않습니다. 뭐랄까, 사람 사는 맛이 떨어진다고 할까요. 아무튼 제 생각은 그렇습니다. 하지만 백성들은 환영하는 정책이고요. 병이 완치되어 돌아온 자들도 밝은 모습이었습니다."

지부장이 나가자 1골드는 버릇처럼 철가면을 썼다. 수용소라는 어감 때문인지 취지는 좋으나 뭔가 마음 한구석이 걸렸다.

"내가 불치병에 걸렸었기 때문인가……."

북부에서 1골드와 크라우치의 주도하에 라미안이 일대 개혁에 가까운 중앙집권형 국가로 탈바꿈되려 몸살을 앓고 있을 때, 중부에서는 시네르아 제후 헤르반이 라미안의 절차를 그대로 답습하고 있었다.

내전은 그에게 좋은 기회를 제공해 주었다. 허수아비나 다름없는 제후 시절을 뼛속 깊숙이 각인해 놓은 터라 왕권을 능가하는 귀족들의 횡포에 모멸감마저 느끼고 있었다.

예상치 못한 내전의 기운이 감돌자 황제는 시네르아에 파병을 요청한다. 기다렸다는 듯이 헤르반은 제국의 중앙 귀족이자 제1함대 제독인 토티 공작에게 몸을 의탁한 제후들을 중심으로 지원병을 구성한다.

노골적인 적대의 표현이라 귀족들의 반발은 당연한 것이었다. 냉소를 지은 헤르반은 황제의 인장이 선명하게 찍힌 종이 한 장을 내밀었다.

"그대들은 황제 폐하의 명을 거역하는 것이오? 오호라! 불순한 자들이 시네르아에 출현한다고 하더니, 혹 크나르의 체임벌리와 손을 잡은 것이오?"

제국법상 황제의 명은 곧 제후를 통해 이루어진다. 그들이 각 영지군의 파병을 거부하면 결과적으로 황제의 명을 어기는 것이다.

제후를 갈아치우고 제후가의 먼 친척 하나를 허수아비로 내세울 수도 없었다. 제후의 옆에는 시네르아의 제일귀족으로 부상한 스왈츠 가가 버티고 있었다.

알려진 대로 스왈츠 가의 흑사자 기사단은 근위기사단을 능가한다. 거기에 두 명의 대마법사가 떡하니 버티고 있고, 한 명만 만나도 두려운 전투 마법사들로 이루어진 마법전단도 우탕카에 똬리를 틀고 있었다.

시네르아가 교단의 힘이 강력한 타 지역에 비해 공공연히 마도를 지양한다는 말이 나도는 이유가 이것이었다.

어루고 달래고 협박까지 해서 파병군을 구성하는 사이 헤르반은 반가운 손님을 맞았다.

"스승님과 하바로프크님이 연락도 없이 어쩐 일이십니까?"

"왜? 내가 못 올 데라도 왔소, 제후 전하?"

"하하, 스승님, 또 왜이러십니까? 평소처럼 조지라고 부르십시오. 무슨 말씀을 꺼내실까 두렵습니다."

찻잔을 든 봄멜이 반 일족의 리더 하바로프크에게 슬쩍 눈짓을 보냈다.

"흠흠, 주인님으로부터 연락이 왔습니다."

"오오! 골드 형님께서 오신다고 합니까?"

서슴없이 1골드를 '형님'이라 칭하는 헤르반에게 봄멜이 흐뭇한 미소를 지었다. 헤르반의 말투에서 형제와도 같은 친밀감을 느꼈기 때문이다.

"이것을 한번 보십시오."

헤르반이 서찰을 다 읽을 때까지 아무도 입을 열지 않았다. 짧은 시간이 흐르고 굳은 얼굴로 입을 열었다.

"아직 시기가 이르지 않을까요?"

"원래 그런 것이야. 한없이 기다린다고 해서 바뀌지는 않는다. 언젠가는 일어날 일이고, 그때가 지금이고 주인공이 자네란 말일세."

하바로프크도 봄멜의 말에 고개를 주억거렸다. 언제까지 세상의 그늘에 숨어 있을 수는 없었다.

"흐음, 레티아 스승님께서는 어떻게 생각하십니까?"

"사귀어보니 좋은 친구들이더라. 눈앞의 욕심에 얼굴색을 바꾸는 인간들보다 백배는 나아."

헤르반도 잘 알고 있었다. 다크 엘프들은 세상의 찌든 때에 물들지 않아 정이 깊고 순수했다. 그렇기에 그들이 자신을 배신할 거라는 생각이 도통 들지 않는다.

"좋습니다. 제가 직접 황제를 만나 담판을 짓도록 하지요. 저도 늘 이 문제가 마음에 걸렸는데 잘되었습니다. 초원을 뛰어다니느라 바쁘실 텐데도 형님은 이런 생각까지 다 하십니다."

"주인님은 언제나 저희와 함께 계십니다."

무한한 신뢰다. 하바로프크의 말에 덩달아 헤르반까지 기분이 좋아졌다.

봄멜이 불쑥 레티아에게 말했다.

"형님, 심심하데 제국 수도나 한번 다녀옵시다."

"응? 수도에… 거참, 난 별로 내키지가 않으이. 보기 싫은 영감탱이가 있어서."

"엘 카르도님 말씀이군요. 사실 조지도 돌보고 겸사겸사 그분을 뵈러 가는 거요. 같이 갑시다. 죽기 전에 한 번쯤은 만나봐야 하지 않겠소."

엘 카르도는 자타가 공인하는 최고의 마법사다. 백 년 전에도 그랬으며, 이백 년 전에도 그랬다.

"난 여기가 좋아. 그 늙은이는 틈만 나면 날 황제 옆에 잡아두려 해서."

"둘이 가는데 무슨 걱정이오. 열 받으면 받아버리면 되지. 아무리 노괴물이라도 피똥 좀 싸야 할 게요."

블랙 위저드다운 걸걸한 말에 레티아가 웃고 말았다. 황제를 압박하려면 대마법사 둘을 대동하는 것이 효과도 좋을 것이다.

"내 기억에 거의 천 년이 넘은 듯하네."

"글쎄 말이오. 벌써 그렇게나 되었구려. 그리고 보면 다크 엘프 일족도 대단하지 않소? 그 긴 세월을 숨어 살다니. 안 그런가, 하바로프크?"

"훗! 자네의 말대로 표현하면 인간들 쪽수가 많아서."

"껄껄껄! 정답일세. 이제 세상에 나오면 자네들도 많이 많이 새끼를 치게나."

"한번 생각해 보지. 그런데 인간 황제가 순순히 받아들일 것 같나?"

"그러니 파병을 조건으로 내건 것이 아닌가. '시네르아에 다크 엘프 등의 이종족이 살 수 있도록 황제의 이름으로 보장해 주면 파병에 응하겠다' 하면 이보다 적절한 시기에 기가 막힌 조건이 어디 있나? 곧 길 가다가 뾰족한 귀들을 볼 날이 멀지 않았군."

피식 웃은 헤르반이 말을 받았다.

"마법사들과 다크 엘프들이 거리를 활보하고 다니면 신관들은 어떨까요?"

"뭐, 어쩌겠어? 신전에서 돈이나 세고 있겠지."

"그러고 보니 그 씹어 먹을 뱀파이어 년이 신전에서 빌린 돈을 상환할 때가 된 것 같습니다."

"쯧쯧, 자네가 뭔 상관인가? 고리 사채업자들이 손님을 제대로 파악하지 못한 죄지. 신관들에게 직접 뱀파이어들을 잡아 받으라고 하게. 아니면 남은 신전 반쪽도 날려 버리겠다고 하고."

봄멜은 뱀파이어퀸 벨제르와의 격전을 벌인 때 헬 파이어로 신전의 일부분을 날린 과거가 있었다.

미소로 답한 헤르반이 혼잣말처럼 중얼거렸다.

"이곳도 불똥이 튀는데 언제 오실라나. 옆에 있으면 한결 든든할 텐데……."

그의 바람은 그 후로도 오랫동안 이루어지지 않았다.

Chapter 7

미친 세상

북대륙 3대 강국 중 가장 오랜 역사를 자랑하는 밀리언 연방은 지는 해와 비교된다. 그러나 동방 정벌을 통해 새로운 도약을 꿈꾸고 있었디. 민유를 시작으로 차근차근 대계를 완성해 가던 차에 하찮게 여긴 라미안에게 선수를 빼앗길 줄은 몰랐다.

라미안의 만유 침공 소식에 비웃음을 흘렸다. 첫 관문도 넘지 못해 한 달 동안이나 빌빌대자 내부 문제로 신경을 돌렸고, 잠을 자다 봉변당한 식으로 오리스가 넘어갔을 때에야 화들짝 놀라 원군을 꾸렸으나 이미 돌이킬 수 없는 지경에 도달해 있었다. 이에 대계를 수정하게 된다.

초기 정치 공작에서 무력으로 전략을 급수정한다. 명분은 충분했다. 올란도 만유 왕의 원조 요청. 하지만 바로 진격할 수가 없었다. 동방 원정군의 체계를 잡고 군을 정비하자 겨울이 코앞에 다가온 것이다.

밀리언의 동방 정벌 총사령관 파펜하임은 라미안 군이 주둔한 웰스타인에서 300㎞ 떨어진 리트젠에 진막을 차렸고, 그의 명을 받아 기병 5만과 보병 5만을 거느리고 장벽을 두드리는 장수는 쿠텐크였다.

쿠텐크는 지용을 겸비한 장수로 휘하 제장들도 용맹하여 사기가 높았다.

40만 대군의 선봉과 라미안 군의 전력을 탐색하는 역할을 맡은 그는 리트젠과 웰스타인 중간 지점쯤에 지휘부를 차리고 긴 전선 상황을 보고받았다.

"이대로 해를 넘겨야 하는 것인가?"

듣던 대로 라미안의 방패는 단단했다. 몇 차례 장벽을 넘으려 했으나 실패했다. 무엇보다 사거리가 비약적으로 늘어난 활이 문제였다. 장벽에 닿기도 전에 입은 병력 손실이 너무 많았다.

로만을 압박해 우수한 활을 많이 사들였어도 차이가 있었고, 주로 신관으로 구성된 마법 전력도 방어력이 상당해 이득을 얻지 못했다.

이제 남은 방법은 압도적인 전력을 바탕으로 해일처럼 밀고 들어가 장벽을 부수는 것이다.

"올겨울은 따분하겠어."

막사 밖에는 겨울을 알리는 눈이 흩날리고 있었다. 상부에서도 내년을 기약하는지 별다른 명령이 없었다.

"장군께 아뢰오!"

"들어오라."

휘장을 젖히고 들어온 기사는 등에 작은 깃발을 꽂고 있었다. 전령 장교였다.

"성문이 열렸습니다!"

쿠텐크가 벌떡 일어섰다. 그토록 듣고 싶어 하던 소식이었다. 전령이 빠르게 말을 붙였다.

"기병 2만이 출병했습니다."

쿠텐크는 이어지는 말이 없자 의아했다. 겨우 기병 2만만 움직였다는 소리인가?

"보군은?"

"현재까시는 잇따른 병력은 없는 것으로 아뢰오."

"허허, 대밀리언 무저 기병과 기병전을 벌여보자는 것인가? 선봉이렷다?"

"그렇습니다. 할리와 샤리온의 방어 전력이 비었다는 소식이 있었습니다."

"그자들은?"

"선봉에서는 모습이 보이지 않았습니다."

쿠텐크는 1골드의 친위대를 물은 것이었다. 흑기사단에 대한 소문은 밀리언까지 퍼져 있었다.

"선봉은 트라제가 맡은 듯합니다."

트라제는 한때 밀리언에서도 군침을 흘리던 장수로, 쿠텐크도 그에 대해 잘 알고 있었다.

"아쉽긴 하지만, 좋다. 뜨거운 맛을 보여주지."

마상에 앉아 출진 모습을 보던 쿠텐크는 연이은 보고를 받았다. 라미안이 본군까지 더해 5만 기병이 나섰다는 소식이었다. 이때까지도 보군의 움직임은 없었다.

움직이기 힘든 겨울이 오기 전에 단기 접전으로 기세를 잡으려는 속셈으로 판단했다.

이에 쿠텐크는 회군을 명하고 본군에 지원 요청을 했다. 선봉만으로 해볼 수 있는 군세였으나 확실한 승리를 택한 것이다. 이미 보고를 받은 파펜하임이 조치를 취했을 테지만 적의 의도를 알려야 할 책임이 있었다.

기병이 보군을 보호하며 회군한 지 이틀이 지나자 지평선 쪽에서 자욱이 이는 먼지구름이 보였다. 리트젠에서 보낸 지원군이었다.

"대군이다!"

트라제는 진심으로 탄식했다. 과연 밀리언이란 생각이 들었다. 넓은 초원이 전 국토의 반을 차지하는 밀리언의 주력은 기병이다.

"1만 기가 넘습니다. 척후인지 선봉인지 모르겠군요."

나지막한 구릉 후면에서 밀리언 군의 기동을 보고 있는 중이었다. 친위대장의 말에 쓴웃음이 나왔다.

"뒤쪽에 자욱한 먼지가 인다. 기동력을 자신해 한 덩어리로 진군하는 것이다. 앞선 병력의 복장을 보아라. 경기병만으로 이루어져 있다."

여타 국가들은 중갑 기병과 경비병을 운용하는 데 반해 밀리언은 특화된 3대 기병을 보유했다. 순찰과 탈주병 방지의 경비병은 마찬가지였고, 궁기병 또는 용기병으로 불리는 경기병들은 적 보병을, 중갑 기병 대신 갑옷의 무게를 줄인 흉갑 기병으로 적 기병과 싸우도록 한 것이다.

이에 라미안도 무게를 줄였다. 엄폐물이 없는 초원에서의 전투다. 멀리서 활을 쏘고 기동력을 최대한 이용해 치고 빠지기를 반복하면 기사보다 먼저 말이 탈진해 쓰러진다.

풀 그레이트 메일이 방어력은 좋지만 그만큼 무게가 많이 나간다. 허벅지 안쪽 보호대처럼 드러나진 않는 곳을 떼어내고, 마상에서도 움직이기 편하도록 각 관절 보호대를 착용하지 않았다.

"그렇군요. 20여 기로 나누어져 흩어집니다."

"정찰을 가는 게지. 기습은 소용이 없겠다. 각하와 합류한다."

기사들이 구릉을 내려가는 사이 트라제는 숨을 들이마셨다.

8만 대 5만의 격돌이다. 기병만의 대평원 전투가 예고되는 것이다. 그로서도 이런 대접전은 처음이라 피가 끓어올랐다.

대평원 끝에서 시커먼 구름이 일었다.

푸르르 하며 말들이 앞발로 땅을 파헤친다. 까만 점으로밖에 보이지 않는 먼 거리지만 오랜 시간 전장에서 길들여진 말이기에 노련한 병사처럼 전선에 흐르는 팽팽한 긴장감을 느끼는 것이다.

"공격 준비!"

주로 구 만유 군으로 이루어진 선봉 2만은 적진을 뚫고 들어가 반으로 가르고 후미로 돌아갈 작정이었다.

"적들이 멈추었습니다."

먼지구름이 서서히 가라앉더니 곧 햇살에 반짝이는 무수한 무구들이 빛을 발했다. 질서 정연하게 말 머리를 세운 밀리언 군은 깃발과 무구들로 이루어진 숲처럼 보였다.

트라제는 안력을 높였다. 적과의 거리는 1km가 조금 넘어 그의 눈에는 벌렁이는 말 콧구멍도 다 보였다. 선봉의 일각이 갈라지며 적장 한 명이 쏜살같이 튀어나왔다.

"전투의 맛을 아는 자다. 일기토를 하자는구나."

전투에 임하기 앞서 흥을 돋구기에는 이만한 것도 없었다.

그러나 지금은 부대 전술의 집단전이 대세였다.

"어떻게 보는가?"

갑자기 들려온 묵직한 저성에 트라제가 고개를 돌렸다. 1골드가 차가운 시선으로 전방을 주시하고 있었다.

"기병끼리의 대전이니 옛 추억을 되살리려 하는 것이겠지요."

"기사의 로망이라는 건가? 기사들은 의외로 순진한 면이 있어서 재밌긴 하지만… 카비젤!"

카비젤이 군례로 답하자 1골드가 빠르게 명을 내렸다.

"밀리언의 쿠텐크는 머리가 뛰어난 자라 들었다. 일기토로 시간을 벌면서 우회기동을 감행할지도 모른다. 길목을 차단하고, 만약 적의 움직임이 보이지 않을 시에는 역으로 적진을 돌파한 선봉과 합세해 적 후방을 노려라."

모닝스타를 창대에 붙인 듯한 중병을 바람개비처럼 돌리며 달려온 적장이 소리쳤다.

"나는 밀리언의 장군, 샤만이다! 죽을 놈은 나서라!"

재밌다는 듯이 미소 지은 1골드가 수위를 돌아보았다.

"소장 필립이 저놈의 목을 베어 오겠습니다."

라미안 군이 기병을 강화하며 받아들인 필립은 공을 세울 기회를 기다리고 있었다.

1골드가 어떻게 생각하냐는 듯이 트라제를 쳐다보자 그가 고개를 끄덕였다. 근위기사단 대장 출신이라 일신의 실력은 믿을 만했다.

말에 박차를 가한 필립은 바람처럼 달려나갔다.

“돌격 준비.”

“예?”

잘못 들었나 싶어 트라제가 물었다. 1골드는 대답 대신 명령을 이었다.

“계획대로 진행한다. 선봉은 트라제, 뒤는 스티론이 받친다. 본군은 몸이 녹슨 프랭크가 이끈다. 그라노프와 라그나는 흑기사단을 이끌고 장수들만 노려라. 승패는 너희 둘의 손에 달려 있다.”

눈동자가 번들거리는 그라노프와 라그나가 고개를 숙이고는 뒤로 사라졌다. 그들은 특임대로 특성을 살려 보이지 않는 칼날이 되었다.

아무리 훈련이 잘된 병사들이라도 머리를 잃으면 농노군과 같은 오합지졸이 된다.

대검에 창대를 장착한 1골드가 전방을 노려보았다. 필립이 창에 맞서 장검을 뽑던 차였다.

챙!

최초의 금속성이 들림과 동시에 우레와 같은 명령이 전선에 하달되었다.

“돌격!”

돌격 명령을 압도하는 라미안 군의 함성에 평원이 들끓었다. 함성이 신호탄이 되어 도열한 선봉은 일제히 박차를 가했다. 수초도 지나지 않아 트라제가 맨 앞에서 내달렸고, 친위대 3백이 그 뒤를 바짝 따라붙었다.

갑작스럽게 대지를 울리는 함성에 필립은 하마터면 낙마할 뻔했지만, 멋지게 선기를 잡을 생각으로 죽을힘을 다해 싸우고 있던 중이었다.

“죽엇!”

놀라기는 샤만도 마찬가지였으나 절호의 기회를 놓치지 않고 창을 도끼처럼 내려쳤다.

차창!

필립은 이에 맞서 번개같이 검을 들어 머리를 보호했다. 한데 상대의 무기가 워낙 중병이라 검이 견디지를 못했다. 겨우 상체를 젖혀 투구가 강타당하는 걸 면하기는 했으나 검을 유리처럼 부숴 버린 창은 그대로 말 머리를 강타했다.

파삭! 하며 말 머리 일부가 터져 나가 말이 그대로 앞으로 꼬꾸라졌으며, 필립은 땅바닥을 나뒹굴었다.

“쥐새끼 같은 라비안 놈늘!”

경멸의 시선으로 필립을 잡아먹을 듯 노려본 샤만이 창을 가장한 철퇴를 하늘 높이 치켜들었다.

필립은 일신의 영달을 꾀하다 대비에게 약점을 잡힌 게 그렇게 억울할 수가 없었다. 이렇게 버려져 죽을 줄 알았으면 조국을 위해 검을 들 것을…….

퍼퍼퍼퍽!

필립이 눈을 껌벅였다. 거짓말처럼 샤만의 몸에 깃털이 달린 나뭇가지가 돋아나 있는 것이다. 힘겹게 몸을 일으킨 필립은 대지를 울리는 함성에 귀가 멍멍할 지경이었다. 이리 보아도 저리 보아도 엄청난 기세의 기병이 미친 듯이 자신에게 달려드는 듯했다.

점점 몸이 들썩였고, 귀에서는 앵앵 하는 소리만 들렸다. 멍한 상태가 된 필립은 하늘을 올려다보았다. 새까만 흑우가 내리고 있었다.

스팟!

눈먼 화살이 귓불을 스치고 지나가자 정신이 번쩍 들었다. 이래나저래나 아직 살아 있는 것이다. 라미안은 자신을 버리지 않았다. 사람 마음이 이렇게 요사한지 그도 처음 알았다.

두두두두두!

말발굽 소리가 지척에서 울리고 있었다. 필립은 달려가 주인 잃은 샤먼의 말을 잡아 탔다.

"죽고 싶으냐! 어서 달라붙어!"

누구의 목소리인지 모르겠으나 필립은 우렁찬 대답과 함께 말에 박차를 가했다.

"벌려라!"

중군 후방에서 속보로 달리던 쿠텐크는 검에 베기를 가미한 형태인 바투카를 들어 좌우로 흔들었다.

라미안의 선봉은 한 덩어리가 되어 정중앙을 돌진해 오고 있었다. 소수의 기병이 다수를 상대할 때 흔히 쓰는 대형으로, 그도 즐겨 사용하는 진형이었다.

명령이 선두에 전달하기도 전에 라미안의 화살이 먼저 당도해 일각에 혼란이 일었다.

"정말 탐이 나는 활이로다."

하지만 그들에겐 수억 골드를 들여 마련한 로만의 장궁이 있었다. 즉시 선봉에서 화살이 날기 시작했고, 라미안만큼은 아니지만 소기의 성과를 취했다.

"중군은 오행제대로 돌격한다."

백단위의 기병대를 5제대로 앞뒤에 간격을 두고 나눔으로써 적의 돌진력을 최대한 줄이는 진형이었다.

속보에서 점차 탄력을 받은 중군은 앞으로 돌격하면서 진형을 이루어갔고, 선봉은 적과 맞서지 않고 길을 열었다.

그때였다. 적 후방에서 먼지구름이 일더니 커다란 물줄기 누 개가 좌우로 갈라져 두 패로 나눈 선봉을 향했다.

"우스운 놈들이로다. 수적 열세인 상태에서 난전을 원한단 말인가?"

기병대끼리 넓은 전선에서 부딪침이 일면 곧 기동력이 감퇴하고 제자리걸음의 마상전 양상이 된다. 이런 상황에서 난전으로 몰고 가는 것은 기사 개인의 능력이 상대보다 월등히 뛰어날 때나 가능했다.

쿠텐크는 오히려 밀리언 기사들의 기량을 위에 두고 있었다. 객관적인 평가도 그렇다.

쉬익! 쉭쉭쉭쉭쉭—!

적 선봉에 길을 터준 밀리언 기병은 좌우로 스쳐 지나가면 협살이라도 하려는 듯이 중앙을 향해 화살을 날렸다. 밀리언이 부딪치지 않고 벌린 또 다른 이유였다. 그들은 라미안 기병이 나타나기 전까지 대륙 제일의 궁기병이었다.

라미안 선봉의 양 측면이 강물이 강변을 침식하는 것처럼 서서히 무너져 갔다. 전속력으로 돌진하는 중이라 몸을 돌려 맞대응을 하기에도 늦었다.

"자! 적들이 온다! 대비하라!"

속보로 따르던 밀리언의 중군도 이때는 전속력으로 박차를 가하고 있었다. 화살 몇 발로 기병전의 승패에 큰 영향을 줄 수는 없다. 진정한 싸움은 이제부터다.

전방을 주시하며 온몸으로 바람을 맞던 쿠텐크의 눈이 치켜 올라갔다. 적 후방에서 갈라져 나온 기병들의 선두가 온통 새까맣다. 그놈들이다, 흑기사.

이어 어이없는 광경을 목격하였다. 기세 좋게 라미안 선봉에 화살 세례를 퍼부었던 밀리언이 선봉의 흑기사들과 부딪침과 동시에 힘 한 번 써보지 못하고 그대로 무너져 내리는 것이다.

"우라질! 말도 안 돼!"

단 한 기도 화살촉 같은 흑기사 무리를 통과하지 못했다. 마치 파도가 해변가 바위에 부딪치는 것처럼 속절없이 포말이 되어 부서지는 것이 아닌가.

"좌우익! 떨어져라! 놈들은 3열로 나누었다. 각개격파다! 후군은 중앙을 지원한다!"

전속력으로 달려온 라미안 군 선봉과 스펀지가 된 밀리언의 중군이 부딪쳤다. 양군 10만에 달하는 군마가 대평원을 수놓았다. 대지는 지진을 만난 듯 몸을 떨었고, 함성에 놀란 하늘은 뿌리던 눈을 멈추었다.

그들은 순식간에 부딪치면서 격렬한 혼전을 일으켰다.

히이이이잉!

충격에 놀란 말이 앞발을 치켜들자 양옆에서 검광이 번쩍이며 배와 다리를 잘라 버렸다. 낙마한 기사는 쏜살같이 달려드는 말빌굽에 짓밟혀 흔적도 없이 사라졌나.

양군 모두가 초전이 얼마나 중요한지를 잘 안다. 수를 떠나서 기병전은 기세 싸움이다. 사기가 높은 기병은 몇 배의 힘을 내어 상상도 못할 일을 해내곤 한다. 이에 반해 한 번 밀리면 산불이 바람을 만난 것처럼 걷잡을 수가 없다.

콰콰쾅!

군마와 군마가, 기사와 기사가 정면으로 부딪쳤다. 목이 떨어져 나간 기사를 실은 군마가 그대로 적진을 돌격하고, 발이 접질려 허공에 몸을 띄운 말에 마주 오던 두 기의 기마가 깔린다.

"밀어붙여라!"

쇠 신발 앞굽의 뾰족한 끝으로 적 기병의 옆구리를 찬 트라제가 마상에서 상체를 세우며 소리쳤다. 그의 말에 친위대가 복창으로 답했다. 친위대는 호위이자 전령인 것이다.

양옆에서 돌격창이 찔러 들어오자 친위대 두 기가 지체없이 튀어나가 창대를 잘라 버렸다.

"개 같은 연방 놈들!"

창대를 자른 검은 멈추지 않고 나가 군마의 옆 목에 긴 자상을 만들었다. 휘청휘청 멀어지던 적 기병이 끝내 옆으로 넘어졌다. 그러자 그가 있던 자리를 후발 기병들이 순식간에 메운다.

끝없는 반복인 것이다. 몇백 번이나 일어날 상황이었다.

'후욱! 후욱!'

저도 모르게 말의 심장 박동에 맞추어 숨을 쉰다. 말이 속력을 내며 상체가 숙여지고 느려지면 검을 치켜든다.

호흡이다. 눈으로 좇으면 늦다. 전장의 흐름에 순응하는 군마의 본능에 따르는 일체다.

말의 무게중심이 오른쪽으로 쏠리자 트라제는 왼편에 방패를 들었다. 적이 다가오기에 말이 몸을 튼 것이다. 곧 방패에 묵직한 충격이 전해졌다. 방패를 떨쳐 내고 섬광처럼 날린

검으로 우측편 적의 팔을 어깨부터 베어냈다.

"으악!"

비명이 끝나기도 전이다. 득달같이 달려든 친위대의 검이 그자의 투구를 날려 버렸다. 목뼈가 부러진 채 머리가 등 뒤에 달라붙어 꿈결처럼 스쳐 간다. 기세만으로는 시체가 된 상태 그대로 라미안까지 달려들 것 같았다.

"쥐새끼들의 두목이다!"

어디선가 갈라진 목소리가 들렸다. 트라제는 씨익, 웃었다. 주위의 적들이 늘어난 것을 보니 자신을 향한 외침인 모양이다.

"오냐! 내가… 라미안의 트라제다!"

만유라고 할 뻔했다. 그때 요상하게도 1골드의 얼굴이 떠올랐다. 기사의 품성과는 거리가 먼 사람이지만 묘하게 사람을 끌어들이는 매력이 있었다. 거친 사내의 매력, 남성미로 위장한 강력한 마력이었다.

"하아—! 멋지다!"

쿠텐크는 저도 모르게 탄성을 내뱉었다.

선봉의 후방에서 우회기동해 선봉을 모래성처럼 부숴 버린 라미안의 본군이 금세 독수리가 날개를 접는 것처럼 선봉의 옆구리에 달라붙어 한 덩어리를 이뤘다.

"돌파력을 높이는 전술이구나! 양 날개는 적의 옆구리를 노려라!"

중앙이 뚫리지만 않으면 허리가 잘린 적은 지지멸멸한다. 시간의 승부이자 창과 방패의 양상이 되었다.

"괜히 멋을 부려 선공을 빼앗겼어."

일기토를 승리로 이끌고 바로 돌격을 감행하려 했는데 라미안이 선수를 쳤다. 아쉽긴 했으나 단순한 돌격 전술보다는 변화무쌍한 방어 전술이 재밌기는 했다. 적 전술에 맞춰가며 병력을 운용하는 맛이 있는 것이다.

"흐음, 혼전 중에 창날을 바꾸는 것이냐? 그렇지! 무딘 창날은 바꿔줘야지. 골드라는 자, 소문이 모자란 감이 있다. 즉시 후군을 투입하라!"

양측에 달라붙었던 라미안의 본군이 옆면으로 미끄러지듯 타고 올라와 선봉의 자리를 대신하고, 지친 선봉은 중군으로 내렸다. 이는 축난 체력을 보충하는 것이다.

장거리를 달릴 때도 비슷한 모양새를 취한다. 선두가 바람을 가르기에 뒤따르는 자들보다 체력 소모가 심하다. 라미안은 이를 전술에 가미시켰다. 무뎌진 창날을 뒤로 돌려 날을 갈고 생생한 자들이 대신한다.

쿠텐크는 참전하고픈 마음을 애써 눌렀다. 이번에 선봉에 나선 자들은 성기사다. 그가 원하는 흑기사는 잠깐 모습을 보였다가 다시 사라졌다. 그들이 나설 때가 진짜다.

쿠텐크가 그렇게 바라는 흑기사들은 라미안 중군의 양 측면에 위치해 있었다.

"저기다!"

그라노프의 고개가 부러질 듯 돌아갔다.

"흐흐, 빌어먹을 새끼. 깊숙이도 숨어 있었구나. 하앗!"

다른 곳에 비해 기병들의 밀집도가 높은 곳, 적 장수가 있는 곳이다. 친위대가 백여 기 정도 되는 것으로 보아 사단장급이었다. 그래도 천 기의 기병을 움직이는 지휘관이니 움직일 만했다.

뱀의 혀바닥처럼 튀어나간 그라노프와 백여 명의 다크 엘프들은 기병의 물결을 거스르며 일직선으로 목표를 향해 달려나갔다.

애초부터 그들의 임무는 적장을 죽이는 것이었다. 이에 고르고 고른 튼튼한 군마를 지급받았고, 말에 일시적으로 근력을 높여주는 헤이스트 마법을 걸었다.

빛살 같았다. 희끗하는가 싶더니 오백여 미터의 거리를 단숨에 없애고 적상의 코앞에까지 도달했다.

"으흭! 막아라!"

소리친 적장이 말에 박차를 가하며 달려들었을 때, 그라노프는 찔러오는 창대를 옆구리에 끼고 한 놈을 던져 버린 후 안장에서 뛰어올라 언놈의 투구를 밟아 목을 몸통에 밀어 넣은 상태였다.

적장이 볼 수 있었던 건 해를 등진 그라노프의 검에서 햇빛보다 강력한 빛이 이는 모습이었다.

사사삭!

말과 함께 적장을 두 토막 낸 그라노프는 바닥에 착지하기 무섭게 뛰어올라 어느 한 놈의 어깨를 밟고 도약해서 빈 안장으로 달려오는 자신의 말에 올라탔다. 숨 두어 번 쉴 사이에 일어난 일이라 적장의 친위대는 자신들의 상관이 죽은 줄도 몰랐다.

"아! 싱겁다. 이놈은 왜 이리 약해? 또 어디 없느냐?"

똑같은 상황은 라그나에 의해 반대편에서도 재현되고 있었다.

카비젤은 애가 탔다. 수적 열세인 상황에서 적의 우회 공격을 차단하러 왔으나 엷은 능선로는 쥐 죽은 듯 조용했다. 척후들이 전하는 보고도 별다른 움직임이 없다는 것이다.

신경은 계속 전장으로 향해 있었다. 자욱한 먼지에 가려 돌아가는 상황은 볼 수도 없었다. 그저 병장기 소리와 찢어지는 비명만이 귀를 간질렀다.

예하 기사들도 애가 타는지 다른 세상에 있는 능선 아래와 전장을 번갈아 쳐다보다가 무슨 명령이라도 내리라는 것처럼 힐끔 그를 쳐다보았다.

입술을 깨물던 카비젤은 지금이 결단을 내려야 할 시점이라 생각했다. 밀리언은 일기토를 내보낸 것처럼 정공법을 선택했다. 이후 이어질 전쟁에 대비해 압도적인 힘의 차이를 보여주려 하는 것이다. 그럴 것이다.

"이동한다!"

카비젤은 벌떡 일어서 능선에 눕혀놓은 말을 일으켜 세워 올라탔다.

"우회 병력은 없다. 우리가 역으로 놈들의 후미를 잡는다! 함성도 구호도 없다. 최대한 기척을 감춘다. 가자!"

5천 기가 빠르게 능선을 내려와 질주했다.

전속력으로 달리고 있건만 말이 오늘처럼 느리게 느껴진 적은 없었다. 전장에서 이는 소음도 멀어져 가고 굽어지는 목이 보였다. 저곳에서 좌측으로 넘어가면 적 후방을 잡을 수 있으리라.

그때였다. 하늘이 무너지는 소음이 일었다.

쉐에엑! 쉬쉬쉬쉬쉭!

히이이이이잉! 쿠당! 쿼쿼쿼쿼!

말울음 소리가 길게 일며 말이 구르고, 넘어지고, 두터운 갑옷을 입은 기사가 낙마하며 달리는 속력을 이기지 못해 바닥을 쓸었다.

"아뿔사! 매복이다! 산개하라!"

피를 토하는 심정으로 외쳤지만 이미 늦었다. 능선에 몸을 드러낸 적들은 셀 수도 없이 많았다.

밀리언도 라미안과 똑같은 생각을 하고 있었다. 인내력의 싸움에서 카비젤이 진 것이다. 10분만, 아니, 5분만 더 참았다면 결과는 뒤바뀌었을 것이다.

10여 대의 화살을 고스란히 받은 카비젤은 죽을힘을 다해 능선을 오르고 있었으나 반대로 몸이 자꾸 뒤로 밀리는 느낌이 들었다.

이어 가슴에 강렬한 충격을 받고는 고개를 숙였다. 그런데 이상하게 하늘이 보였다.

"적장이 죽었다!"

"누가… 죽……."

불시에 당한 화살 세례에서는 소드 마스터도 소용없었다. 크라우치가 지척에 있으면 다시 한 번 살아날 수도 있을 텐데, 그는 너무나 멀리 있었다.

"신의 전사들이여! 나를 따르라!"

크라우치를 보좌하다 전장에 나선 프랭크는 눈부신 활약을 보였다. 몸이 녹슬지 않았느냐는 1골드의 핀잔에 복수를 하려는 듯 오러 블레이드를 거두지도 않고 전방을 쓸었다.

지켜보는 기사들이 걱정을 할 정도였다.

"으하하하! 잘한다! 밀고 나가라!"

목청을 돋우며 사기를 진작하던 프랭크는 백인장 급 세 명과 돌아가며 마상전을 벌이다 마지막 적의 어깨를 사선으로 베었을 때, 그도 어깨에 화끈한 느낌을 받았다. 슬쩍 보니 아직도 활대를 흔들고 있는 화살이 어깨에 박혀 있었다.

"개보다 못한 연방 놈들이!"

깊숙이 박힌 화살을 잡아 부러뜨리고는 부러진 화살대를 암기처럼 던졌다. 언놈이 얼굴을 부여잡고 나가떨어지는 모습을 보며 치밀어 오른 화를 식혔다.

이제는 화살을 대신 맞아줄 친위대도 없다. 몰살을 당한 것이 아니라 제열이 뒤섞여 부대 구분없이 앞으로 앞으로 나아갈 뿐이었다.

밀리언의 중앙 5파 중 3파를 뚫은 시점이었다. 처음 기세와는 달리 라미안의 창날도 많이 무뎌져 있어 나가는 속도가 속보만도 못했다.

하지만 죽음도 두려워하지 않는 라미안 군은 팔이 잘려도, 화살을 등에 달고도 꾸역꾸역 전진했다.

"와아아아!"

뒤편 어디에선가 함성이 인다. 보나마나 적장을 죽였다는 소리가 따를 것이다. 적아 구별도 힘든 상황에서 다크 엘프들은 적장을 잘도 골라 죽인다. 그런 능력이 두려워 마족이라 매도한 것은 아닐까 하는 쓸데없는 생각도 들었다.

전쟁터에서 같이 피를 흘리다 보니 성기사란 신분에 앞서 전우가 되어가나 보다.

쉐에엑!

갑자기 전방에서 쏟아지는 매서운 파공음에 화들짝 놀랄 때, 희뿌연 그림자가 앞을 지나쳤다.

땅!

"이제 그만 죽고 싶은 게냐!"

"가, 각하!"

"마누라 생각은 진지에 가서 하도록! 여기서부터 내가 맡는다. 거추장스럽다. 물러나라!"

암스트의 겨울보다 매몰찬 사내의 음성이 이리 반가울 수가 없었다. 가지고 놀면서 자존심을 꺾었을 때 원망스럽기만 하던 거한이 이처럼 든든해 보일 수 없었다.

"늙은 어린놈, 수고했어. 그만 쉬어."

누런 피부에 흰 이를 드러낸 마족도 반가웠다.

"뒈지지 말아. 넌 내가 신벌을 내려줄 테니까."

"어린놈이 끝까지 반말이네."

피식 웃은 이고르는 얼굴색을 바꾸어 전방을 매섭게 노려보았다. 단번에 뚫어야 한다. 시간을 지체하면 자신들보다 지친 말이 먼저 쓰러질 참이었다.

쿠텐크는 오랜만에 공포를 느꼈다. 신전 기둥을 뽑아 온 것 같은 거대 창을 휘두르는 사내, 백여 보의 거리를 남겨두었는데도 그로부터 뻗쳐 오는 무시무시한 살기에 피부가 오들오들 인다.

혀끝을 깨물었다. 비릿한 혈향이 풍기자 공포 대신 투쟁심이 자리했다. 전장의 미칠 듯한 흥분, 이 얼마나 짜릿한 쾌감인가. 후방에서 핏대를 세우며 머리를 굴리는 놈들은 모른다. 흙먼지 속에서 거친 황야를 뛰어다니며 피를 흘려본 자만이 안다.

방패도 버렸다, 저런 자에겐 필요도 없으니.

목숨도 버렸다, 있어봐야 거추장스럽다.

눈이 마주쳤다. 번뜩이는 매서운 눈빛, 호감이 인다. 자신이 그토록 원하던 모습이었다.

"으라핫!"

2미터에 달하는 투 핸드 소드 길이의 바투카를 섬광같이 날렸다. 거대한 창이 1골드의 몸을 뱀처럼 휘감더니 옆구리에서부터 묵빛 검날이 불쑥 튀어나왔다.

터엉!

대기를 울리는 폭음이 일고, 교차한 그들은 누가 먼저랄 것도 없이 흙먼지를 일으키며 말 머리를 돌렸다.

뿌르릉!

규선회에 무리기 겼는지 말들이 말 머리를 털더니 앞발로 땅을 골랐다.

그들은 아무 말도 하지 않았다. 말보다 눈빛으로 그 이상의 대화를 나누고 있는 것이다. 1골드가 흰 이를 드러내 보이고는 창대를 풀었다. 상대는 정식으로 상대해 줄 가치가 있는 자다.

쿠텐크도 마주 웃었다. 전장의 예의도 모르는 자라 여겼는데, 너무 강하다 보니 세상을 오시한 것이다. 일기토니 뭐니 하는 것들은 그에게 아이들 장난처럼 느껴졌을 것이다.

동시에 말에서 내렸다. 내려서 보니 더 거대했다. 왠지 자신이 초라해진 것 같은 느낌이 든 쿠텐크는 괜히 내렸나 싶었다. 하지만 말이 견딜 수 없다.

온 내력을 끌어올려 오러 블레이드를 일으켰다. 탐색전 같은 건 필요없다. 처음부터 최선을 다해야 할 상대다.

"친구들은 쿠텐크라고 부르오."

"골드."

하며 손을 까닥였다. 선공을 취하라는 뜻이다.

"사양치 않겠소."

말꼬리가 길게 늘어졌고, 빛살처럼 다가간 쿠텐크는 그보다 더 빠른 속도로 10여 개의 검을 일시에 날렸다. 그러나 몸이 날아갈 것 같은 검풍에 흐지부지 사라졌다.

휘릭!

집중하지 않으면 놓쳤을 작은 소음이 일었다. 발을 뒤로 뻗어 밀려나는 신영을 세우면서 검을 치켜들었다.

그가가각!

잡초가 깊게 뿌리내린 땅이 속절없이 파이면서 검신을 깎는 기괴한 소리가 울리는 가운데 쿠텐크는 몸을 회전시켰다. 빗겨 막았는 데도 어깨가 빠지는 고통이 밀려왔다. 도저히 힘으로는 맞상대할 수 없는 자다.

쿠텐크의 상체가 묘하게 뒤틀리더니 스르륵 하며 흉갑을 타고 돈 검이 어깨 너머에서 폭사되었다. 마치 관절이 자유자재로 움직이는 듯 예상치 못한 일격이었다.

1골드는 가드 홈에 왼손을 대고 손목을 축으로 검을 빙글 돌려 막고는 왼 손목을 돌려 검병을 잡아 그대로 찔러 넣었다.

주춤주춤 밀려나며 간발의 차로 섬광들을 피해내는 쿠텐크는 눈을 부릅떴다. 대검이 전사의 영혼을 봉인한 소울 블레이드라도 되는 양 1골드의 손 주변에서 대검이 빙글빙글 돌며 스스로 움직이는 것 같았다.

촤촤촤!

"크흑!"

사방을 온통 메운 검의 그림자에 쇳조각이 튀고 살점이 날았다. 방어하기에도 급급해 공격은 생각할 틈도 없었다.

으드득!

짓쳐 오는 검끝을 향해 오른손을 쭉 뻗어 내밀었다. 뼈와 살이 분리되는 극심한 고통이 팔을 타고 올라왔다. 잠깐의 틈을 만들 방도가 이것밖에 생각나지 않았다.

"으라핫!"

바닥으로 향한 검에 혼신의 힘을 담아 아래에서 사선으로 쳐올렸다. 지이익, 하며 뿜어져 나온 오러 블레이드에 의해 땅에 긴 고랑이 파였다. 비어 있는 1골드의 옆구리를 양단

할 때,

"홉!"

1골드의 신형이 좌측 옆구리에서부터 우측 어깨까지 반듯하게 베어졌다. 하지만 손에 전해져야 할 피육을 베는 느낌이 없었다. 팍! 하는 소리가 들리는 듯하며 양단된 1골드가 먼지처럼 사라졌다.

그 순간 쿠텐크는 벼락이 관통한 것과 같은 짜릿함에 몸을 떨었다.

콰콰쾅!

이어 대여섯 보 떨어진 땅바닥에서 진짜 벼락이 떨어졌는지 굉음과 함께 흙먼지가 일었다. 눈을 반대편으로 돌리자 내린 검을 등 뒤에 메는 1골드가 보였다.

"쿨럭! 마법이오?"

"아니, 눈보다 빠르게 움직이면 잔영이 남는다. 그대는 내 그림자를 벤 것이지."

"몸은 눈보다 빠르고 검은 소리를 뛰어넘는구려. 하늘을 보았소. 고맙소."

궁금증을 달래기 위해 억지로 잡아놓은 육체를 풀어주자 반듯하게 잘린 몸이 반대편으로 넘어갔다.

1골드는 휘파람을 불어 말을 부른 사이 고개를 쳐들고 하늘을 보았으나 다가서는 자가 없었다. 수만이 나뒹구는 전장 속에서 홀로 차원의 벽을 넘어 존재하는 듯했다.

“우라질!”

말의 앞발이 꺾여 낙마한 프랭크는 재빨리 바닥에 떨어진 검을 집어 들었다. 밀리언의 검인 바투카였지만 그런 걸 신경 쓸 때가 아니었다.

그의 앞에는 잠을 잘 때도 서서 자는 말이 누워서 거친 숨을 몰아쉬었다. 체력이 다해 지쳐 쓰러진 것이다.

프랭크는 빠르게 주변을 살폈다. 한편에 보이는 기병이 백도 되지 않는다. 기마의 수가 현저하게 줄어 있었다. 전장의 중심에서 멀어진 것이다.

“여기가…….”

앞만 보고 내달렸으나 반듯하게 적진을 뚫었는지는 확신이 서지 않았다.

“으아아아!”

그때 어디선가 달려든 놈이 기합과 합께 마상에서 검을 내려쳤다. 물러나기보다는 기병에게 바짝 붙은 프랭크가 훌쩍 뛰어올라 검을 피하고 흰히 보이는 뒷복을 향해 작두처럼 검을 날렸다.

목을 잃은 놈이 말 등에서 굴러 떨어지는 것을 보고는 냉큼 달려가 말고삐를 잡았다.

“이런 빌어먹을!”

말에 오를 시간이 없었다. 수십 보 앞에 또 다른 놈들이 나타난 것인데, 바로 상대를 알아본 프랭크가 환하게 웃었다.

"천신장님! 적진을 뚫었습니다!"

"오냐! 알고 있었다! 가자!"

마상에 올라선 그가 검을 치켜들었다.

"적진을 뚫었다! 신의 전사들은 나를 따르라!"

여기저기서 함성으로 화답이 들려오자 말 머리를 돌려 내달렸다.

"천신장이 여기 계신다! 따라붙어라!"

한 발 한 발 나갈 때마다 수가 급격히 늘었다. 흩어진 기병들이 모이는 것이다.

반면 밀리언 군은 병력을 정비할 중심점이 없었다. 다크 엘프들의 진가가 빛을 보는 순간이었다.

뒤를 잡힌 데다 수십 개로 분리된 밀리언 군은 제대로 힘도 써보지 못하고 각개격파를 당했다. 살아남은 밀리언 군은 살 길을 찾아 하나둘 전장에서 이탈하기 시작했고, 진형을 돌파하며 승전 분위기를 잡은 밀리언은 더욱 욱일승천하는 기세로 전장을 질주했다.

5만으로 출발해 1만 3천여 기를 대평원에 묻은 라미안 군은 리트젠으로 향했다. 전장의 뒷정리는 승리 소식을 들은 보군들이 출병해서 할 터였다.

자원과 자금이 부족한 라미안에게는 전장에서 획득한 노

획품이 중요했다. 백성들의 집에 있는 촛대까지 녹여 무기를 만들었고, 전쟁이 길어질수록 철재 신상을 두고 고민을 해야 할 정도였다.

무엇보다도 제일 시급한 것은 군마였다. 크라우치가 마술을 부려 기사들의 수는 빠르게 늘었지만 말이 공급을 따라가지 못했다. 군마 한 마리가 집 한 채 값이다. 곧 죽을 듯 숨을 헐떡이는 말도 살려야 할 판이었다.

리젠트 앞까지 당도한 라미안 군은 수km에 달하는 성벽 앞에서 시위하듯 빙빙 돌다가 성문을 열고 기병이 나서면 후퇴를 거듭하면서 긴 사거리를 이용해 화살 세례를 퍼붓고, 들어가면 다시 다가가 신경을 자극했다.

기병만으로는 리젠트를 깰 수 없다는 것은 양측 다 잘 알고 있었다. 그리고 곧 겨울이다. 보급로가 멀어 주둔할 수도 없었다.

다만, 안방까지 들어온 모습을 밀리언 병사들에게 보여 한 번 방어를 뚫고 여기까지 쳐들어왔으니 다음 번은 더 수월할 거라는 암시를 뇌리에 심어주는 것이다.

침략만 하던 강대국이 침략을 받으면 백성들이 느끼는 불안감은 약소국에 비해 훨씬 크다.

약간이나마 더 밀리언 기병의 수를 줄인 라미안은 보름 후에 회군한다. 기세 좋게 수백 km를 달려온 것에 비해서는 허무한 결과였다.

이를 갈며 내년을 기약하는 밀리언은 때마침 들려온 카시리아의 시니아 침공 소식에 아차 싶었다. 카시리아는 라미안의 맹우였다.

전쟁에 날씨의 영향을 받는 곳은 북단에 위치한 나라들이다. 카시리아의 겨울은 밀리언의 봄과 같다.

또한 제국에서 눈을 볼 수 있는 곳은 카시리아와 인접한 헬베른 산맥 부근밖에 없었다. 그래서인지 카시리아의 침공 소식과 간발의 차로 제국의 내전 소식도 들렸다.

라미안을 시작으로 동쪽 나라들은 대부분이 전쟁의 화마 속에 뛰어들었다. 여기도 저기도 전쟁.

세상이 미쳐 돌아가고 있었다.

Chapter 8

예기치 못한 죽음

"**크**흐흐윽!"

짙은 어둠 속에서 한 사내가 웅크린 채 신음을 토했다.

"으으으!"

이를 맞부딪치며 몸을 주체할 수 없을 정도로 떨었다. 급기야 한 손을 심장 부근에 올리고 쥐어짜듯 비틀었다.

와드득!

생살이 비틀리며 뜯겨 나가는 섬뜩한 소리가 일었다. 자신의 손으로 자신의 생살을 뜯어내다니, 받는 고통이 얼마나 엄청나기에.

뚝뚝뚝!

크라우치는 바닥에 퍼져 나가는 붉은 피를 바라보았다. 1골드는 겨우내 만유를 안정시키고 내년에 있을 밀리언의 대공세에 맞설 준비를 해야 했다. 그랬기에 시니아 침공은 그가 직접 나섰다. 시간이 촉박했다. 겨울이 지나기 전에 점령을 하고 후환까지 제거해야 했기 때문이다.

시니아까지 영토를 넓히면 외형적으로는 제국의 기틀을 잡을 수 있다. 이후부터는 밀리언 연방이나 크로시안 제국의 눈치를 보지 않아도 된다.

언젠가는 밀리언 연방을 지도에서 지워 버려야 하겠지만 현재는 기틀을 잡는 것이 목표였다.

크라우치는 최전방에 서서 몸을 아끼지 않았다. 7써클 대마법사를 능가하는 실력을 십분 발휘했다. 일시에 지옥불로 수천의 기병을 불태워 버렸으며, 성벽을 녹였다.

막사로 돌아와서는 앳된 성기사들의 잠재력을 높였고, 충성을 맹세하는 자유 기사들을 선별해 축복을 내렸다. 성기사들보다 자유 기사들이 배는 힘들었지만 그만큼 나타난 효과도 차이가 있었다.

금욕 생활이 몸에 밴 성기사와 용병같이 방탕한 자유 기사의 생활 차이 탓이다. 또한 타고난 자질도 차이를 보였다.

크라우치는 신이 공평하지 않다는 생각이 들었다. 자신과 1골드는 신의 사랑을 듬뿍 받아 완벽한 인간인 반면, 다른 자들은 타고날 신분을 정해줄 뿐만 아니라 개인의 역량도 한계를 정해주는 것이다.

1골드는 고개를 저을 일이지만 타인의 잠재력을 극대로 끌어올릴 수 있는 크라우치는 그렇게 느꼈다. 여기에 태생도 상당한 영향을 미쳤다. 무가 출신인 자들은 조금만 손을 대주면 두세 배의 능력을 향상시켰다.

반면 출신이 미천한 자들은 자유 기사보다 나은 점이 없었다. 기사 출신이 아닌 크라우치는 어릴 때부터 체계적으로 수업을 쌓은 면을 간과하는 오류를 범했다. 한순간에 이루어진 것이 아니라 지금껏 다진 바탕이 튼튼했던 것이다.

또한 궁궐의 난장이들을 보곤 확신을 가졌다. 정상인과 결혼한 난장이의 자식들도 난장이인 것이다. 정신이 온전치 못한 부모에게서는 그들과 똑같은 자식이 태어난다.

크라우치는 이렇게 유전의 개념을 인식했다.

갓 태어난 아이들의 얼굴이 눈앞에 아른거렸다. 자신의 씨를 받았고, 1골드가 돌봐준다 했으니 마음이 놓인다.

하지만 이 고통을 이길 수가 없다. 무리를 하지 않으려 했지만 욕심이 상황을 늘 이런 식으로 몰고 갔다. 1골드의 얼굴을 봐서 자식들에게 한 점 흠도 없는 자랑스러운 아버지가 되고 싶지만……

꿈꾸는 세상은 멀기만 하다. 그리고 이 강력한 유혹은 모든 것을 잊기에 충분했다.

"라, 라도스!"

어둠의 일부분이 떼어지더니 양어깨에 커다란 포대를 짊어진 라도스가 나타났다.

"폐하, 이자들은 어차피 죽을 목숨입니다. 생의 마지막을 신께 바치는 것입니다. 제발 마음에 담아두지 마시옵소서."

"이리로……."

포대 네 개가 더 들어오고 나서야 크라우치는 갈증을 해소했다. 쓴 만큼 채워줄 생명력이 많이 필요했다.

"어찌 되었느냐?"

"기, 기억이 안 나십니까? 여긴 성내입니다. 폐하께서는 당당히 이곳까지 걸어 들어오셨습니다."

시니아가 자랑하는 철벽 호튼 관문을 깨느라 크라우치는 최고위 마법의 한계를 넘어 다섯 번이나 난사하며 모든 힘을 소진했고, 급기야 기억을 잃었다.

잔뜩 술을 마시고 자다 일어난 것처럼 머리가 깨질 듯 아픈 이유가 거기에 있었다.

"이제 반쯤 온 것인가?"

"신군과 카시리아 군의 사기가 폐하의 신과 같은 능력에 최고조로 고무되어 있습니다. 이 상태라면 일주일 후면 왕궁에 입성할 것입니다."

신이라… 크라우치는 쓴웃음을 지었다. 신장이 신이 아닌 인간에게 신과 같다는 표현을 쓰다니 종교재판에 회부되어 능지처참을 당할 대죄였다. 하지만 듣기에는 좋았다.

백성들의 단결을 위해서는 자신을 신처럼 우러러보는 것도 그리 나쁘지는 않다.

신의 대리인이 신과 다를 바가 무엇이겠는가.

단지 인간의 육신을 쓰고 있을 뿐이다.

"완벽한 세상에는 완벽한 인간이 필요하다."

"예?"

"너는 네가 인간으로서 완벽하다고 생각하느냐?"

자신의 모습에 만족해하며 사는 인간이 몇이나 되겠는가.

"제가 어찌 감히……. 감히 우러러보기도 힘든 폐하도 계십니다. 완벽하다는 말은 폐하 외에는 그 누구도 쓸 수 없습니다."

"다음부터는 나 외에 골드도 넣거라. 그 녀석도 나 못지않으니……. 네 말이 옳다. 누구나 부족함을 느끼지. 하지만 태어날 때부터 부족하게 태어나면 얼마나 고통스럽겠느냐. 맥너드 장로를 불러오너라."

이후 라미안에서는 '미친'이란 수식어가 들어가는 사람들은 자취를 감췄다. 태어날 때부터란 수식어도 만찬가지였다. 정신이나 신체 발육이 늦은 아이들도 그 부모와 함께 사라졌다.

외형적으로 라미안은 정상적인 국가였다. 오직 정상인만이 살아가는 보기 좋은 나라.

크로시안 제국에서 로이 족과 손을 잡은 크나르 족이 황제와 개전을 벌일 무렵, 라미안 연합군은 시니아를 병탄했다. 전력도 기세도 와튼 공국까지 밀고 내려가기에 충분했지만 그곳은 건드리지 않았다.

와튼 공국은 제국령이라 국경을 넘으면 제국과 전쟁을 선전포고하는 것이나 마찬가지였다. 그리고 완충 지대가 필요하기도 했다.

성공리에 시니아를 병탄한 라미안은 제국을 선포하지 않았다. 외부적으로는 라미안과 만유, 카시리아의 삼국연합이었다. 정세에 밝은 자들은 만유를 제하고 라미안과 카시리아의 동맹으로 여겼다. 크라우치가 마음먹은 대로 카시리아의 왕 윌리엄을 움직일 수 있다는 점만 빼면 정확히 본 것이다.

겨울이 밀리언의 대군의 발목을 잡은 사이 크라우치는 빠르게 삼국의 기사들을 장악해 갔다. 이 시대의 진정한 힘은 기사들로부터 나온다. 군주에게 충성을 맹세한 기사들이 떨어져 나가면 그 군주는 속 빈 강정으로 농노들이 들고 일어서기만 해도 속절없이 무너진다. 제압할 무력을 잃은 것이다.

힘의 축이 라미안에 기울자 크라우치는 전횡에 가까운 추진력을 보였다. 무엇보다 우선시한 것은 행정 조직과 군부의 분리였다. 제후는 영지 내 대소사를 직접 처리하는 왕국 내의 또 다른 소규모 정부와 같다.

사공이 많으면 배는 산으로 올라가고, 잦은 제후들의 다툼도 이권 싸움에서 비롯된다. 하고자 하는 목표가 크기에 전 백성이 일사불란하게 따라주어야 한다. 곧 자신의 명이 한순간에 변방의 병졸에게까지 전달되어야 하는 것이다.

하달된 명령이 여러 단계를 거쳐 변질되고, 제후들이 자신들의 영달만을 추구하는 것을 지켜볼 만큼 그는 약하지 않았다. 군부의 축인 기사들의 전폭적인 지원 아래 크라우치는 막강한 무력을 손에 쥐게 된다.

고무된 크라우치는 나라 전체가 들썩일 특단의 조치를 발표한다.

관직 세습의 폐지. 주요 골자는 신분제는 인정하나 제후 지위를 세습하지 못하게 하는 것으로, 이는 중앙 귀족도 해당한다. 중앙 귀족들끼리 나누어 가졌던 주요 관료를 공정한 임용 절차를 통해 선출한다는 것이었다.

이는 군부도 다르지 않았다. 제후를 겸한 대장군 집안은 사라지고, 능력만 있다면 평민 출신 기사도 1만 장병을 지휘하는 장군이 될 수 있었다.

이렇게 탄생한 신흥 귀족이 앞으로 라미안을 이끌 인재들이었다. 그들의 힘이 강해짐에 따라 황권은 강력해지고, 귀족들이 감히 넘볼 수 없는 막강한 권력자가 되는 것이다.

기사층은 평민도 귀족도 아닌 어중간한 위치이기에 대다수의 기사들은 환영에 마지않았다. 신분 상승을 꿈꾸는 기사들은 귀족가 영애를 노리기보다는 전장으로 향했다. 이들에게 전장은 곧 공을 세울 장소였다.

각 지방 제후들의 친위기사들도 들떴다. 제후의 뒤통수만 보고 있으니 자신들만 뒤떨어지는 느낌이 든 것이다. 제후가 참전을 해야 공을 세울 기회가 생기는데, 영지의 농노들이나 추려 병사라고 보낼 뿐 가진 힘의 원천인 기사를 소진해 가며 자발적으로 참전할 제후는 없었다.

제후에게 매인 기사들도 꿈은 있었다. 변방 기사로 만족하면서 살 자가 아니면 보따리를 쌌다. 제후가 지독한 자이면 서슴없이 야반도주도 감행했다.

이렇게 저렇게 제후들의 힘은 점차 약해지고 크라우치는 중앙집권적 체계를 구축해 나아갔다.

해를 넘겨 이어진 라밀 전쟁. 라미언과 밀리언 연방 전쟁에 큰 영향을 미칠 수 있는 크로시안 제국의 내전은 종전으로 치닫고 있었다.

승자는 황제였다.

초반 기세 좋게 밀어 남하를 하던 크나르 족, 로이 족의 50만 대군은 수도를 목전에 두고 시네르아의 참전 소식을 접한다. 예정된 수순이었으니 크게 당황하지는 않았다.

하지만 북상하여 뒤를 받칠 줄 알았던 그들이 로이 족의 근거지인 서부 지방으로 진격했을 때는 얼굴을 굳혔고, 알라모 항에서 출발한 천여 척에 달하는 대선단이 북상해 북동단의

로스빌 상륙 작전을 펼칠 때는 뒤통수가 시렸다.

이에 크나르 족 제후인 체임벌리는 결단을 내린다. 뒤로 물러나기에는 너무 늦다. 수도를 함락해 황제를 베는 것이 빠르고, 만만치 않은 전력이 빠져나간 뒤라 쉽다 생각했다.

하지만 여기에는 예상치 못한 전력이 있었다. 전 대륙에 열 명 안팎이라고 알려진 대마법사가 무려 다섯이나 등장했다. 체임벌리도 대마법사 둘을 확보하고 있는 데다 뒤를 보지 않는 상황이라 전력을 끌어모아 겨우 균형을 맞춘다 싶었더니 여기에 또 다른 초인이 등장했다.

1골드의 등장과 더불어 추측이 난무하던 그랜드 마스터의 출현이었다. 과연 제국이라고 할 만했다. 제국은 두 명의 그랜드 마스터를 선보였다.

이미 그랜드 마스터에 오르지 않았을까 하던 대륙 최고 기사인 볼드윈 근위기사단장과 죽었다고 알려진 황제의 친동생인 더글러스였다.

권력에 뜻이 없어 검만 파던 더글러스가 무사 수행을 이유로 들어 황실을 떠난 것은 30년 전이있나. 어디서 무엇을 했는지는 모르나 떠났을 당시, 그때 그 모습 그대로 돌아왔다. 하늘에 닿은 무력을 갖추고서 말이다.

두 명의 그랜드 마스터가 전방에서 전선을 휘젓고 다섯에 달하는 대마법사들이 수도를 보호하자 50만 대군도 10만이 방어하는 수도를 침범할 수 없었다.

　로스빌에 상륙한 황제군은 네이니 강을 타고 빠르게 크나르의 중심으로 치고 들어가 후방을 유린했다.

　이는 시네르아도 다르지 않았다.

　황제군이 네이니 강을 이용했다면 시네르아는 괴수를 앞세웠다. 드래곤의 시대 이래로 사라졌다는 거대 괴수가 출현한 것이다.

　무려 30미터에 달하는 몸길이에 입을 쩌억 벌려 한입에 10미터의 성벽을 삼키는 괴수, 신수라 일컬어지는 백색 가죽을 가진 거대 악어였다.

　백색 피부와는 상반되게 시커먼 눈동자를 떼굴 굴리고는 몸을 휙휙 휘저으면서 다가와 장난처럼 꼬리를 흔들면 산이 폭싹 주저앉는 듯한 굉음이 울리고, 수백 년의 세월을 견뎌온 단단한 성벽이 모래성처럼 허물어졌다.

　화살도, 창도, 공성 병기도 백악어의 철갑보다 두터운 가죽을 뚫지 못했다.

　로이 족들은 한 사내를 보았다. 하얀 로브를 입고 악어의 머리에 올라타 불을 뿜어내는 악마를 말이다.

　성 두 개를 깨자 로이 족 병사들은 멀리서 쿵쿵 소리만 들려도 하늘의 저주라며 무기를 놓고 줄행랑을 쳤다.

　이렇게 황제군이 대규모 상륙 작전으로 크나르 족을 치고 시네르아가 로이 족을 섬멸하자 내전은 금세 그 끝을 보였다.

수도 앞에서 지지부진 시간만 축내던 크로 연합군은 본거지를 잃고 오도 가도 못하는 신세로 전락하자 패배를 예감한 병사들의 이탈이 일어났다.

결국 죽을 때까지 싸워야 한다면 결전을 주장하는 크나르의 제후 체임벌리의 목을 로이 족의 제후 카르노가 치면서 내전은 막을 내리는 듯했다. 이때가 서 있기만 해도 땀을 흘리는 한여름이었다.

"어떻게 생각하시오?"

백발의 건장한 체구의 노인이 30대 초반으로 보이는 사내에게 정중히 물었다.

"폐하, 그 유진이라는 아이 말입니다. 스왈츠 가의 후계자, 인간이 맞습니까? 다크 엘프를 부리는 건 그렇다 치고, 성벽을 꼬리짓 한 방에 무너뜨리는 괴수라니…… ."

"그러니까 말씀드리는 것 아니오, 카르도님."

엘 카르도는 유진의 스승이라는 봄멜을 떠올렸다. 블랙 위저드로 대마법사에 오른 인물이었다. 이번 수도 방어전에서 직접 실력을 보기도 했다. 거기에 그가 주창한 학파인 케사르 마법사들의 전력도 몸소 체험했다.

놀람은 거기서 그치지 않았다. 사거리를 비약적으로 늘인 라미안의 활을 시네르아에서 보게 될 줄은 몰랐다. 자신들이 만들어 팔았다곤 하지만, 엄밀히 따지면 그 일 자체만으로도 반역이다. 황제에게 신무기를 선보이지도 않고 외국에 먼저 넘기다니 있을 수도 없는 일이다.

더불어 괴수까지… 시네르아, 이 작자들은 무슨 생각을 하고 있었던 것인가?

라인 황제가 분을 삭이는 목소리로 말했다.

"끄응! 내 이종족을 제국의 백성으로 받아들이자는 얼토당토않은 조건을 내걸 때부터 뭔가 이상하다 생각했소. 전에 시네르아에서 뱀파이어 사건이 있었지 않소. 혹 헤르반 제후가……."

시네르아가 아무리 극비에 붙였어도 황제의 눈과 귀를 가릴 수는 없었다.

엘 카도르가 고개를 저었다.

"그건 아닙니다. 황궁에 왔을 때 제가 헤르반 제후를 살펴보았습니다. 어쩌면……."

"어쩌면?"

"흐음, 근래에 시네르아의 상황을 보면 마도를 추구하는 모습이 역력합니다. 뭐, 저희들한테는 기쁜 소식이지만. 아무튼 다크 엘프나 그 거대한 악어를 부리는 것을 보아 마족들과 이종족들이 손을 잡고 헤르반을 부추기는 것이 아닌가 합니다. 마도제국을 이루자고 말입니다."

마도는 신성과 정반대의 개념이다. 대륙의 모든 나라가 신을 섬기는 이때에 마도는 곧 악이었다. 생김새와 문화가 다르면 배척하고 몰아내는 군중심리가 지배적인 인간 중심인 세계에서 이종족을 악으로 치부하듯이 말이다.

엘프는 보기 좋은 인형이요, 드워프는 말 잘 듣는 광부여야 하고, 수인족은 그저 집을 지키는 개가 되어야 한다. 신의 사랑으로 신과 가장 가깝게 만든 인간과 동등한 위치에 놓을 수 없는 것이다.

"마도제국이라… 허허, 제국의 앞날이 어찌 될지 심히 두렵소이다. 그렇다고 황제가 약속한 것을 지키지 않을 수도 없는 노릇이고……."

라인 황제는 엘 카르도의 눈치를 보았다.

엘 카르도는 황제의 의중을 알고 있었다. 길게 서론을 꺼내는 것은 자신의 태도를 보기 위함일 뿐이다. 피식 웃음이 나온다. 근 5대에 걸친 라인 황제들을 보아왔는데, 어찌 이리 하나같이 똑같단 말인가.

다른 점이 있다면 기회를 잡지 못해 패도적이고 드넓은 야심을 숨기고 지내야 했다는 점이다.

"일통!"

라인 황제가 부리부리한 눈을 초승달 모양으로 만들었다. 이래서 카르도를 좋아한다.

"카르도님, 우린 배신을 하는 것이 아니지요. 다만, 악의 싹이 자라기 전에 밟는 것입니다."

황실 마법사가 아닌 스승의 입장에서 카르도가 물었다.

"황궁에서 연회를 베풀어 칠 생각이냐?"

"이미 칠두 드래곤들에게 명령을 내렸습니다."

일곱 개의 머리가 달린 칠두 드래곤은 7개 기사단 70,000명의 기사로 이루어진 근위기사단의 애칭이었다. 보편적인 왕국의 근위기사단이 천 명이다. 그 질과 수에서 비교를 할 수 없다.

시네르아의 수뇌들을 황궁으로 불러모아 한번에 해결하려던 라인 황제의 계략은 실패로 돌아갔다.

수도의 일을 거들고 헤르반에게 합류한 봄멜과 레티아가 극구 연회 참석을 말린 것이다.

비밀은 황제가 아닌 프라이스 교단에서 샜다.

제국의 대표적인 상단인 바알 가는 매년 억만금의 돈을 황실과 교단에 헌금하며 친분을 유지한다.

장사꾼은 변화에 민감하다. 두터운 친분만큼 최고급 내부 정보에 밝았고, 심심치 않게 돌아가는 분위기를 느꼈다. 믿을 만한 선을 통해 두어 군데 찔러보다가 승리의 여세를 몰아 제국을 일통하려는 황제의 야심을 파악했다.

누구나 다 아는 정보라도 어떻게 활용하느냐에 따라 그 결과는 달리 나타난다. 하물며 특급 정보를 쥔 자가 제국 제일의 상단이었다.

돈 들어오는 소리가 들리는 듯했다. 오랜 전쟁은 백성의 삶을 피골이 상접하게 만들지만 상단의 살을 찌운다. 전쟁은 일체 생산을 배제한 극단적인 소비의 장이기 때문이다.

더불어 내전이다. 황궁의 주인이 누가 되든 상행위를 하는 데 지장은 없다. 국제 정세를 살펴보아도 외세의 침범이 있을 턱도 없었고.

즉시 바알 상단은 스캇 상단에 연통을 넣었다. 얼마 지나지 않아 동해 선상에서 양 상단 가주의 극비 회동이 이루어졌다. 그곳에서 바알 상단은 크로스 보우의 연사력을 향상시킨 기술을 얻고 황제의 흑심을 넘겼다.

돈독이 오른 한 상단의 개입으로 절호의 기회를 잃은 라인 황제는 문무백관을 앞에 두고 승리 축하 연회를 거부한 시네르아의 귀족들이 딴마음을 품고 있는 것이 아니냐는 투의 이야기를 꺼내놓는다.

크나르를 통합하고 두둑한 전리품을 챙긴 중앙 귀족들은 시네르아에 욕심이 생긴 것은 사실이었다. 로이 족의 보물 창고에서 시네르아가 반을 챙겼고, 요 십여 년 사이 눈에 띄게 성장했기에 크나르를 훌쩍 뛰어넘는 부를 축적해 두었을 것이다.

여기에 교단의 부추김도 있었다. 괴수의 등장과 이종족이 살 수 있도록 법령으로 보장하라는 조건. 볼 것도 없는 마도다.

국경 수비군을 빼도 될 정도로 북쪽은 시끄러웠고, 서쪽은 사막이 가로막고 있어 해상 제국은 신경을 꺼도 된다. 이왕 제국의 변화가 시작된 것.

이로써 황제와 시네르아 간의 제2차 내전이 시작되었다.

"우아아악!"

새까만 점이 눈앞에 나타나는가 싶더니 이마 한가운데에서 격심한 충격이 일었다. 훌떡 뒤로 넘어간 병사가 숨이 끊어지기도 전에 다른 병사가 그 자리를 대신했다.

"기름을! 기름을 부어라!"

군관의 명령이 떨어지기가 무섭게 네댓 명의 병사들이 부글부글 끓고 있는 커다란 솥을 얹은 수레를 힘겹게 끌어 성문 위 누각에 바짝 붙였다.

"영차! 여엉차!"

수레를 들어 성벽 아래로 부으려던 순간, 하늘에서 솥만 한 돌덩이가 떨어졌다. 재수없게도 돌덩이는 기름 솥을 덮쳤다.

탱엥! 땡그랑!

요란한 쇳소리와 함께 시커먼 기름이 사방으로 튀었다.

치익! 치이이이익!

멧돼지도 순식간에 튀겨 버릴 펄펄 끓은 기름이었다. 기름이 사방으로 튄 누각은 순식간에 난장판이 되었다.

"으아아악!"

"사람 살려!"

얼굴을 부여잡은 한 병사가 가려움을 참지 못해 박박 긁었다. 피부가 매미 허물 벗듯 벗겨지며 시뻘건 살을 드러냈다. 온몸에 기름을 뒤집어쓴 병사는 기름 천지가 된 누각 바닥을 미친 듯이 떼굴떼굴 굴렀다.

그 틈을 타 성벽에 걸친 사다리로 밀리언 병사들이 올라왔다. 한 두어 발자국이나 내딛었을까.

쉐에엑!

어디선가 날아온 쿼럴이 병사의 심장을 관통했다. 이어 갑옷 부딪치는 소리가 들리더니 성벽 위쪽의 통로 알루어(Allure)를 따라 라미안 예비대 병사들이 뚫린 누각을 채우기 위해 급히 달려왔다.

검술이고 창술이고 없었다. 따닥따닥 붙어 성벽을 넘은 밀리언 군에게 창을 연신 찔러댈 뿐이었다. 십여 개의 창이 일시에 찔러오자 밀리언 병사들은 주춤주춤 밀려나 결국 힘겹게 올라온 성벽 아래로 떨어졌다.

"으이익! 이미니!"

밀리언 군을 성벽 아래로 밀어버린 라미안 군은 재빨리 총안에 달라붙어 창날 옆에 갈고리처럼 달린 부분을 이용해 성벽에 걸쳐진 사다리를 밀었다.

밀리언 군이 송충이 마디처럼 달라붙은 긴 사다리가 반듯하게 뒤로 넘어갔고, 그들의 머리 위로는 어른 머리만 한 돌덩어리들이 떨어져 내렸다.

"으악! 내 다리!"

성벽을 사이에 두고 서로를 죽이려 악에 받친 그들이었다.

하나 일진광풍이 휩쓸고 간 뒤는 똑같았다. 여기저기서 들리는 비명과 훌쩍이는 울음소리, 그리고 오늘 하루도 살았다는 안도의 한숨만이 흘렀다.

웰스타인 장벽과 밀리언의 리트젠 사이를 주 전장으로 해서 벌어진 라밀 전쟁은 햇수로 3년이 넘었다. 라미안은 리트젠을 뚫지 못했고, 밀리언은 웰스타인 장벽 아래에서 고배(苦杯)를 마셔야 했다.

일진일퇴(一進一退).

밀고 밀리고를 몇 번이나 되풀이했는지 모른다. 혹자들은 양 관문 사이 200km에 달하는 대초원에 전사자들을 쭉 늘어놓으면 그 끝이 서로 닿을 거라는 얘기를 했다.

초반은 라미안의 선공으로 시작했고, 해를 넘겨 밀리언의 대공세가 뒤따랐다. 이때까지만 해도 밀리언이 단번에 웰스타인을 넘을 거라 여겼지만 반년에 걸친 수성전을 라미안은 악착같이 버텨냈다.

10만 장병의 영혼을 초원에 뿌린 밀리언이 재정비를 하는 사이 라미안이 역공을 취했다. 수는 적으나 우세한 전력을 갖춘 기병을 앞세워 질풍노도와 같이 리트젠 앞마당까지 밀고

갔다.

하나, 공성전에서 기병은 힘을 쓸 수 없었다. 말이 단숨에 10미터도 넘는 성벽을 뛰어오를 수 없으니 말이다.

결국 그들은 전쟁의 흔적을 광활한 초원에 뿌려놓은 것 말고는 얻은 것이 없었다.

이렇게 되자 급해진 것은 밀리언이었다. 라미안에 시간을 주면 4국을 병탄한 개국 초기의 혼란은 사라지고 단단한 국가 체계를 잡게 되어 이후 전쟁은 더 어렵게 된다.

앞을 뚫을 수 없으면 뒤를 쳐 후방을 교란시키는 방법도 있다.

밀리언은 브리언의 시크릿 가드를 비롯한 어쌔신을 후방에 침투시키기에 이른다. 이 점은 라미안도 같았다.

전쟁 시 요인 암살, 무기고나 군량미를 비축한 요충지 파괴는 가랑비에 옷 젖듯이 단기적으로 큰 효과는 볼 수는 없어도 피해가 누적되는 결과를 낳는다.

획기적인 전환점을 찾지 않는 한 양측은 전쟁이 쉽게 끝나지 않을 거라는 건 직감했나. 천 년 동안이나 싸워온 라미안 교와 브리언 교의 싸움이었으니 말이다.

초반 치열한 양상은 소강 상태에 접어들었다. 양측 다 전력을 모두 퍼부었으니 숨을 고를 시간이 필요했다.

첨탑 꼭대기에 올라 세 개의 달을 쳐다보던 1골드는 눈가에 주름을 만들었다. 마력이 들끓는다는 트라이앵글 데이이 니 하얀 달이 핏빛으로 물든 것처럼 보이는 것도 당연하지만 오늘따라 괜히 맘에 안 들었다. 지금 자신의 모습을 보고 있 는 것 같았기 때문이다.

16살 생일날에 정우의 죽음을 맞아 아이온을 내 세상이라 생각하고 살아온 지 어언 17년이었다. 그곳 나이로는 서른 네 살이고, 이곳에서는 서른세 살이었다.

남자 나이 서른셋, 많은 것을 이루어놓은 듯했으나 그만큼 손은 핏빛으로 물들었다. 정상적인 아이로 태어났으면 있을 수도 없는 일이었다.

살생? 무슨… 어느 연구소에서 요상한 수학 공식들과 머리 싸움을 하고 있을 것이다.

엘프, 키메라 마누라? 무슨… 그 주변머리에 맞선이나 몇 번 보고 결혼을 했으면 다행이다.

그런데 현실은 몇십만에게 죽으라 명령한다. 더불어 수천 의 인명을 살상했다. 세상 최고의 연쇄 살인범이며, 살인청부 업자이고, 수십만을 죽인 살인 교사범이다.

쓴웃음이 나온다. 미쳐도 골백번은 미쳤어야 할 상황이다. 하나, 정신을 지탱해 주는 신념이 있었다.

크라우치가 신의 세상을 꿈꾼다면 자신은 아이온에 사는 모든 이들에게 스스로가 귀하다는 걸 가르쳐 주고 싶었다. 왕 후장상의 피가 정해진 것이 아니며, 인간과 이종족들이 서로 다르지 않다는 걸 말이다.

"잘하고 있는 것인가?"

아직은 알 수가 없었다. 돌을 던져 놓았으니 파장이 퍼져 나가는 걸 지켜보는 수밖에.

"아버지, 저 잘 하고 있는 겁니까?"

오늘이었다. 검무를 배운 날이자 아버지를 얻은 날이. 그래서인지 어느 때보다 감상적이 되었다. 트라이앵글 데이는 10월 초이니 곧 겨울이 오고 지리한 전쟁은 또다시 해를 넘겨 4년째가 된다.

빨리 리트젠에 입성해야 시네르아에 내려갈 수 있는 여유가 생기는데 저놈의 빌어먹을 성은 철벽보다 단단했다.

아무리 머리를 굴려도 반밖에 되지 않는 병력으로 깰 방법이 떠오르지 않았다.

"그 자식만 없었어도……."

밀리인에는 겉보기에 비슷한 또래로 보이는 알버트란 놈이 있었다. 리트젠 성문을 깰 뻔한 기회를 잡았을 때 불쑥 튀어나온 자로, 일 대 일로 반나절을 싸웠지만 승부를 결하지 못했다.

이로써 드러난 그랜드 마스터가 4명이 되었다.

"주인님, 갈리나님께서 돌아오셨습니다."

홉의 말에 1골드가 환하게 웃었다.

“마누라, 여긴 뭐 하러 또 왔어?”

말은 그렇게 했으나 반가움이 역력히 묻어났다. 힐끗 갈리나의 배를 쳐다본 1골드가 갈리나를 품에 안았다.

“임신 초기에는 많이 움직여도 좋지 않대.”

얼굴이 발개진 갈리나가 1골드의 품에 더욱 몸을 묻었다.

“칫! 한 10년은 떨어져 있었던 것 같네. 난 보이지도 않는 모양이지?”

“어머, 언니는. 막 인사를 하려던 참이었어요. 잘 지냈어요, 알로나?”

“전혀.”

순서를 어겨가며 1골드와 잠자리에 들었던 알로나는 갈리나의 임신으로 심통이 나 있었다.

“알로나, 먼 길을 온 사람이야. 당신이 반겨주지 않으면 갈리나가 얼마나 섭섭하겠어?”

임신 소식을 듣고 찬바람을 일으킨 1골드였지만 시간이 지나자 언제 그랬나 싶게 태도가 돌변해 봄바람보다 더 따사롭게 대했다. 은근슬쩍 몸에 좋다는 약재를 구해다 먹이기도 할 정도였다.

자식을 둘 생각이 없었으나 막상 생기자 그게 또 생각이 확 달라졌다. 아마도 크라우치의 쌍둥이를 보았기 때문일 것이다.

“갈리나, 아기를 낳을 때까지는 에티우스에 있으라니까.

이 위험한 곳에는 왜 다시 왔어?"

"전할 소식도 있고요, 당신이 보고 싶어서요."

"미안해. 옆에 있어주지 못해서……."

"흥! 조금 있으면 눈물도 흘리겠다."

"알로나!"

입을 꾹 다문 알로나는 갈리나가 가져온 상자에 관심을 돌렸다.

"어? 이거… 화약이네."

상자 속에는 흑색 화약이 밀봉된 채 들어 있었다.

"맞아, 알로나 언니."

하면서 1골드에게로 시선을 돌렸다.

"제후가 시네르아는 모든 종족을 백성으로 받아들인다는 선포를 한 건 아시죠."

2차 내전이 발발하자 시네르아는 황제의 만행을 비난하는 성명을 내기도 전에 그보다 놀라운 이종족 수용 정책을 발표했다. 유사 인종 모두에게 일반 백성과 똑같은 혜택과 의무를 지게 하겠다는 내용이었다.

이종족도 국가의 보호를 받음과 동시에 국가에 대한 봉사를 해야 한다는 것으로, 1골드가 있는 라미안에서도 하지 못한 일을 시네르아에서 먼저 결행한 것이다.

신성왕국이라는 굴레를 알지만 1골드는 크라우치에게 서운했다. 요즘 자신을 피하는 느낌을 받기도 하는데, 다 이 일 때문이었다.

“얼마 전에 첫 드워프 일족이 시네르아로 찾아왔어요. 당신이 화약을 만들려고 애쓴다고 하니까 선뜻 내놓더군요.”

기뻐하는 1골드의 반응에 갈리나는 기다리는 손님을 불렀다.

“들어오세요, 족장님.”

1골드의 엉덩이쯤에 닿는 작은 키에 땅땅하고 다부진 체격의 사내가 들어왔다.

“인사들 나누세요. 이분이 힐라이 족의 우치치 족장님이고, 이분이 말씀드린 저희들의 지도자 유진님이십니다. 사정이 있어 지금은 골드라는 이름을 쓰십니다.”

한참을 1골드의 위아래를 훑던 우치치가 단단한 굳은살이 박힌 손을 내밀었다.

“나 우치치다.”

“난 골드.”

탐색하듯 입을 다문 그들은 1시간 정도가 지난 후 대전으로 자리를 옮겼다.

바닥에 몸을 쪼그리고 무언가를 주섬주섬 만드는 1골드를 우치치가 반개한 눈을 쳐다보았다.

“그게 뭐야?”

“장난감.”

1골드는 동물 방광 같은 재질로 만들어진 팔뚝만 한 불투

명한 병에 물을 담아 밀봉하고는 일정 중력을 높여 압력을 가하는 그레이비티 마법을 걸었다. 그러자 제법 단단하게 보이던 병이 곧 터질 듯 부풀어 올랐다.

그는 거취대에 병을 올려놓고는 봉한 바닥을 열자 가스처럼 물을 뿜어낸 병이 하늘로 치솟아올랐다.

푸쉬쉬쉬쉬!

"오오!"

신기한 광경에 우치치 감탄성을 내뱉었다. 병에 물을 채운 것만으로 날아가다니. 아, 얼마나 신기한 광경인가.

1골드는 우치치에게 물 로켓을 보여준 것이었다. 잡생각이 일 때 이것저것 만들었는데, 물 로켓도 그중 하나였다.

"물에 압력을 가해 병이 날아갈 수 있는 추진력을 얻은 거야. 여기 좋은 통로로 일시에 압축된 물이 뿜어져 나오면서 병을 날리는 것이지."

"……."

"하하. 우치치, 그렇게 쳐다보지 말라고. 작용과 반자용이란 소릴 했다간 잡아먹겠군. 내가 화약을 원하는 이유가 이거야. 물 대신 화약이 필요하거든."

"바꾸자. 그거랑."

"이건 그냥 가르쳐 줄 수도 있어. 하지만 우린 당신이 생각하는 것보다 많은 양의 화약이 필요해."

"원료만 주면 만들어준다. 조건이 당신이다."

인간과의 교류가 뜸해서인지 우치치의 말은 어눌했다. 하
지만 1골드는 말뜻을 알아들었다. 헤르반은 드워프가 정착하
는 조건으로 자신을 도우라는 조건을 내걸었을 것이다.

"그리고 이거, 대나무나 쇠로 작게 만들 수 있겠어?"

"우습다. 발로 만든다. 대나무가 뭐냐?"

우치치는 에티우스 밀림 근방이 열대 밀림 지역에서 살아
서 대나무가 뭔지 몰랐다.

"속 빈 나무. 그곳에 화약을 채우고 불을 붙이면 이렇게 날
아가지. 아! 물론 대나무의 강도에 따라서 정확한 양을 조절
해야 해. 터져 버릴 수도 있거든. 철사를 감으면 일반화를 시
킬 수도 있겠는데."

"일반화? 너, 말이 어렵다."

"하하, 나도 너와 같은 시절이 있었다. 반가운데? 우린 좋
은 친구 사이가 될 것 같아."

"난 인간 많이 안 믿는다. 너, 큰 놈, 두고 볼 거다."

샤벨 시의 어린 시절을 떠올리게 만드는 우치치를 1골드는
기분이 좋아져 번쩍 들어올렸다. 얼굴이 벌게진 우치치가 짧
은 팔다리를 휘저으며 뭐라뭐라 드워프어로 화를 냈지만 못
알아들으니 마냥 기분이 좋았다.

"난 말이야. 내 걸 무척 아끼는 이기적인 사람이야. 우치치
가 배신하지 않으면 난 당신들의 친구다."

"…어지럽다. 큰 놈, 내려."

그들의 만남은 전쟁의 새로운 전기를 마련한다.

시네르아로 돌아간 우치치는 평생 그렇듯 바쁜 나날을 보냈다. 마법사들과의 교류가 많아졌다는 점과 스스로 땅을 파서 얻던 원료들을 원하는 만큼 인간들에게 얻을 수 있다는 점이 작은 변화였다.

보통 수도 근방에 위치하는 기사 아카데미가 라미안에서는 전장인 웰스타인에서 열흘 정도 거리에 있는 보니아란 소도시에 건설되었다.

보니아는 라밀 전쟁으로 인해 군사 도시로 변모하고 있었는데 기사 아카데미뿐만 아니라 신병 훈련소, 대규모 군 병원, 그리고 포로 수용소가 만들어졌다.

그런 연유로 구 만유 지역의 중심인 오리스 이상으로 중요한 도시가 되었다. 또한 크라우치가 상주하다시피 한다는 점도 보니아가 중요시되는 이유였다.

"흐음."

크라우치가 신음성을 삼켰다. 1끌브가 우치치라는 중요한 손님을 만날 때 그는 달갑지 않은 손님과 대면하고 있었다.

스펠리오스가 내민 밀알만 한 환을 노려보던 크라우치가 북풍한설처럼 차가운 음성을 토했다.

"스펠리오스… 너, 죽고 싶으냐?"

"몇 번이나 인체에 실험을 해보았으나 전혀 부작용이 없었습니다.”

“허어―! 인체 실험? 아주 살기 싫다고 애원을 하는구나. 누가 네놈에게 이따위 약을 만들라고 하였느냐?”

“인체 실험은 폐하께서 버린 자들에게 실시했습니다. 그 병신들이야 죽어도 신경 쓸 사람이 없잖습니까? 아무도 모릅니다.”

크라우치는 놀라 눈을 껌벅였다. 자신이 버린 자들이라니……

“너, 혹… 이놈이!”

“자, 잠시만! 잠시만요. 폐하… 하하. 제 생각이 아니었습니다. 대공 부인께서……”

“골드의 부인? 수진을 말함이냐?”

“예, 맞습니다. 부인이 저를 찾아오셔서……”

인상을 와락 찌푸린 크라우치가 방 한편을 쏘아보았다.

“당신이었나?”

“오홋홋홋홋! 역시 폐하의 눈을 피할 수는 없군요.”

가슴이 훤히 비치는 도발적인 드레스를 입은 수진이 궁장 머리에 부채로 입을 가리고 거짓말처럼 서 있었다.

크라우치는 수진을 보자마자 살의가 무섭게 치솟았다. 본능이 저 여자를 죽여야 한다고 부채질을 하는 것이다.

“너… 누구지?”

처음 만났을 때의 수진이 아니었다. 생명력이 빈 키메라의 모습은 똑같았으나 알 수 없는 무언가가 그 속을 채우고 있었다.

"호호! 지금은 그것보다 앞에 놓인 일이 중요합니다. 스펠리오스, 뭐 하세요. 어서 폐하께 뛰어난 약효를 설명해 드리지 않고?"

크라우치가 손을 쓰지 않자 무언의 허락이라 여긴 스펠리오스가 식은땀을 닦았다.

"이 약으로 말씀드리자면, 일시에 인간의 잠력을 폭발시키는 효능이 있습니다. 사람에 따라 다르지만 실험 결과 최고 5배까지 힘을 내었습니다. 그리고 험험, 이 약은 저 혼자만의 연구가 아니라 폐하와 대공 전하, 그리고 대공 부인께서 도와주신 것이나 다름없습니다."

"나와 골드가?"

"그렇습니다. 제가 처음 폐하와 만났을 당시, 제 연구 노트에서 극한 상황에서 인간이 뿜어내는 놀라운 힘에 대해 언급하신 적이 있으셨습니다. 그리고 폐하와 대공께서는 저에게 아드레날린이라는 환각 작용을 하는 호르몬에 대해 설명을 해주셨습니다. 그 결과, 쾌락을 만끽하는 인간의 뇌에서 환각제가 분비되며 그 상태로 놀라운 힘을 발휘하는 것을 알아냈습니다. 이건 네크로맨서계의 쾌거입니다."

몸을 부르르 떤 스펠리오스는 수진에게 시선을 주었다.

"그리고… 대공 부인과 함께 적출 방법을 알아냈고, 몇 가지 약을 혼합해 이렇게 알약으로 만들 수 있었습니다. 이 약을 병사들이 복용하게 되면 라미안 군은… 광전사! 그렇습니다. 일시적으로 광전사가 되어 무적의 군대가 되는 것입니다.”

스펠리오스가 내민 약은 마약의 효능과 순간적으로 헤이스트 마법을 건 것과 같은 효과를 낼 수 있다는 것이다.

일부 지역에서는 병사들에게 고통과 두려움을 잊게 하기 위해서 공공연히 마약을 지급하기도 한다.

크라우치는 환희에 찬 스펠리오스를 유심히 살폈다. 심지를 제압당한 상태 그대로였다. 말 한마디면 거침없이 목을 그을 것이다. 그가 스펠리오스가 내민 알약을 집어 손바닥에 올려놓고는 가루로 만들었다.

영혼의 주인에게 해를 끼치지는 않을 터, 크라우치는 가루를 손가락으로 비벼 촉감을 느껴보고 냄새를 맡기도 했으며 맛을 보기도 했다. 그리고는 아무런 거리낌 없이 가루를 흡입했다.

어떤 맹독도 그에게는 아무런 영향을 줄 수 없었기에 가능한 일이었다.

크라우치는 자신의 신체 변화를 관찰했다. 몇 분 지나지 않아 명경지수와 같던 머리가 흐릿해지는 듯싶더니 감정이 고조되었다. 그리고는 무엇이든 해낼 것 같은 자신감이 차오르고, 그만큼의 힘이 느껴졌다. 그러나 제어하지 못할 정도는 아니었다.

여기까지는 스펠리오스의 말이 맞아 그리 나쁘지 않았다. 그런데 쾌락 사이에 숨어 있는 무언가가 있었다. 마치 체내에 살면서 피를 빨아 먹는 기생충 같은 무언가가.

급기야 그것이 슬금슬금 동맥을 타고 심장과 머리를 향해 이동했다. 놀라 자빠질 상황에서 크라우치는 미소를 보였다. 무섭게 전극을 발생하던 뇌가 결론을 도출해 낸 것이다.

크라우치는 아주 가볍게 체내에 침투한 이물질을 내력으로 태워 버렸다. 자신의 몸은 산천유곡에 흐르는 물보다 더 맑은 상태다. 체내에 쌓인 탁한 기운 뒤에 숨으려고 해도 숨을 곳이 없었다.

스펠오리스의 눈엔 크라우치의 상태가 쾌락을 음미하는 모습으로 보였고, 수진도 다르지 않아 빨갛게 칠한 입꼬리를 살짝 올리고 있었다.

눈을 뜬 크라우치가 스펠리오스에게 물었다.

"혼자서도 만들 수 있느냐?"

힐끗 수진이 눈치를 본 스펠리오스가 고개를 저었다.

"대공 부인이 중요한 약재를 가지고 계셔서……."

"제수씨, 그것이 무엇인지 알려주시겠소? 당신을 이 흉악한 놈과 같이 둔 것을 알면 골드한테 내가 혼이 날 거요."

얼굴에서 미소를 지운 수진이 경계의 빛을 띠었다. 처음과는 다르게 정중히 골드의 아내로 대하는 것이다.

'설마… 알아챈 것일까?'

그럴 리 없다. 요즘은 뜸해졌다고 해도 한동안 같이 생활을 했던 1골드도 모르는 일이었다. 심중을 정리한 수진이 크라우치의 맞은편에 앉아 한껏 요염한 자태를 뽐냈다.

"호호, 폐하께서는 욕심도 많으시네요. 저도 남편처럼 폐하를 돕는 것이 한 가지는 있어야 하지 않겠어요? 제가 남도 아니니 어디 갈 것도 아니고……."

"내가 말해주리까?"

"……."

수진이 말이 없자 한심하다는 듯 눈살을 찌푸린 크라우치가 스펠리오스를 나무랐다.

"쯧쯧쯧, 멍청한 놈. 악마와 계약을 한 네크로맨서가 악마의 시녀를 못 알아보다니."

폭탄 발언에 스펠리오스는 입을 벌렸고, 수진은 몸에 힘을 주었다.

"이 멍청한 놈아! 저년이 건네준 건 뱀파이어의 미약 애쉬(Ash)다. 넌 내 병사를 뱀파이어의 종으로 만들 셈이었냐?!"

그 순간, 퍽! 하는 소리와 함께 수진이 사라졌다.

이 사태를 거들떠보지도 않은 채 비릿한 미소를 지은 크라우치는 곧 날카로운 비명 소리를 들을 수 있었다.

"끼아아아악!"

창을 두어 발자국 남겨둔 빈 허공에서 강력한 스파크가 일더니 벼락을 맞은 듯 연기를 피어내는 수진이 모습을 드러냈다.

"후후후, 저년도 네놈만큼 멍청하다. 내가 누군지를 뻔히 알면서 제 죽을 자리를 찾아오다니 말이야. 상당히 기분이 상하는군. 카뮤의 아들을 뭘로 보고."

짙은 혈광을 발하는 수진의 눈이 매섭게 크라우치를 쏘아보았다.

"그래도 교황이라, 이거냐?"

"수천 년을 살아왔다는 년이 그리 발전이 없어서야. 넌 시네르아에서 죽었다는 뱀파이어 퀸 벨제르지?"

수진이 소리가 나게 이를 갈았고, 크라우치는 여유있게 말을 이었다.

"제수씨는 여인의 심성을 몰라. 네년처럼 주둥이를 붉게 칠하지 않는다는 소리야. 또한 전장에 나간 골드를 걱정하지도 않고, 스펠리오스랑 있지도 않았을 테지. 아! 골드가 초인이 되었으니 언제 들통 날지 몰라 두려웠겠구 나처럼 너 같은 종자들한테 민감하지 않아 잠시 속였을지는 몰라도 그건 시간문제였지. 키메라, 옮겨가기에는 이상적인 육체였겠어. 정신 방어가 인간에는 미치지 못하니까."

굳혔던 안색을 일시에 푼 수진은 체념한 듯 중성적인 목소리를 토했다.

"괴물이야, 그놈은. 이 키메라를 만든 엄청난 마력 때문에 잠식하는 데 시간이 너무 걸렸어. 암스트에 가기 전에 내가 본모습을 찾았으면 그놈마저 내 종으로 만들었을 텐데. 아까워.”

“골드는 몰랐을 거야, 뱀파이어는 새 육체로 옮겨갈 수 있다는 것을. 하지만 난 잘 알고 있지. 괜히 마족의 천적이겠나?”

피식 웃은 수진이 말을 비꼬았다.

“마족? 넌, 네 자신을 모르나 봐. 우리가 같은 냄새가 난다는걸. 그렇지 않았으면 여기 오지도 않았어. 이봐, 무늬만 교황. 이제 그만 자신을 속여. 아무리 포장해도 넌 나와 같아.”

“후후, 글쎄. 난 피를 별로 좋아하지 않아서.”

“우리 일족은 어디에든 있어. 이곳도 마찬가지고. 우리와 손을 잡으면 세상을 지배하는 것도 꿈은 아니지. 당신은 그것을 원하는 것이 아니었나?”

“언젠가는… 지금은 네년 따위는 필요없어. 그리고 뱀파이어랑 손을 잡을 정도로 난 약하지 않아.”

“오호호호! 내가 강한 것이 아니라 잡아먹을 먹잇감이 널려 있어서…….”

수진은 말을 잇지 못했다. 크라우치가 손을 뻗자 전신을 압박하는 강력한 기운이 밀려들었다. 인간의 육체를 벗고 키메라로 변신할 시간조차 없었다.

바람보다 빠르게 천장으로 도약하자 서 있던 곳으로 압박을 해가던 기운이 눈 씻은 듯 사라지고, 정신을 차릴 새도 없이 머리 위에서부터 젤리 같은 뭉클한 것이 짓눌렀다.

"끼아아악!"

수진은 뛰어오른 것만큼이나 빠르게 대리석 바닥에 납작하게 깔렸다.

"죽여 버릴 거야! 카아아!"

그녀가 입을 쩍 벌리자 날카롭게 솟은 이빨 사이로 먼지보다 작은 검은 점들이 튀어나왔다. 점들은 곧 박쥐 모양의 형태를 잡아가더니 응접실을 새까맣게 덮었다.

그 순간 크라우치의 몸에서 눈이 멀 정도의 강력한 빛이 터졌다.

치이이익! 푸쉬쉬쉬!

분신과도 같은 박쥐들은 빛에 닿자마자 먼지가 되어 사라졌다. 그사이 젤리 덩어리들을 떨치고 몸을 일으킨 수진은 자신의 팔뚝을 덥석 물고는 피를 빨아들였다.

"후후, 어떤 짓을 해도 넌 안 돼."

"흥! 이년의 몸을 구성한 순수한 마력만 아니었어도 넌 죽었어."

벨제르가 보기에 키메라라는 걸레 쪼가리다. 여기저기서 떼어낸 신체를 덕지덕지 붙여놓았으니 언제라도 부서질 모래성을 마력으로 붙잡고 있는 것과 같았다.

수진의 영을 제압하고 완벽한 신체를 찾아 옮겨가야 했는데 그럴 수가 없었다. 영을 삼키자마자 육체의 붕괴가 오기 시작했다. 수진의 영이 육체를 유지시키는 마정석 역할을 하고 있었던 것이다.

빠져나가기도 전에 육체가 붕괴하면 자신의 영혼마저 소멸한다. 옮겨가는 그 짧은 시간 동안 본체가 살아 있어야 하는 것으로, 육체를 이탈한 영혼이 유지될 에너지를 본체에서 받기 때문이었다.

벨제르는 스스로가 만든 덫에 갇힌 꼴이었다. 음식물을 제대로 소화할 기관이 있는 것도 아니니 힘의 원천인 피를 흡수하기에도 쉽지 않았고, 이리저리 힘이 배는 들었다.

수진으로 화한 벨제르는 입술을 깨물었다. 본능은 크라우치가 같은 종자라 하는데, 몸에서 뿜어져 나오는 기운은 신성이 깃들어 있었다. 도대체 이해할 수가 없는 일이었다.

어찌 되었든 지금의 이 고비는 넘겨야 했다. 그녀에게는 뱀파이어만의 블러드 마법이 있었다. 혈안에는 상대가 앞으로 움직일 모습이 환히 보인다. 그런데 여유있게 소파에 앉아 있는 크라우치에게서는 도통 아무것도 느낄 수가 없었다.

하지만 벽에 장식된 검이 빛살처럼 날아들고 발을 디딜 공간이 왜곡되는 공격은 계속되었다.

"캬아아! 넌 도대체 어떤 존재냐?"

"나? 널 죽일 존재. 골드를 위해 겉모습은 멀쩡히 남겨두어야 하는데……."

몸을 일으킨 크라우치가 벨제르의 정면에 섰다. 10여 보의 거리는 그들에게 없는 것이나 마찬가지다.

입을 오물오물거리던 벨제르가 한순간 머리를 뒤로 젖혔다. 인간의 입으로는 도저히 벌어질 수 없을 정도의 크기로 입이 벌어졌다. 머리가 이등분되어 넘어간 것처럼 보였다. 그 구멍을 통해 분수처럼 피가 솟구쳐 올랐다.

허공의 한 점에서 급격히 줄기를 튼 핏물은 송곳처럼 매섭게 크라우치를 향했다.

콰콰콰콰!

일신의 전력을 담은 공격. 그러나 크라우치는 가볍게 손바닥을 내미는 것만으로 막아냈다.

"으아아악!"

비명을 지른 것은 스펠리오스였다. 크라우치의 앞에 있던 투명한 둥근 방패에 막혀 사방으로 튀는 끈저끈적한 핏물이 몸에 닿은 것이다. 피가 무슨 염산이라도 되는 양 순식간에 옷에 구멍이 뚫렸다.

비릿한 미소를 지은 크라우치는 정신을 집중했다. 그러자 두둥실 떠오른 방 안의 집기들이 빛살처럼 날아 벨제르에게 쏘아졌다.

따다다다당! 땅!

큰 타격을 주진 못했으나 그가 노린 것은 정신을 분산한 이후의 작은 틈이었다.

그 순간 크라우치의 이마에 시퍼런 빛이 나는가 싶더니 핏!
하며 일직선으로 쭉 쏘아져 나갔다. 실처럼 가느다란 빛이 바
위도 순식간에 녹여 버리는 핏물을 거슬러 올라 벨제르의 턱
어림을 관통했다. 빛줄기는 거기서 그치지 않고 뚫고 들어가
젖힌 머리의 뒷머리를 통과해 이마로 튀어나왔다.

"컬럭! 크르르르!"

광선이 뇌리를 헤집자 핏물이 뚝 그쳤다.

크라우치는 쫙 벌린 손바닥을 내밀고는 마지막 일격을 가
했다. 거리를 격하고 허공을 쥐자 심장이 터져 버린 것이다.

툭! 툭! 툭!

머리와 심장이 터진 수진의 몸이 조각조각 나누어져 모래
성처럼 허물어졌다.

무심하게 그 모습을 쳐다본 크라우치가 몸을 돌렸다.

"스펠리오스!"

"예? 예! 폐하, 신 스펠리오스 여기 있습니다."

"수진을 화장하도록… 그리고 골드에게는 그녀의 정체를
알리지 말라. 후일 내가 말을 할 것이니."

무릎걸음으로 수진에게 기어간 스펠리오스가 시체 조각을
상자에 주워 담을 때였다.

"그 알약에서 애쉬는 빼라."

단추만 한 눈을 끔벅거리던 스펠리오스가 자신은 죽음을

면한 걸 확인하자 활기차게 대답했다.

"당연히 그리하겠습니다. 애쉬를 대체할 약물이 있어 약의 효능은 크게 떨어지지 않습니다. 중요한 재료는 인간의……."

"난! 오늘 아무것도 듣지 못했다."

의미심장한 미소를 지은 스펠리오스가 연신 고개를 끄덕였다. 아드레날린은 인간의 뇌에서 취하는 것이며, 그 인간은 죽는다. 아무리 수용소에 갇힌 쓸모없는 자들에게서 빼냈다고는 하나 크라우치의 방관하에 이루어져서는 안 된다. 어디까지나 그는 교황이니.

"제가 오랜 연구 끝에 획기적인 근력 강화제를 개발한 겁니다."

"암스트의 사제들은 드록바에 새로 지어지는 대신전으로 부를 것이다. 그리고 카펠 성은 소리렌 북부로 옮긴다."

이미 기름진 영토를 확보한 라미안에게 북방의 거친 황무지는 매력이 없었다. 백성들도 남부 지역으로 이주히고 있는 상태였다. 그렇게 되면 라마안 신성왕국의 북부 지역은 가끔 수련 기사들이 훈련을 위해 몬스터 토벌을 나설 뿐, 버려진 땅이 되는 것이다.

스펠리오스가 물러가자 크라우치는 몸을 일으켰다. 작은 소란으로 힘을 썼으니 보충을 해야 한다. 포로 수용소에는 죽어 없어져야 할 브리언의 광신도들이 많이 있었다. 그자들은 선량한 라미안 신도들을 죽인 사악한 악마들이다.

크라우치는 한 톨의 죄의식도 느끼지 못했다. 위대한 자신을 죄인이 봉사하는 것은 당연한 일이다. 신이 준 생명으로 악마를 받들다니, 있을 수 없는 일이다. 다시 빼앗아 신의 병사들을 강하게 만드는 게 백배는 낫다.

Chapter 9

고귀한 감동

"아직도 연락이 없어?"

알로나가 고개를 끄덕였다. 수진의 실종 소식을 들은 건 5개월 전의 일이었다. 백방으로 사람을 풀어 알아보았으나 세상에서 사라진 듯 흔적조차 발견되지 않았다.

"언니가 마음먹고 자취를 감추면 저도 못 찾아요. 소드 마스터도 상대하는 언니이니 걱정하지 마세요. 곧 밝은 모습으로 돌아올 거예요."

1골드는 그 점을 걱정하는 것이 아니었다. 언제부터인가 흐릿해지던 영의 교감이 완전히 끊긴 것이다. 경지가 높아질수록 반 일족들은 자유를 찾아갔다. 영의 종속을 해방시키자는 마음이 가득했기 때문이다. 그렇다고 완전히 끊어지지는 않았다.

수진에게 변고가 생긴 것이다.

곧 밀리언 침공이 예정되어 있어 1골드가 직접 나설 수도 없었다. 반 일족도 제국의 내전 때문에 정신없었다. 가고 싶은 마음이야 굴뚝같지만 사정이 여의치 않아 3백의 흑기사 중 루슬란과 50명만 남기고 시네르아로 돌려보냈다.

그라노프와 라그나는 한창 제국의 그랜드 마스터와 맞서 싸우고 있는 중이었다. 그들은 라그나가 말했던 전 대륙의 다크 엘프들을 불러 모으는 일을 감행했다. 그렇지 않으면 시네르아가 밀릴 판이었다.

이십여 개 일족 중 거의 일만에 달하는 다크 엘프가 참전하고 드워프가 후방에서 무기를 만들어내고, 백악어 백야가 전방에서 설쳐야 접전이 이루어질 만큼 황제는 강했다.

이종족의 일로 전 교단과 척을 진 상태라 아드카빌론의 레어에서 얻은 마법서를 풀어 마법사들을 끌어 모으는 중이었다.

1골드는 반 일족같이 뛰어난 능력을 가진 믿을 수 있는 자들이 필요했다. 혹 영의 종속이 완전히 끊어져 수진이 미쳐 날뛰면 웬만한 기사들은 당해내지 못한다.

"호시오, 잘 들었겠지? 히치벅에서부터 그녀의 뒤를 쫓아 봐."

호시오는 뱀파이어 사냥꾼이다. 전 대륙을 돌아다니며 음지에 서식하는 그들을 잡아 죽이는 게 일이다. 게다가 뛰어난 추적술만큼 반인반 뱀파이어인 담피르라 일신의 능력도 뛰어났다.

"샤오스에서처럼 전하와 함께인 줄 알았는데 조금 섭섭합니다."

벨제르를 잡은 인연으로 둘은 만났었다.

"지금은 그 일이 더 급해. 훗날 옛기억을 살리도록 하지. 혹시라도 모르니까 존도를 통해서 연락을 취하도록. 수진과 싸울 생각은 말고."

"하하, 어떻게 잊을 수가 있겠습니까? 저를 잡으신 분이 그분이십니다. 전쟁통에 움직이기도 쉽지 않아서 개점 휴업상태였습니다. 곧 좋은 소식을 가지고 찾아뵙겠습니다. 전하의 승리를 기원하겠습니다."

샤오스의 인연으로 스캇 상단을 통해 담피르들에게 지원을 해준 것이 좋은 인연으로 남아 있었다. 수진이 죽지만 않았으면 그들은 꼭 찾아낼 것이다.

"알로나, 당신도 이제 시네르아로 내려가."

"싫어요."

"다음 달이 갈리나의 산달이야. 당신이 내 대신 옆에서 지켜줘야지?"

"당신은……."

“홉도 있고 루슬란도 있잖아. 리트젠을 점령하고 시네르아에 들릴 테니까 먼저 내려가 있어. 스승님과 칸야에게 미안하다고 전하고.”

1골드는 머리가 아파왔다. 카시리아와의 동맹까지는 어느 정도 예상을 했다. 하지만 시니아 침공 계획은 그도 몰랐던 일이다. 거기에 제국에서 내전까지 벌어질 줄은 생각지도 못했다. 라미안에게는 좋은 상황이 만들어졌으나 그의 마음은 이러지도저러지도 못하고 죽을 맛이었다.

그로부터 열흘 후, 1골드는 40만 병력을 이끌고 리젠트로 향했다. 이 병력이 현재 라미안에서 모을 수 있는 최대 병력이었다. 반면 밀리언 군은 리젠트에 50만 병력을 모아놓고 있었다.

성을 깨려면 방어군의 3배는 되어야 한다는 속설이 있다. 보이는 규모로는 이번 공격도 허무한 소모전이 될 공산이 컸다.

평원에서 올려다보는 성벽은 실제보다 높아 보였다. 몇 차례나 리젠트 성벽을 본 적 있는 병사들은 시커멓게 그을린 성벽이 철벽처럼 보일 것이다.

밀리언 군은 라미안 군이 200㎞에 달하는 초원을 가로지르는 데도 마중을 나오지 않았다. 수치스런 일이지만 기병전에서 단 한 번도 이득을 본 적이 없었다. 개전 초기에 비해 라미안 기사들의 능력이 일취월장해서 압도적으로 수가 많지 않는 이상 전투를 피할 정도였다.

성자의 기적, 교황의 사술이라 불리는 능력 때문이란 걸 밀리언도 안다. 기사 한 명을 키워내는 데 들어가는 돈과 시간이 얼마인데, 크라우치는 인쇄를 하는 것처럼 우수한 기사를 쏟아냈다. 혹자들은 라미안 군의 반수가 기사가 아니냐는 말을 할 정도였다.

차라리 수성전을 치르면서 전력을 감퇴시키고 역습을 가하는 편이 합리적인 전술이었다.

둥둥둥!

북소리가 울려 퍼졌다. 성벽과 라미안 군은 대략 1km의 거리로 개량된 라미안의 공성 병기로도 별 타격을 줄 수 없는 거리였다.

전쟁 발발 3년째부터 밀리언 군도 라미안과 비슷한 사거리를 가진 공성 병기를 개발했다. 크로스 보우도 마찬가지여서 밀리언 군과 똑같은 보우를 확보했는데, 이 일로 제국의 바알 상사가 떼돈을 벌었음은 익히 알려진 사실이었다.

드르륵! 드르륵!

커다란 바퀴가 굴러가는 소리가 들리더니 축소되었던 발리스타가 원래의 모습으로 돌아와 전방에 등장했다.

밀리언 군은 냉소를 지었다. 활 크기가 크다고 멀리 나가는 게 아니다. 저기에서 날아와 봤자 성벽에 흠집도 내지 못한다.

병사 두 명이 달라붙어 장전 손잡이를 돌리고 대형 화살이 거치되었다. 전과 다를 바 없는 모습이었다.

틍!

한 대의 대형 화살이 휘적휘적 날아올랐다. 별 위협이 되지 않아 밀리언 군은 화살을 떨어뜨리지 않았다.

"명중이오!"

헛웃음이 나온다. 손톱만 한 돌조각 하나 튀었을 뿐인데 명중이라니. 성벽을 과녁 삼아 날린 게 목적이었단 말인가.

별 요상한 일에 밀리언 군들이 총안에 머리를 내밀고 큰 소리로 웃어댔고, 어떤 놈은 성벽에 올라 허연 엉덩이를 깠다.

"와하하하하!"

이에 반해 라미안 군은 침묵을 지켰다. 포병 장수는 무언가를 계산하는 듯싶더니 1골드에게 고개를 끄덕여 보였다. 먼저 새로운 발리스타의 사거리를 측정하려고 시험 사격을 한 것이다.

1골드의 신호를 받은 장수가 지시를 내리자 다시금 대형 화살이 날아올랐다. 직선 병기에 가까운 발리스타라도 낙하점이 있다. 그 점을 쳐다보던 밀리언 군은 눈을 부릅떴다. 슬슬 떨어져야 할 지점에 이르자 화살대의 중간 부분에서 불길이 일더니 슉— 하며 더 높이 치솟는 것이 아닌가.

훼에에엥!

밀리언 군의 머리가 일제히 뒤로 넘어갔다. 대형 화살이 성벽 하늘 꼭대기를 훨훨 날아 도심 저택의 지붕을 뚫고 들어갔다.

밀리언 군은 뜨악한 표정을 지었다. 성벽은 성내를 보호하기 위해 지어졌다. 그런데 저 말도 안 되는 대형 화살은 성내를 불바다로 만들 수도 있는 것이다.

웃음소리가 사라졌다. 보통 일이 아니다. 마법사들의 긴장은 더했다. 하늘 높이 나는 공성 병기를 방어할 방법은 자신들밖에 없다는 걸 잘 안다. 전방위 방어막은 마법 공격에 대비해야 하니 화살 하나하나를 일일이 떨어뜨리는 수밖에 없다.

긴장으로 몸이 굳어지는 찰나, 라미안 군 진영에서 일제히 수백 대의 대형 화살들이 날아올랐다. 역시나 슬슬 떨어져야 할 6백여 미터 지점에서 추진력을 더했다.

"에잇, 우라질! 씹어 먹을 라미안 놈들! 파이어 볼!"

성벽 곳곳에서 마법이 일고 불덩이와 바람, 얼음 등이 쏜살같이 대형 화살을 향해 날아갔으나 초원에 떨어뜨린 것은 삼분지 일도 되지 않았다.

휭! 휘휘휘휭~!

밀리언 군은 망연자실 성벽 위를 지나 도심에 직격하는 화살들을 바라볼 뿐이었다. 불화살이 아니라 그나마 다행이었다. 하지만 그것이 섣부른 판단이란 걸 수초도 지나지 않아 깨달았다.

콰콰콰콰콰쾅!

화살이 관통해 횅하니 구멍이 뚫린 저택이 대여섯 셀 정도가 지나자 천지가 진동하는 굉음과 함께 산산조각이 되어 날아갔다.

"허어—!"

밀리언 군은 할 말을 잃었다. 나무로 만들어진 화살이 저택 내부에서 파이어 볼처럼 터진 것이다.

정신을 차릴 사이도 없이 연이어 전율스러운 대형 화살들이 날아올랐다.

밀리언의 마법사들은 이번에는 대형 방어막을 성벽 전반에 펼칠 수밖에 없었다. 백여 대가 조금 넘는 화살로 인해 도심은 난장판이 되었고, 폭발에 이은 화마가 주변을 거칠게 쓸고 있었다.

퉁! 퉁! 퉁!

밀리언 군은 배리어 상단에 부딪치는 대형 화살들을 똑똑히 볼 수 있었다. 아이 허벅지만 한 굵기의 화살대에 방향을 조절하는 듯한 물고기 지느러미 같은 깃이 있었고, 화살대 중간 부분엔 시뻘건 불길을 토해내는 긴 통이 붙어 있었다. 저것이 엄청난 사거리를 만들어낸 원흉일 것이다.

콰콰콰콰쾅!

"우왁!"

수초가 지나자 귀청을 울리는 폭발음과 함께 화살대의 앞부분이 흔적도 없이 날아갔다. 화살대 앞부분을 비워 화약을 채워 넣은 것으로 보였다.

찌이이이잉!

폭발음에 대기가 공명하듯 몸서리를 쳤다. 두어 번만 더 타격을 받으면 배리어도 견디지 못하고 말리라.

두우웅! 쿵!

8두마가 이끄는 마차에 놓인 커다란 북이 울음을 토하고 진군의 북소리에 맞춰 라미안 보군들이 커다란 일보를 내딛었다. 우스운 몸짓으로 치부하던 모습이 오늘은 심장을 옥죄어오는 듯 느껴졌다.

"꿀꺽!"

퉁! 투투투투퉁!

얼마나 훈련을 했기에 한 치의 오차도 없는 일제사격이 가능한 것일까 감탄할 정도였다. 3백여 대의 대형 화살이 동시에 떠올라 여지없이 배리어를 두들겼다.

"으으으!"

하늘을 뒤덮는 폭발과 건빙에서 늘리는 심장을 덜컥 내려앉게 하는 발자국 소리가 밀리언 군에게 공포를 선사했다.

해일처럼 밀려드는 것도 아니었다. 굼벵이보다 더 느리게 북소리에 맞춰 한 발, 한 발 전진했다. 성벽까지 오는 데 1시간도 더 걸릴 것 같았다. 그런데도 조여오는 압박감은 백만 대군이 밀려오는 것 이상이었다.

쩌저저저적!

끝내 배리어가 깨어지자 밀리언 군은 눈을 감아버렸다. 섬뜩한 파공음이 귓전을 어지럽히고 그 결과가 뒤를 따랐다.

슝슝슝슝슝!

콰콰콰콰쾅!

불을 끄기 위해 물 수레를 밀고 다니던 치안대 머리 위에서 화살이 폭발했다.

"으아아악!"

암기 비가 된 화살의 잔해들이 일대를 휩쓸었다. 참혹하게 난도질당한 것 같은 수십 구의 시체가 생겨났다.

밀리언 군은 피눈물을 흘렸으나 어찌할 방도가 없었다. 적 포병이 너무 멀리 있어 발끈해서 아군 포병도 몇 발 날렸으나 적진에 한참 못 미처서 맨땅을 내려칠 뿐이었다.

브리언 교의 아이슬 성기사단과 시크릿 가드를 아우르는 총수 알버트의 얼굴이 순식간에 하얗게 굳어졌다. 적은 마주칠 때마다 상상도 하지 못한 방법을 동원했다. 어떤 자의 머리에서 나오는 계략인지 치가 떨릴 정도였다. 허공을 가르는 날카로운 소리가 들려왔다.

"오오! 아—!"

망연자실 쳐다볼 수밖에 없었다. 그랜드 마스터면 무얼 하는가. 아무리 노력한다 해도 십여 대 정도만 막을 수 있을 뿐이었다.

그랜드 마스터에 올라 이런 비참한 한계를 느껴보기는 진정 처음이었다.

"성문을! 성문을 열어라!"

가만히 앉아 두들겨 맞을 수는 없었다. 막대한 피해를 감수하더라도 저 포병만은 잠재워야 한다.

"각하! 성문이 열렸습니다."

기다리고 있던 차였다. 1골드는 지체없이 명령을 내렸다.

"창포차 출진! 투석병은 포탄을 날려라!"

길이를 더 늘리고 탄성을 더한 낭창낭창한 5미터의 장창을 단 창포차가 보병의 앞으로 나섰다. 이어 새총처럼 새긴 투석기가 전반에 모습을 드러냈다.

발리스타에는 대형 화살 대신 쇠침을 빼꼭히 박은 머리통만 한 나무 공이 장전되고, 투석기에는 돌덩이 대신 예의 나무 공이 올려졌다.

"불을 붙여라!"

나무 공 한편에서 허연 연기가 일자마자 성문을 뛰어나와 전열을 정비하는 밀리언 기병을 향해 쏘아올려졌다. 쭉쭉 날아가던 나무 공이 그들의 머리 위 허공에서 갑작스런 폭발을 일으켰다.

쾅! 쾅! 쾅!

피피피피핏!

“우아아아악!”

폭발력은 강하지 않았다. 하나 우박처럼 쏟아지는 쇠침 비에 의해 기병들이 픽픽 쓰러졌다. 무차별적으로 날아드는 쇠침들은 군마며 사람을 가리지 않았다. 눈 구멍, 입 구멍, 안면 보호대의 작은 틈 사이를 비집고 들어왔다.

히이이잉!

“케엑!”

검막을 형성해 쇠침을 막은 알버트는 이를 갈았다. 검이 닿을 거리에 있어야 뭘 어찌할 것이 아닌가. 장거리 무기에 힘 한 번 써보지 못하고 픽픽 나자빠지는 것이다.

“으아아악! 다 죽인다!”

“총수님! 안 됩니다! 이성을 차리십시오!”

친위대장이 튀어나가려는 알버트의 말고삐를 틀어쥐었다.

“놔라! 네놈이 먼저 죽고 싶은 것이냐! 놔라! 어서!”

부질없는 몸부림이란 걸 안다. 그랜드 마스터라도 40만 대군을 홀로 상대할 수는 없었다.

“하지만 이대로는…….”

“대책을 찾을 겁니다. 이놈의 목숨을 걸고서라도 저 빌어먹을 무기를 막을 방도를 찾겠습니다.”

느릿하게 전진해 오는 라미안 군의 포격이 기병대를 넘어 성벽 위에 도달했다. 성벽 위의 병사들은 마른하늘에 날벼락을 맞은 꼴이 되었다.

그때 또다시 대형 화살들이 날기 시작했는데, 이번엔 성문을 향한 집중 포화였다.

이를 간 알버트는 후일을 도모할 수밖에 없었다. 리트젠은 밀리언의 첫 관문일 뿐이었다. 아직도 밀리언에는 백만 대군이 남아 있었다.

"저것들을 꼭 챙겨라."

알버트가 가리킨 것은 연기만 피워올린 채 터지지 않은 쇠침 나무 공으로, 불발탄이었다. 대형 화살도 열에 두 발은 그랬다.

"이해가 긴밀하진 않더라도 멀리 떨어진 국가와 친교를 맺는다 하더니, 라미안이 시네르아와 손을 잡은 모양이다. 이렇게 되면 우리도 드워프를 받아들여야 한다."

땅이나 파는 데 쓰고 불꽃놀이나 하는 데 쓰는 화약이 무서운 무기가 되었다.

밀리언에도 뛰어난 자들은 많았다. 노획한 적 무기를 여구분석해 대응을 해야 한다.

"퇴각이다! 리트젠을 버린다. 빌어먹을!"

라미안의 선봉장 베르디가 리트젠에 입성한 것은 그로부터 한 시간이 지난 후였다.

성문은 가루가 되어 사라졌고, 망루와 누각은 구멍이 숭숭 뚫려 걸레 쪼가리보다도 못했다. 눈길이 닿는 곳마다 고슴도치가 된 밀리언 군의 시체가 널려 있었다.

성문을 깨기 위해 파충차도, 성벽 위를 점령하기 위한 이동 망루도, 대형 사다리도 쓰지 않았다. 오직 포병의 화력으로만 공성전을 치른 것이다. 아이온의 전쟁사에 일대 획을 긋는 대사건이었다.

이후 압도적인 화력으로 비교적 손쉽게 두 개의 관문을 연달아 격파한 라미안 군은 로이텐 강에 발목이 잡히게 된다.

로이텐 강은 얼음의 대지가 발원점이라 불릴 정도로 밀리언 전역에 흐르는 대하(大河)였다. 강을 건너기 위해서는 필히 배를 필요로 했고, 강폭이 좁은 상류로 갈라 치면 적어도 300㎞는 돌아가야 하는데, 그곳도 폭이 3, 400미터 정도라 걸어서는 넘을 수 없었다.

이에 라미안 군은 로이텐 강을 사이에 두고 배를 건조할 시간이 필요했기에 휴전 아닌 휴전 상태에 놓이게 된 것이다.

그러나 개전 초 계획했던 이상의 성과를 얻었다. 밀리언 연방 국토의 삼분지 일을 획득한 것이다.

1골드는 방어전으로 병력을 배치했다. 기병은 기찰군이 되어 로이텐 전역을 감시했으며, 목이 좁은 전략지 곳곳에 초소를 세워 적병의 도하를 미연에 방지했다.

병력이 밀집된 배는 포병에게는 좋은 먹잇감이다. 밀리언도 라미안과 마찬가지로 쉽게 도하를 감행하지는 않을 터, 1골드는 잠시의 여유를 얻었다.

구 만유에서 와튼 공국으로 남하하여 전 로이 족의 영토를 거쳐 시네르아로 가려던 1골드는 웰스타인을 넘지도 못하고 발목을 잡혔다. 실종된 수진의 뒤를 쫓던 호시오가 처참한 몰골로 나타난 것이다.

"하하, 존도가 아니었으면 다시는 전하를 못 뵀을 겁니다."

"…어찌 된 일이냐?"

1골드가 존도를 보니 반짝이는 대머리에 피 칠을 한 것이 그도 좋은 상태로는 보이지 않았다.

"라미안 북부에서 이곳까지 무려 한 달에 걸친 추격을 받았습니다."

존도는 침통한 표정을 지었다. 주요 도시에 만들어놓은 정보 조직이 그들의 도피를 돕다가 와해된 것이다.

"누가?! 감히……."

"정체를 알 수 없는 자들이었습니다. 제 인명부에 올라 있지 않은 것으로 보아 외부에서 새로 받아들인 자들이 틀림없습니다."

존도의 말속에는 라미안의 기사가 확실하다는 전제가 깔려 있었다.

힘없는 목소리로 호시오가 말을 받았다.

“전하의 말씀대로 히치벅에서부터 부인의 흔적을 찾아 쫓았습니다. 그런데⋯⋯.”

“말하라.”

“부인의 흔적 속에서 뱀파이어와의 모종의 관계가 있음을 알아냈습니다.”

1골드는 침음성을 삼켰으나 반박하지는 않았다. 평생을 뱀파이어와 싸워온 호시오였다. 그가 뱀파이어의 일에 실수를 할 확률은 극히 낮았다.

“라미안에 애쉬가 나타난 것입니다. 오면서 곰곰이 생각해 보았는데 제 생각엔 로드 급이 수진님께 빙의를 했던가, 아니면 벨제르가 죽지 않았던 것입니다.”

“수진이 뱀파이어가 되었다는 건가? 그래서 모습을 감춘 것이고? 그녀는 키메라다. 마력으로 만들어진 존재, 쉽게 당할 리 없다.”

“오히려 쉬울 수도 있습니다. 키메라의 영은 상처받은 영혼, 자신을 키메라로 만든 존재에 대해 분노가 내재되어 있습니다. 하물며 인간들 속에서 살아오신 그분이라면 더 할 것입니다.”

인간을 배워 나가며 똑같을 수 없다는 걸 느꼈을 것이다. 그 틈을 파고든 뱀파이어의 달콤한 유혹에 육신이 잠식당하는지도 모른 채 넘어갔으리라.

“큰일이다. 빨리 수진을 찾아야 해. 내가 나서면 원상태로 돌려놓을 수 있을 것이다.”

시네르아에서 뱀파이어 왕국을 만들어가는 벨제르를 보았다. 라미안에서 그런 일이 일어나서는 안 된다.

“그런데 너희들은 왜?”

수진을 뒤쫓는데 라미안 기사들에게 공격을 받았다? 해결할 수 없는 처치 곤란한 상황에 직면하면 분명 자신의 수하라고 신분을 밝혔을 터였다.

“저희가 보아서는 안 될 라미안의 치부를 보았습니다.”

마른침을 삼킨 존도가 목소리를 낮추었다.

“시녀에게 부인께서 주군이 머무르셨던 카렐 성에 자주 가신다 하여 그곳에 갔는데… 이루 말할 수 없이 참혹했습니다. 온통 시체 천지였습니다. 집채만 한 아궁이에 피골이 상접한 시체들이 가득 차 타오르고…….”

“그럴 리 없다!”

벌떡 일어선 1골드가 매섭게 존도를 쏘아보았다. 난도질딩하는 것 같은 강한 시선에도 존도는 눈을 피하지 않았다.

“확실합니다, 주군. 이 눈으로 똑똑히 보았습니다. 스펠리오스, 그자가 라미안 전역에서 잡아들인 수용소 사람들을 이용해 생체 실험을 하고 있었습니다.”

“으드득!”

1골드에게서 무시무시한 살기가 뿜어져 나오고 미친 듯한 광풍이 몰아쳐 처소의 집기들을 날려 버렸다.

자신의 잘못이다. 네크로맨서, 인간을 아무 거리낌 없이 실험대에 올리는 종자다. 만나자마자 죽여 버렸어야 했다. 결국은 자신의 욕심이 불쌍한 백성들에게 화를 미치게 한 것이다. 분명 네크로맨서들은 혼란한 전쟁통을 틈타 본성을 드러낸 것일 게다.

"또한! 군부에서 쉬쉬하고 있지만 밀리언 포로들의 실종 사건도 연이어 발생하고 있습니다. 제일 심한 곳은 보니아입니다. 어떤 날은 하루에 30명도 넘게 사라진다고 합니다. 아마도 카펠 성의 일과 무관하지 않은 것 같습니다."

"그 말은?"

"라미안의 최고위층도 이 사실을 알고 있다는 증거입니다. 저와 호시오를 쫓는 무리들은 분명……."

"그만! 이후부터는 내가 직접 알아볼 것이다."

으스스한 살기를 흘리는 1골드가 망토를 집어 들었다.

"홉! 암스트로 갈 것이다. 마법진을 준비하라! 너희들도 같이 간다."

깨끗했다. 과연 이곳에 카펠 성이 있었는지 의문이 들 정도였다. 너무 깨끗해서 오히려 이상했다.

"홉, 주변을 조사해라. 존도, 암스트를 탐문해서 이곳 사정에 밝은 자를 찾아라."

이제 수진의 문제만이 아니다. 전장에만 나가 있어 잘 몰랐는데, 라미안에는 무언가 이상한 기운이 감돌았다. 피비린내가 진동하는 전쟁터에만 있어서일까? 너무나 밝은 백성들의 모습이 낮설게 느껴졌다.

홉과 호위들은 정령을 불렀다. 다른 곳에 비해 너무도 손쉬웠다. 어둠의 정령들이 이상하리만치 많이 모여 있었다. 그들은 비대하게 살찐 정령의 모습에서 존도의 말이 사실이란 걸 알았다. 그래도 정령의 목소리를 들어 재차 확인했다.

귀를 막고 싶을 정도였다. 온통 비명이다. 두려움과 원망, 한탄이었다. 인간의 어두운 감정들은 모두 총망라되어 있었다. 그리고…

"주인님! 이쪽입니다."

보지 말아야 할 것을 보고야 말았다.

1골드는 눈을 가늘게 떴다. 다른 곳에 비해 땅이 푸석한 곳, 파헤친 지 얼마 되지 않은 곳이었다. 그가 손바닥을 위로 향했다. 그러자 땅거죽이 냄비 뚜껑처럼 들어올려져 속내를 내보였다.

"오윽!"

마루타란 말이 뇌리를 스치고 지나간다. 몬스터의 뼛조각 위에 인간 시체가 놓여 있었다. 기아에 허덕이다 죽은 것처럼 피골이 상접한 시체들. 게다가 사지가 멀쩡한 건 단 한 구도 없었다. 가슴이 열린 시체는 장기가 텅 비어 있었고, 두개골이 쪼개진 시체는 뇌가 쥐가 파먹은 듯 파여 있었다.

뿌드득!

너무 격분한 나머지 1골드의 다리가 아래로 꺼져 버렸다. 더 이상 볼 수가 없어 몸을 돌리려는 찰나 아주 작은, 아주 작은 인형을 본 것 같았다.

망설였다. 확인해야 하는 것인가? 보면 이성을 놓을 것만 같았다. 고민하는 사이 몸은 돌려져 있었다. 그리고 보았다. 자신의 팔뚝만 한 아이의 시체를.

덜덜덜!

몸이 떨린다. 이가 부딪친다. 이건 아니다. 이럴 수는 없는 일이다.

눈을 떼고 싶었지만 아이의 모습이 각막에 선명히 각인되었다. 팔다리가 뒤틀리고 등이 굽은 아이, 선천성 장애를 가진 아이였다.

수용소다. 혐오감을 준다는 명목하에 치료와 보호를 한다며 몰아넣은 그 수용소에 수감된 아이일 것이다. 그리고 보니 정상적인 육체를 가진 시체들은 별반 보이지 않았다.

저 시체더미 속에서 정우가 노려보는 것 같았다.

"다 죽인다! 개새끼! 으아아악!"

우르르릉! 콰콰콰쾅!

뇌성벽력이 내리치는 소리가 울리고 카펠 성이 있던 자리가 유성우가 떨어진 것처럼 움푹 파였다.

"존도! 찾아라. 하루 안에 네크로맨서들이 있는 곳을 찾는다. 죽는 일이 있어도 찾아라!"

1골드의 불타오르는 시선이 암스트로 향했다.

"성지? 무슨 성지가 이따위냐! 없애주마!"

지척에서 일어나는 일이었다. 암스트의 신관들은 분명 알고 있었을 것이다.

"몰라도 상관없다. 몰랐던 것이 죄다!"

술잔을 든 크라우치는 푸른 빛깔의 내용물을 빙글빙글 돌렸다.

"후후, 그래서 암스트가 초토화되었다는 것이냐?"

"그자를 잡아야 합니다. 북부 지역의 갱생원들을 돌아다니며 다 때려부수고 있습니다."

"갱생원? 이봐, 주드로. 거긴 청소 시설이야. 안 그런가?"

갱생원을 생각해 낸 것은 주드로였고, 운용 책임도 그에게 있었다.

"제가 다소 소홀히 한 것은 사실이나 밀리언과의 전쟁 때문에 시간이 없으시……"

소홀보다는 방치가 맞는 말이었다. 그곳까지 들어간 백성들은 손을 쓸 수 없는 상태에 놓인 이들이었다. 선천 기형을 치료할 방법이 없는 한은 말이다.

"당신을 탓하는 게 아냐. 나도 적극 찬성한 일이니까. 완벽한 세상을 만들려면 그 사회의 소속원들도 결점이 없어야 하지. 그렇지. 무결점 인간, 멋진 말이군. 그들은 신이 벌을 내린 자들, 어차피 없어져야 할 존재들이었어. 내가 만든 세상에는 그런 씨가 필요없어."

술 내음을 음미한 크라우치가 말을 이었다.

"골드는 내버려 둬. 화가 풀릴 때 즈음에는 이리로 올 테니까. 당신들이 원하던 것 아니었나? 나와 골드 사이를 갈라놓는 것 말이야. 잘됐다고 쾌재를 불렀겠군."

"아, 아닙니다. 저희가 어찌……."

"전 백성을 동원해서라도 도망친 스펠리오스를 찾아서 골드에게 넘겨주도록 해. 그래야 당신들 주름살이 느는 걸 방지할 수 있을 테니. 그만 나가봐. 술맛 떨어져."

얼굴이 붉게 달아오른 주드로가 나가자 곧 라도스가 모습을 드러냈다.

"약은?"

"그자가 없어도 만들 수 있습니다."

"그럼 버려. 아니지, 밀리언 기사의 시체와 같이 놓아두면 되겠어. 후방에 침투한 밀리언 잡졸들이 스펠리오스를 회유해서 벌인 일이 되는 거야. 그렇지 않나?"

"그렇습니다, 폐하. 우리는 모르는 일입니다."

"골드 문제로 신경을 썼더니 머리가 아파."

"건강한 자들로 준비를 해두었습니다."

고개를 끄덕인 크라우치가 침실로 향했다. 그들에게는 일상이 된 일이었다.

1골드가 크라우치를 찾아온 것은 닷새가 지난 후였다. 크라우치가 무심한 눈길로 탁자 위에 놓인 상자를 바라보았다.

"응?"

"스펠리오스의 목입니다."

"역시 동생이야. 라미안의 무고한 백성을 죽인 놈을 드디어 잡아냈군. 이자 때문에 걱정이 말이 아니었어. 처음부터 네크로맨서를 이용하지 말았어야 하는 건데, 내 실수였어. 고마워, 내 대신 처리해 줘서."

평상시와 다름없는 미소에 말투였다.

하지만 1골드는 인상을 풀지 않았다.

"알고 계셨습니까?"

"설마 진심으로 하는 말은 아니겠지?"

"진심입니다. 분명 폐히의 측근들 중 적어노 한 명은 연루되어 있습니다."

"허어! 내가 보고를 듣기로는 밀리언이……."

"얕은 수작입니다. 그자들이 한 달 동안이나 라미안의 전 국토를 경위하다시피 해서 수하들을 쫓을 수는 없습니다."

얼굴을 굳힌 크라우치가 말했다.

"흐음, 과연. 알겠어. 내부 감찰단을 조직해서라도 누군지 꼭 찾아내겠어. 장로나 신장들 중에 그런 자가 있다면 벌을 받아야지. 전쟁으로 아까운 인재들을 많이 잃다 보니 품성이 올바르지 않은 자가 끼어들었나 봐. 큰일이군."

정말 몰랐다는 듯이 일체의 흔들림도 없는 언행이었다.

"이게 무엇인지 알아보시겠습니까?"

"어? 아! 이번에 개발한 근력 강화제군. 그게 벌써 동생의 손에 들어갔어? 나도 보고받은 지 얼마 되지도 않았는데……."

"신관들에게 얻은 것이 아닙니다. 제가 폐하보다 스펠리오스에 대해 더 많이 안다는 걸 잊으신 모양입니다."

스펠리오스가 어딘가에 만들어둔 비밀 금고 같은 것을 1골드는 용케 찾아내어 알약을 얻었을 것이다.

여유있던 크라우치의 얼굴이 살짝 굳어졌다.

"벨제르에 대해 말씀드린 것도 저이고, 뱀파이어의 뼈 가루로 만들어진 마약, 애쉬 또한 제가……."

"뱀파이어는 내가 너보다 더 많이 알아. 애쉬 정도는 예전부터 알고 있었고."

"그럼 이 약에 애쉬가 섞인 것을 알고 계셨다는 말씀이군요. 신관들이 만든 것이 아니라는 것도."

크라우치는 눈살을 찌푸렸다. 1골드가 들고 온 것은 초창기에 만들어진 것이다. 스펠리오스는 전부를 없애지 않은 것이다.

"휴우, 전쟁이 길어질수록 조바심이 났어. 백성들이 죽어가는 모습을 더 이상 보고 있을 수가 없었지. 그래서 스펠리오스의 감언에 넘어갔어. 내 실수지. 하지만 난 분명 애쉬를 빼라고 했네. 이것이 애쉬를 뺀 약이야.”

크라우치가 서랍에서 알약을 꺼내 건넸지만 1골드는 받지 않았다.

“애쉬를 어디서 얻었다고 했습니까?”

“…네 부인, 수진이 벨제르였어.”

“그녀는 지금…….”

“내가 영혼을 해방시켜 주었네.”

“고맙습니다. 그럴 것이라 생각하고 있었습니다.”

1골드는 진정 다행이라고 생각했다. 세상을 돌아다니며 사람들의 피를 빠는 것보다 차라리 죽는 것이 나았다. 다만 자신을 먼저 만났으면 살 수도 있지 않았을까 하는 아쉬움은 있었다.

“이곳에 오기 전에 많은 것을 보았습니다.”

“나도 늘 백성들의 모습을 보고 있어.”

“결혼을 하러 해도 신전의 허락이 있어야 하더군요. 전 몰랐던 일입니다.”

“좋은 씨를 받기 위함이지. 자식은 부모를 닮아. 현명한 어머니와 건강한 아버지의 피를 받은 아이는 뛰어난 재능을 가지고 태어나. 내가 꿈꾸는 완벽한 세상에 어울리는 백성이 아닌가? 먼 훗날 사람들은 나를 칭송할 거야. 그때쯤에는 우수한 사람들이 가득 찬 세상이 되어 있을 테니.”

"다양한 사람들이 비비고 사는 것이 세상입니다. 천고의 천재가 있으면 순박한 사람도 있는 것이고, 몸이 불편해도 누구도 상상하지 못할 창의력을 가진 사람도 있는 겁니다. 폐하가 말하는 완벽한 세상이 돼도 그중 우등생과 열등생은 반드시 존재합니다. 그렇게 되면……."

"열등한 자들은 도태되는 게 자연의 섭리 아닌가? 짐승 무리에서도 강한 놈이 수십의 암컷을 거느리고 씨를 뿌려 무리를 강하게 만들지. 약해 빠진 것들은 아무도 모르게 사라져 버리고."

"하지만 인간은 이성과 감정이 있습니다. 인간이 짐승과 다름없다면 강한 자가 선이고, 약한 자가 악인 것입니까? 폐하의 신께서는 모든 생명을 사랑하라 하지 않으셨습니까? 신체가 타인과 다르게 태어난 것은 죄가 아닙니다. 그저 병일 뿐입니다."

크라우치가 고개를 저었다.

"죄야, 죄지. 신은 아름다움을 사랑하셔. 신성을 타고난 사제들의 미모가 뛰어난 것도 그 때문이고. 너는 사제들 중에서 정상적이지 못한 이들을 본 적이 있나? 당연히 없지. 왜냐하면 신의 사랑을 받고 태어났으니까. 반면 비정상적으로 태어난 이들은 신벌을 받은 거야. 그들에게는 인세가 곧 지옥의 연장선이지. 그렇지 않다면 왜 부모들은 그런 자식을 버리고, 주위 사람들은 이상한 눈으로 쳐다보겠나? 자신과 다르기 때문이야. 무슨 말인지 알겠어? 난 신의 부여한 권능으로 그들의 죄를 사해줬어. 고통의 나날을 보내지 않게 해준 나에게 오히려 감사해야 해.”

1골드는 온몸이 뻣뻣하게 굳어버렸다. 언쟁으로 흥분한 나머지 불쌍한 사람들을 실험 재료로 썼다는 걸 실토한 셈이다. 과연 이 앞에 있는 이 사람이 자신이 알던 크라우치가 맞단 말인가.

변했다. 변해도 너무 변했다. 흥부처럼 부러진 제비 다리를 고쳐 줄 사람이었는데, 똑같은 얼굴이지만 낯설게만 느껴졌다.

정신적 공황 상태로 몸에 힘이 쭉 빠진 1골드는 멍하니 일어섰다.

“어디 가?”

“시네르아에 갈 겁니다.”

“언제 오는데?”

“모릅니다. 머리가 복잡해서 정리를…….”

“앉아!”

크라우치의 고함에 무의식적으로 1골드가 그를 쳐다보았다. 활활 타오르는 두 눈이 눈앞에 있었다. 귀기스러운 음성이 뇌리에 파고들었다.

“넌 아무 데도 못 가. 나와 함께 있어야 해.”

“난 갑니다. 내가 가자고 하면 갑니다.”

입술을 깨문 크라우치가 정신을 더욱 집중했다.

"우린 같은 세상을 보고 있어. 내가 보는 눈이 곧 너의 눈이고, 내 마음이 너의 마음이다. 우린 죽을 때까지 함께여야 해. 넌 날 절대 떠날 수 없어!"

"웃기지 마십시오. 난 골드입니다. 정우이며, 유진이고, 1골드이자 골드입니다. 그 누구도 내가 하고자 하는 바를 막을 수 없습니다."

크라우치가 와락 얼굴을 찌푸렸다. 1골드가 몸을 돌려 문을 향하고 있었다.

이런 일은 처음이다. 마인드 컨트롤이 전혀 먹히지 않는다. 엄청난 정신력이었다. 하지만 1골드를 그대로 보낼 수는 없었다. 이대로 가면 다시는 돌아오지 않을 것 같았다.

이러면 안 된다. 그 누구보다 자신을 이해해 주고 지지해 주어야 할 1골드가 코앞에서 등을 돌렸다. 갓 태어난 자식과 1골드 중에서 택하라면 필히 1골드를 선택할 것이다. 자신은 그런 마음인데…….

1골드는 매몰차게 등을 돌렸다.

"막아라!"

챙! 차차차창!

소리치기가 무섭게 곳곳에서 기사들이 튀어나왔다. 동시에 홉 등의 다크 엘프도 검광에 맞서갔다.

1골드는 발길을 멈췄다. 어느새 24명의 사제가 일정한 간격을 두고 자신의 주위를 빙 두르고 있었다. 크라우치는 전선의 사제들까지 빼어 최고위 사제들을 다 불러 모은 것이다.

"나에게 잠깐의 시간을 주면 안 됩니까? 폐하는 지금 잘못된 길로 접어들었습니다. 내가 바로잡을 때까지 아주 잠깐입니다. 그동안만 기다려 주십시오."

"잘못 생각하고 있는 건 너야. 난 똑바른 길을 가고 있어. 라미안의 어떤 백성에게 물어봐도 그들의 마음속에는 내가 있어. 카뮤 신보다 내가 그들의 마음속에 있단 말이야."

1골드가 몸을 돌려 크라우치를 정면에서 바라보았다.

"당신은 당신의 신을 밀어내고 신이 되고 싶은 것이오?"

"난 생명을 좌지우지하는 힘을 가지고 태어났다. 창조주만이 가진 권능을 가진 것이야."

모두에게 들으라는 듯 크라우치가 목소리를 높였다

"신이란 무엇이냐? 신앙이란 무엇이냐? 믿음이다. 신은 곧 믿음이다. 백성들의 마음속에 있는 믿음이 신이란 말이다. 백성들은 나를 빈는다. 그늘 스스로가 나를 신으로 만든 것이다."

"진정… 그대들도 그렇게 생각하시오?"

사제들 누구나 할 것 없이 고개를 끄덕였다. 전부가 미친 것이다. 신을 모시는 사제란 작자들이 믿음을 버리고 현세한 신이라는 크라우치를 택한 것이다. 도대체 전장에 나가 있던 사이 무슨 일이 일어난 것일까?

후회할 일만 밀려든다. 크라우치를 죽이지 않은 것이, 애초에 이 세상에 온 것부터가 다 잘못된 것이다.

"진정 그 길로 가려 하는 것이오?"

"내 생각에는 한 치의 잘못도 없다. 창조주께서 완벽한 인세를 만들라며 자신의 분신인 나를 내려 보낸 것이다. 골드, 영광의 길을 거부하지 말라."

"우린 같다 생각했는데… 당신과 나는 하늘과 땅만큼 다르오. 둘 중 하나가 죽어야 이 악연이 끝날 걸 같소."

"아니, 너와 난 같아. 네가 잠시 엇나간 생각을 한 것이야. 전쟁 때문에 피곤해서 그럴 거야. 조금만 쉬어."

말이 끝남과 동시에 크라우치의 몸이 꺼지고 순식간에 1골드의 코앞에 나타났다. 사방에서 빈틈없이 옥죄어오는 엄청난 기운들, 1골드의 온몸 위로 굵은 핏줄이 튀어올랐다.

"으핫!"

콰쾅!

거미줄을 끊어버린 1골드가 빈 검집을 향해 버릇처럼 손을 뻗었다. 곧 우웅— 소리가 나는 듯싶더니 빛을 빨아들이는 칠흑의 오러 블레이드를 손에 쥐었다.

"내가 뿌린 씨앗, 거두어가겠소."

"우린 언제나 함께야. 죽는 그 순간까지도."

동시에 그들의 신형이 사라졌다.

팟팟팟팟팟!

흑백의 희끗한 그림자들이 수십, 수백 개가 생겨났다. 군중들은 파공음을 일으키는 그들의 모습을 볼 수 없었다.

파앗―!

검광이 일렁이고 벽면이 두부처럼 베어졌다.

콰콰콰쾅!

결과를 보인 후에야 들려오는 소리, 1골드의 초음속의 검이었다. 한 명의 신형이 모습을 드러내는 순간 또렷이 형체를 잡기도 전에 안개처럼 사라졌다. 굉장한 속도였다.

크라우치가 입술을 비틀어 웃었다. 모든 인간을 발아래에 두는 자신이지만 1골드만은 항상 특별했다. 지금도 다르지 않아 눈앞에 보이는 것이라곤 번쩍거리는 오러 블레이드뿐이었다.

터엉! 텅텅텅!

하나, 그는 톱니바퀴가 맞물려 돌아가듯 두 손으로 모든 섬광을 비껴내었다. 눈으로 좇으면 늦다. 본능이었고, 다음 공세를 예측할 수 있었기에 가능했다.

일순 크라우치의 눈이 반짝였다. 빈틈이 하나도 없는 것처럼 보이지만 상대적으로 엷은 곳은 있기 마련, 그의 양손에서 푸르스름한 빛이 흘렀다. 크라우치는 그대로 두 손을 찔러 넣었다.

“흐읍!”

1골드가 결을 수련한 이후 상대의 속도 때문에 놀라기는 처음이었다. 반사적으로 두 팔로 앞을 가리고 상체를 숙일 정도였다.

터어엉! 차앙!

신형이 뒤로 쭈욱 밀려 나가는 느낌과 손목이 부러지는 듯한 고통이 속에 허전함도 함께였다. 신체 일부분처럼 돼버린 팔목 보호대가 산산조각이 나서 날아간 것이다.

"크흐흑!"

내상을 입었는지 철가면을 타고 핏물이 흘러내렸다. 겨우 신형을 세우자 크라우치가 섬전처럼 다가왔다.

1골드는 낼 수 있는 모든 내력을 한 점에 퍼부었다.

"합!"

몸 전체가 검신이 되어 반달형의 오러 블레이드를 전방을 향해 날렸다. 그런데 짓쳐 오던 크라우치가 감쪽같이 사라졌다. 이어 시야가 흐릿해지더니 공기가 일렁이고 익숙한 체향이 코끝을 간질렀다.

화들짝 놀라 주먹을 내지르려고 했으나 몸이 꼼짝도 하지 않았다. 암스트에서 본 적 있는 타임 락이다.

눈동자만 돌려 주변을 보았다. 시간이 멈춘 듯 모든 것이 정지한 상태였다. 자신이 날린 오러 블레이드도 허공에 멈추어서는 마나가 빠져나가는 것처럼 점점 그 빛을 잃어갔다.

단 하나, 크라우치만이 움직였다.

“잠깐만 쉬도록 해. 잠에서 깨면 네 생각이 잘못됐다는 걸 알 수 있을 거야.”

피가 흐르는 하얀 손이 정수리를 향했고, 반대편 손은 손가락을 세워 미간을 눌렀다. 순간 엄청난 기운이 몸을 침범하려 했다. 혈인을 처음 만났을 때 샤벨에서의 모습, 그때 그대로다.

“커억!”

시커먼 피를 토한 1골드의 몸이 허물어지듯 쓰러졌다.

고개를 갸웃한 크라우치가 눈을 좁혀 1골드를 내려다보았다.

“달라, 다른 자들과는 달라. 전혀 내 능력이 먹히지를 않아. 그래서 넌 더 소중한 거야. 시간이 많이 필요하겠어.”

애뜻한 시선을 거두고 크라우치가 몸을 돌리자 여기저기 상처를 입은 사제들이 거친 숨을 몰아쉬고 있었다.

“다크 엘프 네 마리를 상대하면서 이 꼴들이라니.”

같은 소드 마스터라도 엄연히 차이가 있었고, 만들어진 소드 마스터는 더했다.

“죄송합니다, 폐하.”

“쓸모없는 것들, 골드 하나만도 못해. 골드를 지하 감옥에 가두어라.”

크라우치는 매일 지하 감옥을 찾아왔다. 그리고 매일 같은 질문을 하고 같은 대답을 들었다. 당신과 나는 다르다는.

세상의 모든 인간을 죽여 버릴 수도 있는 크라우치였지만 1골드만은 달랐다. 살려서 어떻게 해서든 동반자가 되어 같은 길을 가야 하는 것이다.

수천만이 자신만을 바라본다. 무언가를 해달라며 떼를 쓰고 손을 벌린다. 게다가 베풀어주어 봤자 고마움을 금세 잊고 다른 것을 탐닉한다. 백성은 욕망의 덩어리다.

그래서 군중 속의 고독을 느꼈다. 진정으로 자신 그대로를 보아주는 이가 없다.

크라우치는 너무 외로웠다. 그 외로움을 달래줄 상대는 1골드밖에 없었다. 같은 선상에서 희로애락(喜怒哀樂)를 나눌 존재는 그밖에 없었다.

1골드의 처참한 모습이 가슴 아팠으나 잠시의 고통이다. 마음을 돌리면 금방 건강한, 아니, 전보다 더 강한 모습으로 탈바꿈할 수 있다.

오늘도 화가 머리끝까지 치밀어 크라우치가 나갔다.

똑! 똑! 똑!

1골드는 물방울이 떨어지는 소리를 듣고 있었다. 얼마의 시간이 지났는지도 모르겠다. 한 달일 수도 있고 반년일 수도, 아니, 수년의 세월인지도 모른다.

거의 매일 당하는 크라우치의 정신계 마법에 심신이 피폐해질 대로 피폐해졌다.

철컹!

아직 손을 움직일 힘은 남아 있나 보다. 그러나 감각은 없었다. 손목에 구멍을 뚫어 쇠고랑을 뼈에 걸었다. 사지가 다 마찬가지다. 척추에도 두 개의 쇠고랑이 걸려 벽면에 매달려 있는 상태, 힘줄도 잘려 쇠고랑이 없어도 서 있지도 못할 것이다.

사람이 얼마나 잔인해질 수 있는지 이제야 알았다. 크라우치는 정신력을 나약하게 만들려고 극한의 고통을 주는 것이다. 마나 봉쇄 팔찌를 채우고도 모자라 저주받은 능력으로 내력까지 싹 거두어갔다. 그리고는 신체를 이 지경으로 만들었다. 얼마 전부터는 아예 물도 주지 않는다.

그래도 좋았다. 죽고 싶어도 죽지 않는 몸이 축날 테니까 말이다.

초기에 분노에 치를 떨며 살의로 충만했던 마음은 사라졌다. 눈이 있어도 보지 못한 눈을 파버리고 자살하고픈 지괴감도 떨쳤다. 모든 사람이, 크라우치에게 세뇌당한 사람들도, 희생을 강요당하는 사람도, 크라우치 자신도 불쌍하다는 생각이 들었다.

신? 맞다. 인간도 신이 될 수 있다. 영계에는 수많은 신 후보생들이 대기하고 있지 않던가. 높으신 양반들에게 진상할 완벽한 세상을 만들지 않아도 얼마든지 신이 될 수 있다.

무엇에 그리 집착한다는 말인가. 우주의 억겁과 같은 시간에 비하면 인세의 짧은 삶은 그저 스쳐 가는 바람만도 못하다. 무한대에 가까운 순환을 거듭하는 와중의 그저 단 한순간이다.

크라우치는 어리석다. 진정 신이 되고 싶으면 놓아야 한다는 것을 그는 모른다. 약육강식(弱肉强食)이 자연의 섭리이자 진리라면 만물은 모두 스쳐 가는 일시적인 모습일 뿐이라는 색즉시공(色卽是空)은 불멸의 진리다.

말해주었으나 웃었다. 신과 영계를 알려주었으나 크라우치는 믿지 않았다. 그는 인간들이 만들어낸 환영의 신이라고 해도 거부했다.

어찌 보면 크라우치의 말이 맞을지도 모른다. 창조주는 만들어놓은 세상을 방치하는 방관자이자 게으름뱅이다. 불완전한 존재인 인간들의 신은 그들 스스로의 마음속 믿음이 인세에 현신하는 것일 게다.

"그러고 보니 곤님은 승천을 하신 거구나."

왜 이제야 알았을까. 그의 마지막 호탕한 웃음 속에 남아 있는 가르침을.

"…무(無)로 돌아가는 것도 두렵지 않다. 원래 공이었으니 지금도 그저 허상이구나. 하하하……."

짧지만 강렬한 인연, 대붕 곤을 그리니 기분이 좋아진다. 이런 날은 시원하게 검무를 추고 싶다.

…만사가 처음이요, 끝이 시작이요, 시작이 곧 끝이라.

검으로 나를 죽이고 만물을 죽여라. 죽음은 또 다른 시작.

내가 죽어 검이 살고, 검을 죽여 내가 살지니

검은 마음, 마음이 검이라 마음과 검은 하나요, 전체라.

1골드는 명경지수와 같은 마음으로 이면을 보았다. 말은 그저 말이 아니다. 그 속에 무수히 많은 의미와 전하고자 하는 정보가 내포되어 있다. 지식과 깨우침이 다르듯이.

모든 욕망을 버렸다. 욕망은 곧 혼돈이다.

혼돈을 버리고 마음을 닦았다. 맑은 마음은 건강한 육체에서 비롯되는 것, 신심쌍수(心身雙修)다. 몸과 마음이 동시에 더러운 허물을 벗었다.

마음은 기를 이끈다. 마음이 들끓으며 기도 불안정하고 마음이 가라앉으며 기도 고요히 흐른다. 불현듯 순수한 기가 그의 내부에 흐르기 시작했다.

마음은 기를 움직이고 기는 몸을 활성화시킨다. 그 기 중 양기는 내부를 돌아 정수리로 빠져나가 기체를 순환시키고 발바닥 용천혈로 들어온다. 음기는 역으로 순환한다.

1골드는 그저 간만에 찾아온 평온함에 취해 있었다. 말린 명태마냥 쪼그라들어 있던 근육이 수축을 해도, 가뭄에 바짝 마른 기맥에 지하수가 차올라도, 화상으로 구멍이 막혀 있던 머리에 머리카락이 빠르게 돋아나도 그저 만족한 미소를 짓고 있었다.

그는 하늘을 날고 있었다. 마지막 인사라도 하려는 듯 1골드가 된 샤벨이며, 라미안이며, 제국의 하늘을 말이다.

그러다 곳곳에서 피어오르는 연기를 보았다. 식욕을 자극하는 고기 굽는 냄새가 난다. 식욕이 일어서가 아니라 행복해하는 사람들의 즐거운 모습이 보고 싶었다.

하지만 그곳은 행복 대신 처참한 인세의 지옥이 펼쳐져 있었다. 나무 기둥에 매달려 화형을 당한 시체들이 즐비한 것이다. 그가 다른 곳으로 온 것일까. 아니다.

수십 명의 사람들이 너무도 익숙한 라미안 성전을 암송하며 한 여인을 나무에 매다는 모습이 보였다. 종교재판일 것이다. 보기 싫었다. 마음이 시네르아로 가자 한다.

영계에서처럼 순식간이다. 너무도 익숙한 광경이 눈앞에 펼쳐졌다. 시네르아의 왕궁, 내전이 발발해 보고 싶은 얼굴들이 다 있을 거라 생각한 것이다.

봤다. 봄멜이며, 칸야며, 헤르반이며, 다크 엘프들까지. 온몸에 피 칠한 모습을, 그리고 그들의 절망도 모두 보았다.

이때 즈음에 1골드는 이 광경이 꿈이 아니란 걸 알았다. 사이킥파워의 하나인 유체이탈이다. 죽음이 임박했다 여겨서인지 마지막으로 세상을 보고 싶었고, 이렇게 보고 있다.

무엇인가가 그를 부른다. 유체 이탈의 상태에서 자신을 알

아보는 존재가 있다니 놀랄 일이다. 마음이 일자 영혼이 갔
다.

“응애… 응애…….”

아직 말도 하지 못할 것 같은 조막만 한 아이가 울음을 그
치고 자신을 잡으려는 듯이 아장아장 걸어온다.

“어바… 아바…….”

1골드는 벼락을 맞았다. 이 이끌림은 피가 부르는 것이었
던가. 자신의 아이였다. 조로증이 걸리기 전인 사진으로 본
자신이 어릴 때의 모습, 그대로였다.

아이를 처음 보았다. 갈리나와 헤어질 당시 만삭의 몸이었
으니 적어도 2년은 흘렀을 것이다. 짧지 않은 세월이다.

문이 열리고 초췌한 여인이 들어왔다. 뾰족한 귀에 갈색 피
부를 가진 아름다운 여인, 갈리나다. 그녀가 아이를 안고서
가슴을 보였다. 아이에게 젖을 물리는 어머니다. 너무나 고귀
한 모습이다. 1골드에게는 감동으로 다가왔다.

그때 하늘이 열리고 한줄기 서광이 비쳤다.

1골드는 하늘을 올려다보았다. 벌써 세 번째 겪는 일이다.
하늘이 부르는 것, 눈부신 빛무리가 기다리고 있었다. 그가
고개를 저었다.

‘곤님, 우리의 해후는 좀 더 뒤로 미뤄야 할 것 같습니다.
인세와 인연을 끊기에는 수양이 부족한 듯합니다.’

웃는 듯했다. 그렇게 하라며 손을 흔드는 듯했다.

'떨치고 오시게… 정우.'

땡그랑! 땡엥!
쇠 부딪침 소리에 1골드가 눈을 떴다. 모든 것이 환상처럼
사라지고 악취가 풍기는 작은 방 안이었다. 그의 발아래에는
소리의 원인인 원형의 사발 같은 것이 바닥을 구르고 있었다.
익숙한 모양, 반평생을 같이한 철가면이었다.

1골드의 상태를 확인하러 온 간수는 저도 모르게 엉덩방아
를 찧었다. 쇠고랑을 풀어줘도 굼벵이처럼 바닥을 기어야 할
자가 감쪽같이 사라진 것이다. 신과 같은 교황이 친히 신경을
쓰는 자이다.
밀리언 연방과의 마지막 일전만 남겨둔 상태라 교황은 그
곳에 가 있었다. 이는 모든 간수들의 목이 떨어질 일이다.
간수는 주춤주춤 몸을 일으켜 감방 안을 다시금 확인했다.
잘못 본 것이 아니었다. 쇠고랑을 단 쇠사슬이 벽면에 걸쳐
있었고, 바닥에는 철가면이 덩그러니 남아 있었다.
그자를 상징하는 철가면만이…….

Chapter 10

익스트림 미트(Extreme Meet)

지평선 너머에서 먼지구름이 일었다.

더할 수 없이 맑은 날이었으나 밀리언 군의 마음속에는 먹구름이 가득했다.

철벽을 연상시키는 철가면의 괴물이 사라져 한시름 놓나 싶었는데, 그보다 더한 악마가 나타났다. 교황 크라우치의 친전(親戰)이었다. 그는 막 지옥에서 뛰쳐 올라온 악마왕이었다.

"꿀꺽!"

손이 터져라 바투카를 쥔 기사들의 손이 떨려온다. 전의로 불타오르는 눈동자 깊은 곳에는 숨길 수 없는 공포가 자리했다.

두텁게 늘어선 병력의 수만 50만, 하지만 전투력은 형편없다. 반수 이상이 훈련받지 못한 의용군이다. 크라우치가 전면에 등장하면서 라미안은 진면목을 보였다. 이교도의 척살, 개종과 죽음도 뒷전으로 밀렸다. 브리언 교 신자는 다 죽였다. 심지어 어린아이까지.

알버트는 원수 같은 1골드가 그리울 줄은 생각도 못했다. 전장에서는 장수들끼리 무언의 대화를 나눈다. 그런데 크라우치는 장수가 아니다. 학살자다.

성벽 아래에서의 수십만의 군사가 두려움에 떠는 대상은 그자였다. 전장이 될 평지에 구덩이를 파 창을 세워도, 장궁과 크로스 보우로 무장한 궁수들이 총안에서 활을 거치한 채 기다려도, 병사들 사이사이를 오가는 신관들이 축복을 내려도 공포를 떨칠 수 없었다.

배수진을 친 최후의 전투였다. 비장한 각오로 선 밀리언 군의 표정은 어둡기만 했다. 지평선 너머의 흙먼지 구름이 스멀스멀 다가오다 멈춰 섰다.

눈을 빛낸 알버트가 하늘 높이 치켜든 검을 내렸다.

"발사!"

투웅! 퉁퉁퉁퉁퉁!

힘차게 날아오른 대형 화살이 추진을 더해 긴 꼬리를 만들며 적진을 향했다. 시네르아에서 들여온 것이었다. 이에 맞서 라미안 진형에서도 포격이 시작되었다.

쉐에에엥! 썽썽썽썽!

바람 한 점 없는 맑은 날에 인간이 만들어낸 기분 나쁜 먹구름이 하늘을 뒤덮었다. 그리고 웅성거림이 밀리언 군 전반에서 일면서 희뿌연 빛이 먹구름을 차단했다.

콰콰콰콰쾅! 쿼쿼쿼쿼쿼!

하늘이 무너지는 굉음과 함께 천지가 붉게 물들었다. 메케한 화약 연기가 가시도 전에 뭉게구름이 지상에 깔렸다. 구름은 하얀 안개가 되어 뱀이 구릉을 넘는 것처럼 느린 듯하면서도 빠르게 다가왔다.

스스스스스!

흰 구름을 본 라미안 군은 누가 먼저랄 것도 없이 두려움에 차 주춤 물러섰다. 순수한 백색 속에 감추어진 피 구름을 아는 것이다.

"으으으으으!"

두려움은 첨탑 꼭대기에서부터 시작되었다. 그리고 그 두려움은 첨탑을 타고 내려와 성벽 위로, 성문 밖의 병사들에게 빠르게 전염되었다.

이내 기사들의 눈까지 암울하게 만들었다.

"파이어 블래스트!"

"파이어 스톰!"

안개를 태워 버리려는 듯 밀리언 군 진영에서 연달아 시동어가 터져 나왔다. 이에 맞춰 신관들도 신의 힘을 빌어 포격 때보다 더욱 단단한 방어막을 쳤다.

아무런 소리도 들리지 않는다. 안개를 짓쳐 가던 마법 공격들은 흔적도 없이 사라지고 견고한 배리어는 안개에 먹혔다. 종이로 파도를 막으려는 부질없는 발악이었다.

잠식이다. 갈라진 혀를 날름거리는 안개가 모든 것을 삼켜 버렸다.

"크아아아악!"

"신이시여!"

인화성 구름인 인센디어리 클라우드보다 더욱 지독했다. 범위도 범위이고, 안개가 염산으로 만들어진 것같이 닿는 순간 병사, 군마, 갑옷을 가리지 않고 순식간에 부식시키더니 급기야는 녹여 버렸다.

"이움타! 바라사바 이타나사마 하오지마 감바사!"

안개 너머로 미친 듯이 성전을 암송하는 라미안 군이 뒤를 따랐다. 충혈된 눈으로 먹잇감을 찾는 섬뜩한 혈광이 흘렀다. 인간의 마음을 잃어버린 악마의 군대다.

그들의 머리 위에는 작은 태양이 떠 있었다.

라미안 교황 크라우치. 지나간 길에는 풀 한 포기 남기지 않는 악마의 군대를 이끄는 자가 이율배반적으로 신성한 신광에 휩싸여 있었다.

이를 악문 알버트가 혼잣말을 흘렸다.

“움직이는 것은 마음만이 아니다. 선과 악도 변한다. 선이 선이 아니며, 악이 악이 아니다! 나는 여기서 죽는다. 하지만 언젠가는 너도… 지옥에서 네놈을 기다릴 것이다! 전원 돌격!”

시퍼렇게 달아오른 불 아궁이에 뛰어드는 부나방 꼴이란 걸 모르지는 않는다. 하지만 이대로 허무하게 죽을 수는 없었다.

순식간에 수만의 생명을 앗아간 안개가 흐려지자 알버트의 명령과 동시에 수만 개의 화살이 허공을 갈랐다. 선두에 선 밀리언의 기사들은 죽음을 도외시한 채 한곳으로 몸을 날렸다. 악마왕을 향해.

전장에 내려선 크라우치는 손가락을 풀었다. 밀리언 군은 단 한 발짝도 라미안 진영을 뚫지 못했다. 팔이 떨어져 나가면 다리로, 다리가 잘리면 이빨로 무는 라미안의 광전사들은 그 어느 군대도 상대힐 수 없다.

비릿하게 웃음을 지은 그는 스쳐 가는 한 병사를 잡았다.

“신을 위해 봉사하라.”

“여, 영광입니다. 이 한 목숨 언제라도…….”

크라우치의 손이 머리에 올려지자 병사는 황홀한 표정이 되어 순식간에 늙어 죽었다.

혀로 붉은 입술을 축이고는 장난처럼 손을 뻗었다. 그리고는 무시무시한 음성을 토했다.

"헬 파이어!"

후아아아앙!

쇠마저 녹여 버리는 어마어마한 고열의 토네이도가 수평으로 불었다. 라미안 군의 머리가 시발점이 된 헬 파이어는 밀리언 군 일각을 쓸어버리고 성벽을 날렸다. 성벽이 흐물흐물 녹아 시냇물처럼 졸졸 흘렀다.

그는 마음에 들지 않는 듯 고운 미간을 찌푸렸다. 그러면서 다른 병사를 거칠게 잡았다. 그리고는 순식간에 늙은 병사를 남겨두었고, 다시금 병사의 생명이 변한 지옥 불을 일으켰다.

한 명 한 번, 두 명 두 번, 세 명째의 목숨이 세 번의 헬 파이어가 되었다. 한곳을 집요하게 두들긴 헬 파이어에 성벽을 지나 도심까지 초토화가 되었다.

무너진 그곳을 피에 굶주린 광전사들이 집을 찾아가는 개미 떼처럼 줄줄이 넘어갔다.

"죽엇―!"

크라우치가 피식 웃었다. 오러 블레이드가 정수리를 향해 쏘아와도 슬쩍 쳐다볼 뿐이었다. 1골드를 상대하던 때와 지금은 천지 차이다. 생명을 흡수할수록 기하급수적으로 힘이 강대해지는 것이었다. 이까짓 그랜드 마스터의 오러 블레이드는 위협이 되지 못한다. 자신은 신이었다.

느릿하게 손을 들었다. 순간 주변의 공기가 들끓기 시작하더니 맹렬하게 회전을 하면서 진공 상태를 만들었다. 그뿐만이 아니다. 세상의 어디에서나 흐르는 마나도 그 공간에는 한 점 존재하지 않았다.

무엇이든 벤다는 오러 블레이드도 그것을 접하자 흐지부지 사라졌다.

알버트는 점차 짧아지는 블레이드를 보았다.

"아아! 악몽이야. 이건 신의 저주야—!!"

곧 미스릴로 만든 검까지 눈 녹듯 사라지고 팔이, 어깨가, 상체가, 그리고 온몸이 흔적도 없이 녹아내렸다.

불타오르는 성을 바라보던 크라우치가 몸을 돌렸다. 이제 밀리언은 지상에서 사라진 것이다.

남은 건 크로시안, 정확히는 시네르아였다.

"골드… 네 친인들이 모두 사라지면 너를 아껴주는 사람은 이 세상에 나밖에 없어. 그러면, 그때가 되면 나에게 돌아오겠지."

크라우치는 하얀 안개를 몰고 남하를 시작했다.

하지만 잠시 발걸음은 멈춰야 했다. 1골드가 감옥에서 사라졌다는 소식을 들은 것이다.

그는 철가면을 들고 잃어버린 줄 알았던 눈물을 흘렸다.

눈물은 참혹한 결과를 가져왔다. 모든 간수와 죄수는 물론이고, 그동안 자신의 소중한 것에 흠집을 내었던 모든 자들을 죽였다. 1골드에게 반감을 가졌던 장로를 비롯한 신장들, 그 속에는 라도스도 있었다.

일대 피의 폭풍이 지나고 라미안은 새롭게 태어났다.

라미안 신성제국.

크라우치가 제정일치(祭政一致)의 황제가 되어 처음 내린 명령은 1골드를 찾으라는 것이었다. 포상 또한 그 누구도 상상할 수 없을 정도로 대단했다. 왕이 되고 싶으면 왕으로 만들어준다는 것.

아무도 웃지 않았다. 아이온의 절대강자로 거듭난 라미안이다. 역대 최대의 광활한 영토와 최강의 군사력을 갖추고 있었다.

1골드에게 온통 신경을 빼앗긴 크라우치가 움직인 건 크로시안 제국의 소식을 들은 후였다. 하루하루 버티는 것이 신기하던 시네르아가 일대 반격에 나선 것이다.

아무도 알아보지 못할 줄 알았다.

우람했던 근육이 푹 꺼져 밋밋하기까지 했다. 화상으로 쭈글쭈글 일그러졌던 민대머리에 치렁치렁 머리카락을 길렀고, 전신을 온통 뒤덮었던 상처들은 눈 씻고 찾아봐도 작은 생채기 하나 없이 매끈했다. 키도 한 뼘 정도는 줄어 세상이 작아 보이는 것 같았다.

얼굴은 말해서 무엇하랴. 1골드 자신도 처음 얼굴을 보았으니.

"참, 난 꽃미남과는 거리가 멀어. 후후후."

칸야처럼 굵직한 콧날에 꾹 다문 두툼한 입술, 그저 단단한 인상의 사내다운 얼굴이었다.

1골드를 처음 본 건 두살박이 아이였다. 조금 멈칫하더니 서슴없이 안겼다. 아이가 1골드의 우윳빛 피부를 쓰다듬는 사이 이어 들어온 갈리나의 비명에 반 일족 마을은 난리가 났고, 반 시간 정도가 지나자 모두 엎드려 주인의 귀향을 환영했다. 영의 종속에서 동반자로 바뀌는 순간이었다.

하염없이 눈물을 흘리던 갈리나는 1골드의 긴 머리를 다듬으면서 콧노래를 불렀다. 그 옆에는 똘망똘망한 눈으로 그 모습을 지켜보는 아이는 뭐가 그리 좋은지 갓 난 앞니 두 개를 드러내며 웃었다.

머리카락을 쓰다듬는 낯설지만 기분 좋은 느낌에 1골드가 엷은 미소를 지었다.

"우리 아기, 이름을 뭐라고 지었어?"

"아직요. 전 절대 당신이 죽었다고 믿지 않았어요. 이제 돌아오셨으니 아버지가 지어줘야지요."

"잘했어. 스승님은 작명 센스가 엉망이라……."

"뭐라고? 죽다 살아온 놈이 한다는 소리가! 네가 뭐 어쨌… 누구… 시오?"

반가운 얼굴들이 모든 같은 표정을 만들었다. 얼이 빠진 듯한 표정. 꿈에도 그리던, 그러나 믿기지 않는 소식을 듣고 한 걸음에 달려왔건만 갈리나가 외간 남자의 머리를 다듬고 있다니.

"스승님은 회춘을 하신 듯합니다. 칸야는 한 집안의 가장의 풍모가 물씬 풍기는구나. 하바로프크, 내 처자를 지켜주어서 고맙다."

"지, 진정… 오오! 주인님!"

역시 그를 제일 먼저 알아본 이들은 반 일족이었다. 전장에서 돌아와 메케한 화약 냄새가 풍기는 반 일족의 리더 하바로프크가 몸을 조아렸다.

"형… 맞아? 얼굴은 나와 닮은 듯한데… 왜 이리 쪼그라들었지?"

칸야의 뒤통수를 후려친 봄멜이 퉁명스럽게 말했다.

"피 한 방울 섞이지 않은 놈이 뭐가 닮아?"

"칫! 원래 가까운 사이는 닮아간다고 했어요. 형이랑 나랑 닮지 말라는 법이 있나? 노친네가 힘은 좋아 가지고."

"하하하!"

그들은 모두가 1골드를 알아보았다. 외양이 바뀐다고 사람 자체가 달라지는 것은 아니다. 풍기는 분위기, 말투, 그리고 자신만이 갖는 고유의 기운은 숨길 수가 없는 것이다.

"이름은… 크라우치라고 짓자."

아무도 말을 할 수 없었다.

"커엉! 컹컹컹!"

성채만 한 백악어가 첫눈을 맞는 강아지마냥 신이 나서 뛰어다녔다. 대지가 백악어의 육중한 몸놀림에 몸살을 앓았지만 백야의 눈에는 한 사내의 모습만 보였다.

"하하! 요란하게도 인사를 하는구나. 이놈! 보고 싶었다. 백야야! 우리 오랜만에 바람을 맞아보자꾸나!"

훌쩍 백야의 목에 올라탄 1골드는 새로 장만한 대검을 창대에 끼웠다.

후웅!

가볍게 창을 휘둘러 빛무리를 일으킨 1골드가 외쳤다.

"단숨에 적진을 돌파한다! 가자!"

커어어어어엉!

1골드의 목소리를 알아듣기라도 한듯 백야가 산천초목을 벌벌 떨게 하는 괴성을 터뜨리자 시네르아 군이 함성으로 답했다.

"와아아아아!"

시네르아 군은 초반 팽팽하던 전세에서 황제의 물량 공세로 차츰차츰 병력 손실을 입고 수세로 돌아섰다. 하지만 주요 전력은 큰 타격을 입지 않았다. 초기 라미안처럼 뛰어난 기사단과 월등한 성능을 가진 무기를 보유했기 때문이다.

이제 1골드가 돌아왔다. 그리고 그는 새로운 변수를 등장시켰다.

쿠워어어어!

쿵쿵쿵쿵쿵!

옛적 1골드보다 더한 철갑옷의 거한들이 백야의 뒤를 따랐다. 몬스터 특수전단이었다.

크르르르르.

천지인이 합일되어 상단전을 통로해서 신의 영역에 한 발을 디딘 1골드는 태고의 순수한 마력을 얻었다. 아드카빌론의 마력보다도 더 순수한 마(魔), 그 자체다.

아드카빌론을 능가해 반 일족의 영의 종속을 끊을 수 있었고, 마력으로 지배되는 몬스터를 거느릴 수 있게 된 것이다.

크라우치가 신의 강림이라 치면 1골드는 마신이 강림한 것이다.

거침없이 질주하던 1골드는 창을 높이 쳐들었다.

우르르르릉!

순간 마른하늘에 뇌성벽력이 일더니 방전된 벼락이 그의 창끝을 강타했다. 놀랍게도 벼락을 정통으로 맞은 1골드는 멀쩡했다. 그리고는 창끝을 황제군으로 향하자 창끝에서 사라져야 했을 벼락이 튀어 나갔다.

저저저저쩡!

수천의 황제군이 동시에 몸을 부들부들 떨고는 누가 먼저랄 것도 없이 몸에서 모락모락 김을 피워내고는 쓰러졌다.

그 모습을 본 엘 카르도는 턱이 빠져라 입을 벌렸다. 신검이다. 하늘과 일통해 벽력검을 내려친 것으로 보였다. 자연을 조절하는 드래곤의 시대 이전, 신의 시대에 살았다는 진정한 천인이 눈앞에 나타난 것이다.

수천 발의 화살을 백악어를 향해 퍼부었으나 근처에도 가지 못하고 실 끊어진 연처럼 비실비실 떨어져 내렸다.

마법 공격도 마찬가지였다. 힘차게 날던 불덩이도 근처에만 도달하면 디스펠 마법이 걸린 것처럼 해제되었다.

꺄아아악!

이건 또 무엇인가. 새까맣게 높은 하늘에 'V' 자 형태의 철새 무리가 나타났다. 아니다. 철새라고 보기엔 너무 컸다. 하늘의 제왕인 가고일이었다.

엘 카르도는 맥이 탁 풀렸다. 전설처럼 떠도는 신화의 단편을 두 눈 똑똑히 보고 있는 것이다. 천인과 가고일, 가고일의 등에는 가고일 라이더(Rider)가 타고 있을 터. 마치 신마 전쟁의 한 장면 같았다.

다른 점이 있다면 천인과 드래곤의 종속인 마족이 같은 편이라는 것뿐이었다.

"내가 이쪽에 있으면 안 되는데……."

그렇다. 마법사도 드래곤의 종속으로 천인과 맞서 싸웠다. 그 시대의 마법은 드래곤이 인간에게 내린 선물이자 족쇄였다.

슈아아악!

그림처럼 활강하는 가고일이 강철 같은 발톱을 벌렸다. 그

물망이 허공의 한 지점에서 찢어지더니 수박만 한 둥근 쇠구들이 자유낙하를 시작했다. 매섭게 떨어지던 쇠구가 지상에 닿자마자 무서운 폭발을 일으켰다.

콰앙! 콰콰콰쾅!

첨탑이 폭살 주저앉고, 성벽이 가루가 되어 날아가고, 수백 채의 집들에서 일시에 불길이 치솟았다. 일시에 성내가 초토화가 되었다. 여기에 지상 가까이 내려온 가고일이 섬뜩한 입을 벌리고는 불을 토했다. 한 번 입을 벌릴 때마다 백여 미터의 불길을 흔적으로 남겨놓았다.

엘 카르도는 여기저기 울리는 폭음에 귀가 멀고 불바다로 변하는 수도를 보면서 공황상태에 빠졌다. 어른과 아이의 싸움보다 더했다.

"허허, 마신이라도 강림한 것이냐? 암흑시대의 부활을 알리는구나."

이렇게 넋 놓고 있어서는 안 된다. 라인 황제를 데리고 피해야 한다. 마도에 대항할 수 있는 것은 강대한 신성제국뿐이었다.

십 년.

강산이 한 번 변하는 긴 시간이기도 하지만 대륙의 역사에 비추어보면 눈꼽만큼도 안 되는 아주 짧은 기간에 어마어마한 변화가 있었다.

대류 정세의 대변혁이다. 3강 체제에서 2강으로. 명백히 흑과 백으로 갈린 것이다.

헬베른 산맥과 오대호 북쪽은 라미안 신성제국이 신성한 빛을 뿌리고 있었고, 이하 남쪽은 시네르아 마도제국이 먹구름을 만들어 빛을 막았다.

대류에서 사라진 것처럼 보이던 수많은 이종족들이 남으로, 시네르아로 모여들었고, 대류의 모든 신관과 빛의 일족들은 북으로, 라미안으로 향했다.

공존할 수 없다는 것을 그네들은 알고 있다. 곧 대류의 정세를 판별할 수 있는 엄청난 격돌이 일어날 것이란 걸.

잠시의 정적은 폭풍 전의 고요였다.

크라우치는 흐뭇한 미소를 지었다.

마도제국이 정비를 마치기 전에 쳐야 한다는 신하들의 청에 고개를 젓고 느긋한 마음으로 기다렸다.

이 얼마나 기쁜 일인가, 골드가, 동생이 더욱 강하게 부활을 해서 형 못지않은 세력을 형성했다. 그의 눈에는 형에게 떼를 쓰는 동생의 투정으로 보일 뿐이었다.

그렇다. 사춘기 동생의 성장통이었다. 자신보다 키도 크고 힘센 형이, 성장이 빠른 형이 괜히 싫어 반항을 하는 것이다.

하지만 곧 깨닫는다, 형이 동생을 사랑하고 아끼는 마음을. 그러면 자연히 돌아온다. 그리고 비 온 뒤 땅이 굳는 것처럼 더욱 돈독한 우애를 자랑하며 형제가 힘을 합쳐 완벽한 세상을 만들 것이다.

크라우치는 그렇게 믿고 있었다.

"후후, 녀석. 거봐, 너와 난 같다니까."

사람들은 헤르반 제후를 원흉으로 생각하지만 마도제국 중심에 1골드가 있다는 걸 그는 안다. 그의 옆에서도 잘 나서지 않던 1골드였다. 억지로 대공의 위를 주지 않았으면 아직도 용병대장으로 있을 것이다.

있는 듯 없는 듯. 그게 1골드였다.

"하지만 너무 버릇없는 동생은 곤란하지. 회초리를 들 때가 되었어."

형의 무서움도 가르쳐 주어야 한다. 계속 놓아두면 제 잘난 줄 알고 형의 품으로 돌아오지 않을 수도 있으니 말이다. 따끔한 벌을 주어서 든든한 형의 품이 안전하다는 것을 알려주어야 한다.

"알바자, 가세나. 신의 사랑을 마도제국에도 알려야 할 때가 되었네."

크라우치의 측근이 된 하이엘프 알바자가 고개를 땅에 닿도록 숙였다. 무릎걸음으로 다가가 크라우치의 신발에 입을 맞추고 연기처럼 사라졌다. 극도의 존경을 담은 모습이다. 그에게서는 더 이상 고고한 자존심의 하이 엘프의 모습은 찾아볼 수 없었다.

“크르르륵!”

빠악!

갑작스럽게 뒤통수에 충격이 전해지자 멧돼지 같은 송곳니가 돋은 그레이트 오크가 흉광을 뿌리면서 뒤를 돌아보았다.

“취익! 어떤 자식이.”

어깨 어림에 닿을 듯 말 듯한 왜소한 체구의 사내가 까치발을 세우고 턱을 치켜들고 있었다.

“너, 바비큐가 되고 싶냐?”

“헤헤헤, 취익! 나 아무 짓도 안 했어.”

“안 했어?”

차앙! 창!

손가락을 치켜든 사내의 손에서 소검만 한 길이의 날카로운 손톱이 튀어나오고 사내의 피부 위로 검은 줄이 생겨났다. 칸야의 일족인 수인족 중 범족이었다.

“히익! 지, 진짜야.”

“입에 침 닦아. 내가 인간을 보면서 침 흘리지 말라고 했지. 너, 함께 살기 싫어? 죽여줄까? 주인님께서 유사 인종을 대상으로 식인 행위를 하는 자는 즉결처분하라 하셨다.”

땀나게 훠훠 손을 저은 그레이트 오크가 애절한 목소리로 말했다.

“추, 취익! 저 암놈, 아니, 여자 엉덩이가 실해서. 취익! 그냥. 마을에 두고 온 서른한 명의 부인이 생각나서. 취익! 진짜 그게 다야."

"허허, 이런 미친 오크를 봤나? 인간 여자 엉덩이가 실해? 만약 우리 일족 암컷을 보고 그따위 소리를 내뱉으면 저곳에 올라야 할 거다."

범족 사내가 가리킨 곳은 결투장이었다. 워낙 여러 종족이 섞여 살다 보니 잦은 충돌이 있었고, 칼부림이 비일비재했다. 이런 일의 예방과 원한 해결을 위해 마련된 것이 결투장이다.

관에 접수를 한 후 사유가 타당하면 결투장을 보내고 사람들이 지켜보는 곳에서 승부를 결하는 것이다. 그 안에서는 상대를 죽여도 허용된다.

법의 테두리만으론 야성적이고 패도적인 그들을 통제할 수가 없었다. 결투를 치른 후에도 원한 관계는 형성되지 않았다. 승부를 결한 후 돌아서면 호탕하게 술잔을 나눈다. 약육강식의 야생에서 살아온 이종족이었기에 가능한 일이었다.

"쓸데없는 소리 말고 준비해."

"뭘?"

"출동 명령이야. 드디어 신성제국과의 전쟁이다."

그러자 그레이트 오크가 침을 흘렸다.

"아휴! 더러운 놈. 만날 질질이야, 저 새끼들은. 오크는 유사 인종이 아닌데, 주인님은 참……."

"지성이 있고 말을 하면 유사 인종이지. 뭐, 인간 중에는 식인종이 없는 줄 아나."

말 머리를 같이한 헤르반에게 1골드가 핀잔을 주었다.

"하지만 그게 도시 곳곳이 침투성이라……."

"왜? 혐오감을 주니까 수용소에 처박아놓을까?"

"에이! 형님도. 그런 말은 농담이라도 하지 마십시오."

주변을 둘러본 1골드가 말했다.

"보기 좋지 않나? 여러 종족이 허물없이 대하면서 장난도 치고."

"제가 보기엔 싸우는 것 같은데요."

"하하, 내 눈엔 자유분방하게만 보이는걸."

"형님 눈엔 애들 장난처럼 보이는 것이겠죠. 다른 병사들은 놀라 그 주변엔 가지도 못합니다."

"보우는 멋으로 들고 있나? 쏴버리면 되지."

1골드를 슬쩍 올려다본 헤르반이 지쳤다는 듯이 고개를 저었다. 처인과도 같은 초월자이면서도 악동 같기도 하다. 백성들을 끔찍하게 아끼면서도 한없이 풀어주기도 한다. 도저히 갈피를 잡을 수가 없었다.

"고민할 게 뭐 있어? 방종에 가까운 자유 속에서도 규율은 생겨나는 법이야. 저렇게 치고 박다 보면 깨닫는 게 있겠지."

"그러고 보니 결투 신청도 많이 줄었습니다. 인간을 공격하는 것들도 뜸해지고요."

"안 거지. 인간에게 배워야 한다는걸. 원시적인 이종족의 사회에서도 변화의 바람이 분 거야."

"제 걱정은 훗날입니다. 우리가 언제까지 살 수 있는 것도 아니고."

"참, 걱정도 많다. 여태껏 잘 살아왔지 않나? 그리고 훗날은 후세의 몫이야. 그때는 그때의 방식으로 살아가지 않겠어?"

헤르반에게 고개를 돌린 1골드가 어색하게 웃었다.

"아직도 이 표정은 잘 적응이 잘 안 돼."

"보기만 좋은걸요."

"얼추 이 정도면 적당하겠어. 이곳에 진영을 꾸리게."

1골드는 지평선 너머에 어렴풋이 보이는 산정을 바라보았다. 헬베른 산맥 너머에서 익숙한 기운이 다가오고 있었다.

대략 2㎞의 간격이었다.

그들은 한번에 서로를 알아보았다. 그리고 둘 다 풀썩 웃었다. 적대도 원한도 없다. 왠지 모르게 웃음이 나왔다.

"저 사람 말이 맞는 것 같아."

"뭐? 무슨 소리야?"

수인족 특전전단을 이끄는 칸야가 물었다.

"저 사람이 입에 달고 살던 말이야. '너와 난 똑같다' 난 항상 아니라고 부정했지만, 그러고 보니 닮은 것 같기도 해."

“설마… 형이 저 사람 밑으로 다시 들어가면서 항복하자는 소리는 아니겠지?”

1골드가 칸야를 돌아보았다.

“아니, 난 운명이 없다 믿었는데 이렇게 싸워야 하는 게 운명인가 봐.”

하며 어둑해진 하늘을 올려다보았다.

“뭐, 그대로 따를 생각은 없지만… 열 좀 받으쇼.”

“형, 이상해. 그건 또 누구한테 하는 소리야?”

칸야의 어깨에 손을 올린 1골드가 씨익 웃었다.

“이번 전투를 끝으로 헤르반을 황제로 세울 거다. 네가 제국을 다스려라.”

“조지가 황제인데 내가 다스려?”

“황제의 권력을 일부 제한을 하는 거야. 보면 알 거다. 나머지는 돌아와서 얘기해 주마.”

어색한 미소를 남기고 1골드가 허공으로 몸을 둥실 띄웠다.

허공을 밟는 그의 몸에서 뭉클뭉클한 검은 기운이 흘러나와 구름처럼 주변을 감쌌고, 하늘 꼭대기에 다다랐을 때는 한 점의 흑운이 되었다.

그와 같은 선상으로 뭉게구름 조각이 빠르게 다가서고 있었다.

파박! 지이이익!

상반되는 두 기운이 부딪치는 접점에서 연신 스파크가 일었다. 하나가 될 수 없는 흑백의 구름이 서로를 마주했다.

"참, 내가 틀릴 때도 있네. 얼굴이 별로야."

"후후, 항상 옳을 순 없지요. 신도 가끔은 완벽하지 못할 때가 있는걸요. 나처럼요. 그분도 틀에 박힌 생활에 짜증이 났나? 안 그래요?"

1골드는 영혼과 육체가 분리된 것을 빗대어 말한 것이다.

"요즘 내가 그래. 무료해서 미칠 지경이야."

"큰일인데, 거기서 더 미치면 어떡하라고."

"이거 서운한데, 네가 없어서 짜증을 부린 걸 미친놈 취급을 하니."

"당신의 기준대로라면 뇌수를 뽑을 일이요. 저 밑에 친구들은 자신들이 먹는 약이 뭔지 알기나 하는 걸까?"

"스펠리오스가 그러는데, 네가 그 약을 거의 만들어준 거라 던데. 넌 그럴 말을 할 자격이 없지."

1골드가 입술을 삐쭉 내밀었다.

"그런가? 그럼 내가 뿌린 씨앗이니 내가 거두어야겠네. 조금 아플 거요. 아가리 앙다물고 버티쇼."

"녀석, 말투하고는. 사람이 위치에 맞는 어법을 써야지. 가르치려면 고생깨나 하겠어."

"하하, 그때는 말하는 싸가지라고 하는 거요. 앞뒤 문장에

착착 감기는 것이 훨씬 잘 어울리지 않소?"

"크크큭! 보고 싶었다, 골드."

"내가 이름이 네 개나 된다는 걸 아쇼? 그중에서 유진이 가장 맘에 든다오. 아! 조카 부르는 것처럼은 하지 마쇼."

"조카, 아직도 나를 형으로 생각하기는 하나 보네."

"그보다 난 약속을 꽤나 잘 지켜서 말이오. 쌍둥이들을 죽어서도 지켜주기로 약속을 했다오. 그러고 보니 그 아이들이 보고 싶네. 잘 기르고 있는 것이오? 영 믿음이 가지 않아서……."

빙긋 웃은 크라우치가 자랑스럽게 말했다.

"마누라를 잘 두어서 애들 교육은 확실하지."

"그나마 다행이오. 이제 아버지만 정신차리면 되겠네."

1골드가 말을 끊고 발아래를 내려다보았다. 자신이 만들어 놓은 작품들이 하늘을 날고 있었다.

"녀석들, 급히기도 하지. 대장들끼리 이야기를 나누고 있는데 지들이 먼저 시작하네."

"그러게. 부하들을 잘못 키웠어."

"후후, 그래도 뼈마디가 단단한 놈들이라오. 저 마약중독자들은 오늘 꽤나 고생해야 할 거요."

"쯧쯧, 그렇게 말을 해도 말버릇하고는. 신앙으로 무장한 신군들이야."

"신은 암스트에서 얼어 죽었소."

"여기 있는데, 네 눈앞에… 아무래도 안 되겠어. 그놈의 말 버릇을 고쳐 놓고 대화를 나누어야겠어."

주변의 대기가 무섭게 크라우치에게 빨려들었다. 이때만 큼은 1골드도 인상을 굳혔다.

콰콰콰콰쾅!

수십 미터의 간격을 두고 연속적으로 폭발이 일었다. 가고 일 부대의 공습이었다. 라미안도 당하고 있지만은 않았다. 2미 터에 중형 화살들을 빼꼭히 꽂아놓은 네모난 상자에서 연기가 치솟더니 허공의 한 점을 향해 일시에 30발의 화살이 날아올 랐다.

꺄아아악!

활강을 하던 가고일이 화망에 갇혀 비명을 토했다. 그의 직 경 5미터에 달하는 질긴 날개 가죽에 두어 발의 화살이 매달 려 있었다. 국토를 황무지로 만드는 전쟁을 통해서도 발전하 는 것은 있었다.

라미안 군이 가고일에 맞서 허공에 화망을 구성하자 이번 에는 시네르아에서 대형 화살들을 쏘아 올리며 몬스터 특전 부대가 돌진을 시작했다.

쿵! 쿵! 쿵! 쿵!

육중한 무게의 대형 몬스터들이 백야의 뒤를 따라 일시에 뛰니 평원에 대지진이 난 것 같았다.

두두두두―!

어느 정도 간격이 벌어지자 이번에는 인간 중심의 기병대가 작두를 앞에 매달은 듯한 창을 들고는 짙은 흙먼지를 일으켰다.

기병 부대는 몬스터 특전 부대가 창포차를 제압하는 순간 적진을 돌파해 들어간다. 이를 알기라도 하는 듯 라미안 보군들의 제열 사이에서 기병이 맞서 튀어나왔다.

쿠워워워워!

몬스터의 괴성을 신호로 양 진영이 부딪쳤다. 순식간에 전선은 아수라장이 되고 일대 지옥도가 펼쳐졌다. 고통을 느끼지 못하는 광전사와 살육의 광기에 취한 몬스터의 대결이 초전이었다.

평상시 3배 이상의 힘을 내는 광전사들이었다. 라미안 군은 단 한 발짝도 밀리지 않았다. 트롤은 병사 셋이면 상대를 했고, 오거는 십인 1개 조가 맡았다. 놀라운 일이었다. 일반 병사 한 명이 마나를 느끼는 초급 기사들만큼의 전투력을 내는 것이다.

콰우―!

광포한 기세만으로도 몸이 굳는 인간들일진데, 라미안 군은 오히려 몬스터보다 진한 살기를 풍겼다. 누가 몬스터고 누가 인간인지 분간이 되지 않았다.

격전장 사이사이를 기병들이 전속력으로 통과했다. 풍차

처럼 돌리는 창이 번쩍이는 순간 군마에서 일단의 기사들이 번개같이 뛰어내렸다. 그리고는 말과 다름없는 속도로 뛰어 나갔다.

곧 말을 앞질러 한 발을 내딛으며 화살을 막은 갑옷을 벗어 버렸고, 다시 한 발을 뻗자 날카로운 송곳니와 손톱 발톱이 자랐다. 적 기병을 앞두고 땅을 박찰 때는 길게 자란 털이 찢어진 옷 사이를 비집고 나왔다.

"캬아아앙!"

이목구비가 굵직굵직하게 변한 얼굴로 짐승과도 같은 포효를 토했다. 라미안 기병의 머리 위를 훌쩍 타 넘으며 수인족들은 칼날과도 같은 손톱을 후려쳤다.

사사사삭!

반듯하게 4등분된 투구가 날아가고 허연 뇌수가 흩뿌려졌다. 수인족들이 기병과 기병 사이를 번개같이 오가며 난도질을 할 때 시네르아 기병의 장창이 한손을 거들었다.

한편, 다크 엘프로 이루어진 흑기사단은 라미안의 왈카의 검들과 격전을 벌이고 있었다. 열에 한 명은 오러 블레이드를 일으켰으니 전쟁사를 통해 이렇게 많은 소드 마스터들이 한 자리에 모인 것은 처음일 것이다.

비록 라미안에 소드 마스터들이 압도적으로 많았으나 흑기사들은 엘프 마법이 가미된 기교와 빠른 몸놀림으로 한 치도 밀리지 않고 상대했다.

신관들을 상대한 것은 마법사들이었다. 시네르아에는 케테르 학파를 위시한 7대 마법 학파 중 4개가 모여 있었고, 라미안에는 신관들과 3개 마법 학파의 연합 전력이었다.

수적으로는 시네르아가 불리했으나 블랙 위저드의 전투력으로 그것을 보완하고도 남았다.

전체적으로 팽팽한 접전이었다. 백만이 훌쩍 넘은 모든 병사들은 이 전투의 승패가 구름 위를 노니는 단 두 명의 승패에 달려 있다는 것을 알고 있었다.

그들의 눈에는 천인과 천인의 대결이자 신과 마신의 신마 전쟁이었다.

콰쾅—! 콰아아아아앙!

카오스의 빅뱅이 이러할까. 하늘이 열리고 땅이 치솟았다. 초반 1골드의 맹렬한 공격으로 그들은 전장을 이탈해 헬베른 산맥 위에 있었다.

하늘에 닿을 듯 치솟은 산정이 흔적도 없이 사라지고, 푸르름을 자랑하던 산은 곳곳에 부끄러운 속내를 보였다. 경천동지할 격렬한 싸움으로 산짐승들이 거대한 산불을 만난 것처럼 보금자리를 버리고 도망쳤다.

대기는 폭풍에 휘말렸으며, 수km 안의 아름드리 나무까지 광풍에 휘말려 뿌리째 뽑혀 날아올랐다.

"차아압!"

1골드의 대검에서 벼락이 내리치자 수만 년의 세월을 버텨 온 산이 갈라졌고, 크라우치가 내뿜은 지옥불에 대기의 일부가 순식간에 증발해 버렸다.

몸을 휘감는 불바람을 털어내며 1골드가 소리쳤다.

"이 정도 가지고 아궁이에 불이라도 붙일 수 있겠소!"

"아궁이는 몰라도 네 뿔난 엉덩이는 벌겋게 익힐 것이다! 받아라!"

크라우치의 음성에 지축이 흔들리는 굉음이 답을 했다. 또 다시 산정 하나에 구멍이 났다. 크라우치는 헬 파이어를 마치 파이어 볼처럼 날리고 있었다. 그러나 1골드의 그림자도 태우지 못했다.

크라우치는 미간을 좁혔다. 혼신의 힘을 다하지 않고서는 1골드를 이길 수 없다는 것을 깨달은 것이다. 따끔한 회초리가 통할 상대가 아니었다.

"너를… 너를 죽여야 한단 말인가. 그렇게 나의 마음을 모르겠어?"

"어찌 모르겠습니까. 그러니 내가 이러는 것이 아니오. 우린 세상에 많은 빚을 졌소. 여기에 있어서는 안 될 존재들이오. 같이 떠납시다, 저 먼 곳으로."

"참는 데도 한계가 있다. 이번이 마지막 기회다."

"그 한계를 버리시오. 그러면 당신이 원하는 세상이 열릴 것이오."

"이이이!"

크라우치의 손에서 해일 같은 오러가 겹겹이 일어났다. 이에 맞서 1골드도 정제된 순수한 마력을 일으켰다.

"훙! 돌아가라!"

콰콰콰쾅!

두 줄기의 기류가 부딪치며 그들 사이의 모든 것을 가루로 만들었다. 하늘이 흔들리는 것 같은 어머어마한 대폭발이 일고, 폭발로 인해 압축된 공기가 순식간에 밀려 나가며 후폭풍이 불었다.

"으음."

크라우치가 깜쪽같이 사라졌다. 어느 한순간 1골드가 번쩍 고개를 들었다. 20여 미터 높이에 올라선 크라우치가 손이 보이지 않을 정도로 내젓고 있었다.

보이진 않지만 확연히 다가오는 손 그림자들이 있었다. 하나하나가 결코 소홀히 할 수 없는 신싸였다.

1골드는 손을 무 ㅇ 고 신혓을 세웠다. 결과를 생각하지 않았고 마음을 텅 비웠다. 그리고 보았다. 마음의 흐름은 기의 흐름이고, 곧 결이며, 검로였다. 형태를 생각하며 마음은 자유를 잃고 검의 위력은 반감하는 것이다.

검이 마음이 되었으며, 마음이 검이 되었고, 검과 하나가되어 전체가 되었다.

휘리릭!

연기처럼 화한 1골드의 신형이 하늘을 가득 덮은 손 그림자 사이를 유유히 흘러 크라우치의 코앞에까지 다가갔다.

그 순간 크라우치의 눈이 번뜩이더니 주변의 마나가 급격히 모여들고 마나마저 빠져나갈 틈없이 밀집되었다. 타임 락이다. 유유히 흐르는 마나의 자유를 구속해서 마치 시간이 멈춘 듯 만드는 것이다.

연기로 화한 골드의 신형이 딱 멈췄다. 마치 거미줄에 걸린 파리 꼴이었다.

하지만 그는 당황하지 않았다. 마나는 자유다. 구속은 대자연의 법칙에 상반되는 행위이다.

1골드는 마음을 열었다. 속박당한 마나의 아픔을 받아주고 어루만졌다. 그의 마음이 한없이 퍼져 나갔다. 이 공간을 넘어 저 먼 우주까지 도달한 듯했다.

어딘가에서 공명음이 들린다. 그에게 마력을 심어준 아르카빌론이다.

'크큭! 거기에서 놀고 있었군.'

1골드의 눈에서 기광이 번쩍였다. 그를 구속하던 마나들이 제 갈 길을 찾아 유유히 흘러갔다. 그때 크라우치의 상단전이 열렸다. 미간 위쪽에서 눈이 부신 빛이 한 점으로 모여들었다.

번쩍!

섬광이 1골드의 머리를 관통했다. 아니, 관통한 것처럼 보였다. 하지만 그의 이마에 생성된 블랙홀이 섬광을 무섭게 빨아들이고 있었다.

"난 세 살 때부터 인생의 쓴맛을 보고 자랐습니다. 신의 놀림으로 선계를 뒤집어엎으려고도 했고, 친인들을 배신한 고통에 수백 번은 죽었을 겁니다. 산전수전 다 겪고 죽음을 두 번이나 체험한 나에게 당신은 만들어 길러진 화초와 다름없습니다."

완벽한 인간으로 만들기 위해 태아 때부터 축복을 내린다라. 웃기지도 않았다. 아이에게는 부모의 따뜻한 보살핌과 사랑이 필요한 것이다.

다급해진 크라우치는 1골드의 심장 소리를 찾았다. 그리고 선명하게 들었다. 모든 정신력을 집중에 심장을 향했다. 저 움직임만 멈추면 끝나는 것이다.

'터져라!'

느꼈고, 분명이 의지를 전달했다. 하나 여전히 1골드의 심장은 힘차게 뛰고 있었다

"제가 보여드리지요. 이것이 초자연적인 힘입니다. 합!"

크라우치는 아무런 소리도 듣지 못했다. 그저 감각이 차단되고 눈앞이 희끗해졌다. 손이 보였다. 손톱 끝에서부터 세포 조직이 하나하나가 떨어져 나가며 육체가 붕괴되었다. 손가락으로, 손등으로… 육체가 먼지로 화해 사라져 갔다.

문득 1골드가 했던 말이 떠올랐다.

"모든 만물은 마나로 이루어진 에너지체에 의미를 부여한 것이며, 일시적으로 이루어진 이 모습은 실제가 아니라 단지 대우주의 법칙을 깨달아가는 순환의 과정에서 한순간일 뿐이다."

그 말처럼 그는 사라졌다.
왔던 곳으로 무(無)가 되어 돌아갔다.
인생은 그저 한나절의 일장춘몽인 것이다.

익스트림 END

드워프 최고의 장인이 평생 동안 심혈을 기울여 조각한 듯한 사내가 죽은 듯이 침대에 누워 있었다.

침대 가에는 사내를 닮은 한 소동이 볼을 부풀렸다.

"우이쒸! 울 아부지는 만날 잠만 자."

못내 대답없는 아버지가 서운한지 앙증맞은 손으로 사내를 확 밀치고는 잔뜩 성난 얼굴로 방을 나섰다.

"그란델, 이게 오빠는 거들떠보지도 않고 크라우치하고만 놀아. 칫! 난 백야나 타러 갈 거다."

"하하하. 우리 유진이, 왜 이리 심통이 났누."

1골드를 한참을 올려다본 유진이 양팔을 번쩍 들었다.

"큰삼촌, 안아줘."

"어이쿠, 이제 다 커서 안지도 못하겠다."

"아무도 안 믿어. 오크를 잡아먹었다고 백야의 꼬리를 잡고 휙휙 돌리는 걸 내가 봤는데."

"하하, 녀석. 오크는 우리와 다를 바 없는 사람이야. 그래서 삼촌이 벌을 준 거란다. 우리 유진은 삼촌들과 오크와 엘프와 수인족과 그 누구와도 잘 놀 거지?"

고개를 끄덕거린 유진이 물었다.

"울 아부지는 언제 일어나?"

"곧. 백야는 칸야 삼촌한테 태워 달라고 하렴."

힘차게 대답한 유진이 쏜살같이 달려나갔다.

1골드는 문이 열린 틈새로 크라우치를 바라보았다.

"형님, 정신을 차리신 걸 알고 있습니다. 언제까지 누워 계실 겁니까? 아이들이 보고 싶지도 않습니까? 그만 떨치고 일어나십시오. 형님은 제가 꾸었던 나비의 꿈을 꾸신 겁니다. 그리고… 우리는 다르면서도 같습니다."

멀어지는 발자국 소리와 함께 언제나 잠겨 있을 것 같은 크라우치의 눈에서 투명한 눈물이 흘러내렸다. 그의 입가에는 부드러운 미소가 걸려 있었다.

지금 유전자가 말하는 사랑과 성의 관한 솔직 대담한 진실이 펼쳐집니다!

남편의 후광을 등에 업는 것은 까마귀와 인간뿐…

모두에게 바보 취급받던 독신 암컷이 단번에 인생대역전을 해서
서열 1위인 수컷의 아내 자리를 차지하게 될 수도 있다는 말입니다.
모든 여성이 이상형의 남자와 결혼할 수 있는 것은 아닙니다.
적당한 선에서 타협하여 적당한 사람과 결혼하지요.
하지만 솔직히 말해서 당연히 멋진 남자가 더 좋지 않겠습니까?
따라서 여성은 생각합니다.
'그럼 어떻게 하지? 유전자만이라면 가질 수 있어!'
그리하여 장기계획형이나 단기승부형과 같은 여러 가지 방법의
외도가 생겨나는 것입니다.
물론 모든 여성이 이를 실행에 옮기지는 않습니다.

하지만 기회가 있다면 어떨까요?
다른 조건과 이미 타협을 봤다면?
남편이 사소한 일은 눈치 못 채는 둔한 남자라면?
뭔가 유전자의 음모가 느껴지지 않습니까?

실패를 모르는 남자 선택법!
「내 남자친구는 왼손잡이」 법칙

어째서 여성은 왼손잡이 남성에게 마음이 끌리는 걸까요?

여기서 기억해야 할 것은 몸의 좌우와 뇌의 좌우는 원칙적으로 반대 관계라는 점입니다.
따라서 왼손잡이 남성은 우뇌가 발달했습니다.
발달했다는 사실이 왼손잡이를 통해 반영된 것입니다.

그리고 두 번째로 생각해야 할 것은 우뇌는 남성 호르몬의 일종인 테스토스테론에 의해 발달한다는 점입니다.
요약하자면 왼손잡이 남성은 우뇌가 발달했는데, 그것은 테스토스테론 수치가 높기 때문입니다.
그것은 다름 아닌 생식 능력이 높다는 것을 의미하지요.

「내 남자 친구는 왼손잡이」에 감춰진 의미는… 내 남자 친구는 생식 능력이 높아… 인 것입니다.

초등학생이 반드시 읽어야 할 좋은 책 49권

각 학년별로 초등학생이 반드시 읽어야할 좋은 책을 선정하여 통합논술의 기본이 되는 '올바른 독서법'을 일깨워 줍니다.

교과서와 함께하는
초등학교 통합논술

초등1학년 | 값 12,000원 / 초등2학년 | 값 9,500원 / 초등3학년 | 값 11,000원 / 초등4학년 | 값 9,500원 / 초등5학년 | 값 9,500원 / 초등6학년 | 값 11,000원

♣ 혼자 할 수 있어요.

엄마가 책 읽는 방법을 가르쳐 주어도 좋아요.
독서지도하는 선생님이 가르쳐 주어도 좋답니다.
"초등 교과서와 함께하는 **통합논술 시리즈**"는
아이 스스로 독서할 수 있도록 꾸며진 책이에요.
엄마와 선생님은 요령만 가르쳐 주시면 된답니다.

♣ 교과서의 중요한 내용이 총정리되어 있어요.

각 학년별로 중요한 교과 내용이 함께 수록되어 있어요.
초등학생은 교과서 내용을 충실하게 공부해야 합니다.
아울러 그와 병행한 독서가 대단히 중요하지요.
"초등 교과서와 함께하는 **통합논술 시리즈**"는
두가지 방법 모두 알려준답니다.

♣ 이 책은 훌륭하신 선생님들이 함께 쓰신 책이랍니다.

동화작가 선생님들이 쓰셨어요. 소설가 선생님도 쓰셨답니다.
국어 논술독서지도 선생님들도 함께 쓰셨지요.
"초등 교과서와 함께하는 **통합논술 시리즈**"는
엄마의 마음으로 모든 선생님들이 함께 꾸민 책이랍니다.

입소문을 통해 아는 분은 다 알고 계십니다!
올 한해 공인중개사 최고의 화제작!

1~2권 합본 | 이용훈 지음
3~4권 합본 | 이용훈 지음
5~6권 합본 | 이용훈 지음
용어해설 | 이용훈 지음

수험생 기본 필독서
만화 공인중개사

제목 : 만화공인중개사 쓰신 분에게 감사드립니다.

학원을 두 달 다녔어요. 근데 과연 그 숫자 외우기 그런 게 몇 문제나 나올까 생각을 했어요.
아니다는 생각이 드네요. 학원강의를 뒤로하고 서점을 갔어요. 내 머리에 가장 이해될 수 있는
책이 없나 하구요. 거기서 만화를 발견했어요. 무조건 세 번 봤어요. 3개월 걸렸어요. 문제집을 보라고
했는데 그건 시행을 못했어요. 근데 합격을 했네요.
어떻게 감사의 말을 해야 될지…….
도서관에서 만화책 들고 다니니까 사람들이 비웃더라구요. 만화책으로 공인중개사를 공부한다고
미친 사람처럼 보더라구요. 근데 그거 다 감수하고 했던 내가 자랑스럽습니다.
어떻게 감사의 말을 해야 할지… 정말 감사합니다.
부디 행복하세요. 제 나이 41살에 좋은 스승을 만난 것 같습니다.
엎드려 감사드립니다.

－본사 홈페이지에 독자분이 올린 메일 中에서 발췌－